Selim Özdogan

Mehr

Roman

Aufbau Taschenbuch Verlag

ISBN 3-7466-1721-9

1. Auflage 2001
Aufbau Taschenbuch Verlag GmbH, Berlin

Einbandgestaltung Torsten Lemme
unter Verwendung eines Fotos von Howard Mc Alpine, Photonica
Druck Elsnerdruck GmbH, Berlin
Printed in Germany

www.aufbau-taschenbuch.de

Drei Wünsche – und schon dein erster wär: »Mehr, mehr, mehr!«

Tom Liwa

Man lebe sein Leben, mag es noch so armselig sein; das ist besser, als sich darum zu drücken und darauf zu schimpfen. Es ist nicht so schlimm, wie man selbst ist.

Henry D. Thoreau

Im Grunde weiß man nie, wie alles gekommen ist.

1

Mein Opa war Schmied. So hatte ich mir auch zu erklären versucht, warum er mit achtzig noch wesentlich stärker war als ich mit achtzehn. Wir hatten miteinander gerungen, als dann meine Schultern den Boden berührten, hatte er mich ausgelacht, und ich war erstaunt und beschämt gewesen. Ich war doch jung und stark, mein Opa hatte einen gebeugten Rücken und unzählige Falten im Gesicht, die es ihm fast unmöglich machten, sich zu rasieren. Zwei Jahre später war er gestorben. Er erschien mir noch in meinen Träumen.

Klar, hatte ich mich damals getröstet, ein Schmied, ein Mann, der sein Leben lang mit Eisen gearbeitet hat, klar, daß er da bis ins hohe Alter bei Kräften ist, ein Mann, der jeden Tag in der Hitze des Schmiedefeuers gehämmert hat.

Schmied, das war ein ehrbarer Beruf. Das war nicht nur derjenige, der Pferde beschlug. Schmiede waren doch die Menschen, die einst Schwerter gefertigt hatten, Schwerter für die Wegelagerer in alten Zeiten, bevor sich die Schußwaffen breitmachten und jegliches Heldentum verschwand, weil man auf einmal jemanden aus etlichen Metern Entfernung hinterrücks erschießen konnte. Schmied schien mir ein guter Beruf zu sein, einer, bei dem man sein Geld mit seinen Händen im Schweiße seines Angesichts verdiente und sich im Winter ein wenig Schnee ins Gesicht rieb, um sich abzukühlen.

Das ging mir durch den Kopf, während ich dasaß und nach vorne sah, wo meine Cousine ihrem Freund gerade das Jawort gab. Ich fragte mich, ob mein Opa das noch gerne erlebt hätte, doch ich glaube, er wußte, daß seine Zeit um war, als er starb. Er war halt nur der einzige aus der Familie, der jetzt nicht hier war.

Und dann sagte auch der Freund meiner Cousine ja, und

die beiden waren verheiratet. Schon wieder einer mehr. Sonay war zwei Jahre jünger als ich, wir hatten uns immer sehr nahegestanden, fünfzehn Jahre lang hatten wir uns jeden Sommer gesehen, wir hatten zusammen Sandburgen gebaut, Schildkröten auf den Rücken gelegt, unsere eigene Form von Karate entwickelt, uns ohne ein Wort für die Vergehen des anderen bestrafen lassen und zusammen eine Sehnsucht danach entwickelt, uns zu verlieben. Ihren Mann konnte ich nicht allzugut leiden, er schien mir ohne jegliches Feuer, ein Mensch ganz ohne Leidenschaften, einer, dem die Ablenkung durch das Fernsehen voll und ganz genügte. Ich fragte mich, ob es jemals wieder dazu kommen würde, daß ich allein mit Sonay war, mein Kopf in ihrem Schoß, und redete, oder ob ihr Mann jetzt immer stören würde.

Ich fragte mich auch, ob das eine von diesen Ehen werden würde, wo man nach zwei, drei Jahren aufwacht und sich wundert, was man bloß an dieser langweiligen Person gefunden hat.

Vor zehn Jahren hatte Duygu, meine andere Cousine, mit der mich sehr viel verband, geheiratet, sie war schwanger geworden, hatte eine Tochter bekommen, und ein Jahr später war ihr Mann von einem Bus überfahren worden. Ich hatte ihn nie wirklich kennengelernt. Duygu saß jetzt mit ihrer Tochter neben mir, zwischen uns hatte sich nichts geändert.

Im Laufe des Abends aß und trank ich ein wenig. Die letzten paar Tage waren sehr schön gewesen, die ganze Familie war versammelt, es war dauernd der Teufel was los, aber über diese Hochzeit konnte ich mich nicht freuen. Ich betrachtete den Tanga der Trauzeugin, der sich unter ihrer weißen Hose abzeichnete, und schaute mir die Verwandten des Bräutigams an, die ich samt und sonders auch nicht besonders sympathisch fand.

Sonays jüngerer Bruder trank ziemlich viel, doch lange Zeit merkte man ihm kaum was an. Als die ersten schon gingen, zerrte er mich auf die Tanzfläche, und ich schwitzte in diesen langen Hosen und dem Hemd.

Noch später, als das Fest gefeiert war, die Lichter angingen und wir alle ein wenig verloren wirkten in diesem riesigen Raum, fing er an zu weinen. Vielleicht, weil auch er glaubte, daß sich einiges zwischen seiner Schwester und ihm ändern würde. Kaum jemand nahm ihn ernst, der eine oder andere legte zwar einen Arm um seine Schulter oder drückte ihn an die Brust, aber niemand versuchte ihn wirklich zu trösten. Als sei der Schmerz, den ein Betrunkener empfindet, nicht echt. Da war ich anderer Meinung, aber ich hielt mich raus.

Am nächsten Morgen löste sich die ganze Versammlung auf, manche mußten nach Hause, einer Arbeit nachgehen, manche hatten Termine oder einfach kein Geld mehr. Sonay startete in die Flitterwochen in eine Reihe teurer Hotels, die ich wahrscheinlich nie würde bezahlen können. Ich fuhr alleine in ein Kaff am Meer, um die letzten Tage noch faul am Strand zu verbringen. Ich fläzte mich in der Sonne, las ein wenig, starrte den Frauen hinterher, und abends, wenn es langsam kühler wurde, spielte ich Basketball mit ein paar Jungs, die mich nicht weiter interessierten. Ich merkte mir zwar ihre Namen und war immer froh, sie auf dem Platz zu sehen, aber das wars dann auch schon.

Nachts ging ich manchmal in dieses Freiluftkino und schaute mir die schlechten Liebesfilme an. Es lief nichts anderes, und ich kann nicht sagen, warum ich mir das antat, anstatt mit einem Glas in der Hand auf dem Dach des Bungalows zu sitzen, in der Dunkelheit zu versinken und nach Sternschnuppen Ausschau zu halten, die es hier so oft gab.

In der letzten Nacht ging ich spazieren, ich fand einen einsamen Felsen, der ins Meer ragte, setzte mich drauf und beobachtete das silberne Glitzern auf dem Wasser. Morgen würde ich ein neues Leben anfangen, morgen wäre es vorbei mit der Ruhe und dem Frieden hier, doch die Tage würden sich auch nicht mehr so in die Länge ziehen. Ich vermißte Dominik und Moritz, ich vermißte die lauten Abende, vor allem aber vermißte ich Anika.

Zuletzt zog ich mich aus, stellte mich nackt hin und fing an zu wichsen. Ich finde es sehr schön, mich in der freien Natur selbst zu befriedigen, vielleicht fühlt sich die Seele gelöster in so einer Weite, und am schönsten ist es, wenn mein Samen dann im Meer untergeht. Ich war vierzehn, als ich das zum ersten Mal gemacht habe, und zwölf Jahre später ist es immer noch wunderbar.

In dieser Nacht träumte ich, ich würde mit Sezen Aksu schlafen, und es war mein schönster Traum seit langem.

2

Im Flieger geriet ich an einen Schwätzer, ich fand es immer wieder schrecklich, im Bus oder im Flugzeug neben jemand zu sitzen, der nicht nur unglaublich viel redete, sondern auch noch ausschließlich über Sachen, die mich nicht interessierten. Ich haßte dieses Fliegen sowieso, es lohnte sich nicht, aus dem Fenster zu gucken, da gab es einfach nichts zu sehen, Wolken waren aus dieser Entfernung meistens entsetzlich langweilige Gebilde. Und drei Stunden erschienen mir vorher so kurz, daß ich jedesmal erstaunt war, wie lang sie sich hinziehen konnten. Ich hatte noch nicht mal ein Buch mit.

Der Typ neben mir war etwa zehn Jahre älter als ich, hatte Geheimratsecken und einen Bart um Oberlippe und Kinn. Dominik und ich nannten die Dinger Arschlochbart. Er erzählte mir von dem Roman, den er schreiben wollte. Natürlich würde er die Literatur revolutionieren, er würde groß rauskommen, er hatte nur im Moment nicht die Zeit, sich dranzusetzen, aber die Ideen hatte er alle schon im Kopf. Sein Held würde eine faszinierende Mischung aus Don Quichotte und Holden Caulfield sein, ein desillusionierter, zorniger junger Mann, der sein Glück suchte und dabei in die abenteuerlichsten Geschichten geriet.

Seit einiger Zeit schien ich diese Spinner magisch anzuziehen. Früher war ich mit dem Schreiben allein gewesen, ich hatte keinen Menschen gekannt, der auch schrieb, doch seit meine Bücher sich verkauften, passierte mir so was andauernd.

Ich wußte, daß dieser Mensch nie auch nur eine einzige vernünftige Zeile hinkriegen würde. Du brauchst keine Angst zu haben vor Leuten, die viel reden. Du mußt Angst haben vor denen, die schweigen. Hatte mein Opa immer gesagt.

Der größte Fehler wäre gewesen, zu erzählen, daß ich zufällig auch schreibe, wahrscheinlich hätte er sich dann sofort mit mir verbrüdern und über Stilmittel oder die Krise der Gegenwartsliteratur fachsimpeln wollen. Und das war das letzte, was ich wollte. Ich wollte, daß er aufhörte zu reden. Da sie ihm keinen Schaden zugefügt hätte, hätte ich ihm ja ruhig meine Verachtung aussprechen können, aber auch das ließ ich bleiben.

Ich fragte ihn nur, ob er nicht aufhören könne, mit dem Knie zu wippen. Das machte mich ganz kirre. Nach zwei Minuten fing er wieder an, und ich wiederholte meine Bitte. Wir spielten das noch ein paarmal durch, dann wurde es ihm peinlich, und er hörte auf zu reden. Das mit dem Wippen hatte er allerdings nicht im Griff.

Ich lehnte mich zurück, ließ die Lider sinken und dachte an Anika, ihre grünen Augen, die groß wie Kuchenteller waren, ihre sandfarbenen Haare, diesen herrlichen runden Po, ihren seltsamen Humor, ihre Art, das Herz eines Kindes zu gewinnen.

Fast drei Wochen war es her, daß wir das letzte Mal gebumst hatten. Einige Frauen am Strand hatten mich erregt, eine in einem hellblauen Badeanzug, die wunderschöne Füße hatte, hatte es mir besonders angetan. Eines Morgens hatte ich mir dann die türkische Ausgabe von Penthouse gekauft und gestaunt, weil ich nicht damit gerechnet hatte, daß man darin gespreizte Schenkel sehen konnte, und auch nicht damit, daß es nur Fotos amerikanischer Frauen aus den Achtzigern gab. Das war nur eine Resteverwertung, ich hatte mir ein wenig Erotik versprochen, nicht diese Plastikaufnahmen.

Drei Wochen hatte ich auf jeden Fall nur geguckt, da glaubt man manchmal, man habe schon vergessen, wie sich das anfühlt.

Ich phantasierte, daß wir uns vor lauter Ungeduld für die Flughafentoilette entscheiden würden. Ich stellte mir vor, wie ich hastig meine Hose aufknöpfte, nachdem die Haustür ins Schloß gefallen war, daß Anika keinen Slip anhaben würde oder nur diesen durchsichtigen. Ich malte mir einiges aus und fragte mich, was wohl die lustvollste Variante wäre. So verging fast eine halbe Stunde.

Mein Schwanz war hart, ich fieberte der Landung entgegen, noch fünfzig Minuten. Ich wurde unruhig, kam mir hier beengt vor, mein Nachbar wippte immer noch mit seinem Scheißknie und las Zeitung, vielleicht war es jetzt auch das andere Knie, was spielte das schon für eine Rolle. Ich wollte landen.

In solchen Momenten wünschte ich mir oft, ich wäre breit, das stellte ich mir sehr angenehm vor, die schönste Art zu fliegen, man wird nicht so unruhig, man versinkt einfach mit einem satten Lächeln im Sitz und träumt vor sich hin. Der einzige Grund, warum ich das nie tat, war, daß ich eine Riesenangst davor hatte, breit durch den Zoll zu laufen und schon wieder angesprochen zu werden.

Noch achtundvierzig Minuten. Anika. Der Typ legte die Zeitung weg, und ich überlegte kurz, ob ich ihn bitten sollte, sie mir mal zu leihen. Nein, das ging nicht, es war schwer, jemand, den man nicht leiden konnte, um etwas zu bitten.

Irgendwie verging die Zeit dann doch, im nachhinein kann ich beim besten Willen nicht mehr sagen, wie, aber irgendwann setzten wir auf, später erhob ich mich, mein Schwanz drückte gegen meine Hose, ich nahm meine Tasche, und langsam schoben wir uns nach draußen.

Direkt nach der Paßkontrolle kam ein Mann auf mich zu und zeigte mir seine Marke, ein Beamter in Zivil.

– Guten Tag. Müller, Bundesgrenzschutz. Haben Sie etwas zu verzollen?

– Nein.

– Tabak, Spirituosen?

– Nein.

– Kunstgegenstände, gewerbliche Güter?

– Nein.

– Schmuck, Gold?

– Nein.

– Haben Sie noch Gepäck außer dieser Tasche?

– Nein.

Ich sah ihm die ganze Zeit in die Augen, aber das beeindruckte ihn nicht im geringsten.

– Kommen Sie mal bitte mit. Hier hinter diesen Vorhang. Packen Sie bitte Ihre Tasche aus.

– Alles?

– Ja, alles auf den Tisch hier.

– Ich habe nichts zu verzollen.

Du packst die Tasche aus, dieser Menschenkenner vor dem Herrn wühlt ein wenig sinnlos in deinen Sachen rum, findet etwas, das er nicht kennt, und fragt dich, was das ist. Scheiße, Alter, du glaubst mir doch sowieso nicht, also laß mich einfach in Ruhe und finde gefälligst selbst raus, was du da in der Hand hältst. Meine Oma macht erstklassiges Paprikamark, du dämlicher Kartoffelfresser. Schön, wieder hier zu sein.

Anika war nicht da, um mich abzuholen. Wir hatten uns nicht verabredet, ich hatte ein wenig gehofft, daß sie kommen würde, um mich zu überraschen, nun stand ich da und überlegte, wen ich anrufen könnte. Dann fragte ich mich, ob ich mir ein Taxi nehmen sollte, und schließlich kaufte ich eine Zeitung und stieg in den Bus.

Unbekannter verprügelt 9 Fahrgäste lautete die Schlagzeile. Irgend jemand war abends in der S-Bahn anscheinend grundlos ausgeflippt und hatte nacheinander neun unschuldige Fahrgäste geschlagen, von denen drei später in einem Krankenhaus behandelt werden mußten. Der Schläger war an der nächsten Station unbehelligt ausgestiegen.

Geschieht ihnen recht, dachte ich. Neun Menschen, die doof genug sind, dazusitzen und zu hoffen, daß es sie nicht trifft, die bescheuert genug sind, zu glauben, was sie da gerade sehen, ginge sie nichts an. Man mischt sich nicht in fremder Leute Angelegenheiten. Ewig lebe die Schlange, die mich nicht beißt.

Es geschah ihnen recht, neun gegen einen, die Chance war mehr als fair. So wenig Sympathie ich auch für den Schläger empfand, ich freute mich, daß er entkommen war, daß die Feigheit der Leute bestraft wurde.

Aber man kann sich nicht wirklich freuen, in einer Welt zu leben, wo solche Sachen passieren.

Dominik war nicht da, in der Küche stapelte sich das Geschirr, überall lagen leere Chipstüten und Pizzakartons rum, der Kühlschrank war leer bis auf eine Flasche Wodka. Wie ich es haßte, wiederzukommen, und nicht nur deswegen.

Ich sah meine Post durch, nichts Weltbewegendes, zwei, drei Zeitschriften hatten mir meine Artikel mit irgendeiner Entschuldigung zurückgeschickt, ein Brief von einer Frau, die wissen wollte, was ich abends machte, wenn ich nicht einschlafen konnte, und die mich für einen fabelhaften Schriftsteller hielt. Und ein kleiner Scheck für eine Sache, die ich vor einem halben Jahr geschrieben hatte.

Ich las den Brief der Frau ein zweites und drittes Mal, manchmal fand ich es sehr erhebend, gelobt zu werden. Ich setzte mich hin und schrieb eine kurze Antwort, aber ich hatte natürlich auch kein Rezept gegen Schlaflosigkeit.

Dann saß ich da, es war still in der Wohnung, ich hatte nichts zu tun, ich sah meine Tasche an, in die ich meinen Kram wütend zurückgestopft hatte, keine Lust, sie jetzt auszupacken, ich ging meine Kassetten und CDs durch, nichts reizte mich. Ich nahm das Telefon und rief Anika an. Niemand hob ab.

Es war mittlerweile früher Abend, ich schnappte mir den Basketball und ging auf den Platz. Dort konnte ich mich so fühlen, als sei ich noch gar nicht zurück, dort konnte die Welt mich nicht einholen.

Als ich später die Haustür aufschloß, war ich verschwitzt, hatte dreckige Hände und Hunger, natürlich hatten wir das Spiel verloren, wie sollte es auch anders sein an einem solchen Tag. Ich hörte Geräusche in der Küche, es roch nach Essen. Im Flur ließ ich den Ball einfach fallen, und da kam mir Anika auch schon entgegen. Sie hatte das schwarze Kleid mit den dünnen Trägern an, man konnte ihre Schultern bewundern, die geschwungenen, vorstehenden Schlüsselbeine, ihre Arme, denen man zwar ansah, daß sie oft Farbeimer schleppten, die aber nicht kräftig oder dick wirkten.

– Du schmeckst salzig, sagte sie, du bist zuviel im Meer geschwommen.

Wir sahen uns in die Augen, lächelten, küßten uns noch mal, es war doch schön, wiederzukommen. Dominik und ich umarmten uns, mit einem Blick in die Küche sah ich, daß er gespült und eingekauft hatte und daß das in der Pfanne Hähnchenflügel waren.

Während Dominik kochte, saßen Anika und ich da, und sie sagte, daß sie mich gerne abgeholt hätte, aber länger arbeiten mußte. Ich streichelte ihren Oberschenkel und erzählte von dem dämlichen Zollbeamten, das war wie ein Ritual, ich konnte diese Geschichte bei fast jeder Wiederkehr in einer anderen Version erzählen.

– Bei mir nichts Neues, sagte Dominik, kennst das doch, arbeiten, schuften, Geld verdienen und zwischendurch mal abhängen oder feiern.

– Moritz geht es im Moment nicht so gut, sagte Anika.

– Estelle?

Ein Nicken. Es gab da wohl nicht soviel zu erzählen, nachdem er nun lange Zeit hinter Estelle hergewesen war, war ihr Glück nur von kurzer Dauer gewesen. Ich hatte es geahnt, klar, das ist später leicht zu behaupten, aber ich hatte kein gutes Gefühl bei der Sache gehabt. Moritz tat mir leid, er gehörte wahrscheinlich zu den wenigen Menschen auf der Welt, die noch nie jemandem etwas Böses gewünscht haben.

Wirklich, er tat mir leid, aber im Moment hatte ich andere Sachen im Kopf. Jedesmal wenn Dominik uns den Rücken zudrehte, glitt meine Hand unter Anikas Kleid, sie hatte keinen Slip angezogen. Langsam wurden wir beide ungeduldig.

Doch es wäre ein Fehler gewesen, das Essen hastig runterzuschlingen, Dominik hatte raus, wie man ein köstliches Mahl bereitet. Er arbeitete als Koch in etwas nobleren Cafés und Kneipen, er hatte den Job nicht gelernt, aber er genoß einen gewissen Ruf in der Stadt und hatte kaum Schwierigkeiten, Arbeit zu finden. Zu Hause kochte er eher selten, das konnte ich noch ganz gut verstehen, was mir nicht so richtig in den Kopf ging, war seine Vorliebe für Chips, Schokolade und Imbißbuden. An dieser Vorliebe lag es wohl, daß er in den letzten Jahren einen Bauch bekommen hatte. Aber der stand ihm gar nicht schlecht, paßte irgendwie zu seiner ruhigen, gutmütigen Art.

Wir ließen es uns also schmecken, ich redete viel und auch mit vollem Mund, erzählte von Sonays Hochzeit, ihrem Mann und ihrem neuen Vertrag. Sie hatte für eine beachtliche Summe den Verein gewechselt und spielte in der neuen Saison in roten Trikots Basketball anstatt in gelben. Es ging ihr nicht mehr um die Freude am Spiel, es war ihr egal, ob sie auf der Ersatzbank saß oder wie lange sie eingesetzt wurde. Es war halt ihr Job, und sie versuchte möglichst viel Geld damit zu verdienen. Im Grunde arbeiten wahrscheinlich die meisten Menschen so, aber bei Sportlern glaubt man immer, sie hätten Spaß an der Sache, weil sie für etwas bezahlt werden, was die anderen nur in ihrer Freizeit tun können. Ich hätte viel darum gegeben, auch fürs Basketballspielen bezahlt zu werden, aber ich war lange nicht gut genug.

Die Knochen häuften sich auf den Tellern, wir leckten uns die Finger, nach dem letzten Flügel zündete Dominik sich eine Zigarette an und erzählte ein paar Kleinigkeiten, von diesem und jenem, einem neuen Laden, der aufgemacht hatte, aber ich hörte kaum zu. Ich überlegte, welcher Spruch im Moment der richtige wäre, um mit Anika aufzustehen und in meinem Zimmer zu verschwinden, ohne einen Handschlag zu tun, ohne die Teller abzuräumen, ohne weitere Sachen für den Abend zu planen, ohne Dominik zu fragen, ob er es dieses Mal geschafft hatte, mir die Miete pünktlich zu überweisen, da ich im Moment einige Sorgen hatte mit dem Geld. Einfach ohne irgend etwas außer Hände waschen.

Da stand Dominik schon auf und sagte, er wolle sich auf dem Balkon noch den Sonnenuntergang ansehen. Für solche Sachen liebte ich ihn.

Kaum hatten Anika und ich die Tür hinter uns geschlossen, zogen wir uns aus, in acht Sekunden waren wir beide nackt, wir legten uns aufs Bett, und ich drang in sie ein. Ich blieb in ihr, ohne mich zu bewegen, und wir fingen an, uns zu küssen. Ich nahm ihren Kopf in meine Hände und dankte den Göttern, versuchte in ihren Augen zu versinken.

Es war nicht mehr so wie am Anfang, es war nicht mehr so, daß ich weiche Knie bekam, wenn wir uns nur küßten, am Anfang war die Welt in Ordunung, wenn sie mich nur im Arm hielt, das andere Leben war neben ihr verblaßt. Es war nicht mehr so wie am Anfang, sie war nicht mehr mein ein und alles, so was funktioniert auf Dauer nicht, der Rausch der Verliebtheit verfliegt wohl mit der Zeit, aber manchmal bleibt etwas übrig, das größer ist.

Wir bumsten lange, wir bumsten, bis uns der Schweiß runterlief, wir bumsten, während es draußen dämmerte, die Konturen verschwammen und immer neue Schatten auftauchten. Eine ganze Weile versuchten wir, nicht zu laut zu sein wegen Dominik, ich glaubte, ich müßte zerspringen, weil ich nicht alles rauslassen konnte.

Später war ich völlig außer Atem, mein Hals war trocken, wahrscheinlich hatte ich doch noch geschrien, wir lagen da und kamen langsam wieder zur Besinnung. Haut an Haut, angenehm ineinander verknotet, mit pochenden Herzen, die sich langsam beruhigten, unsere Gerüche, die sich zu einem vereint hatten.

Als ich nur mit Shorts bekleidet aus dem Zimmer ging, um das Telefon zu suchen, war es mittlerweile dunkel. Dominik war nicht mehr da. Vielleicht mußte er arbeiten, vielleicht saß er in einem Biergarten, vielleicht suchte er eine Frauenbekanntschaft, wer weiß. Er hatte noch gespült und den Müll runtergebracht.

Das Telefon stand neben dem Herd, ich setzte mich auf einen Stuhl, machte mir einen Joghurt auf und wählte Moritz' Nummer. Wir verabredeten uns im Park, das ist ein größeres Fleckchen Grün an der Autobahn. Noch nicht mal in solch lauen Nächten wie heute kamen Leute auf die Idee, dort zu grillen. Es war verlassen wie nur was, die Geräusche der Autos störten mich nicht sonderlich, es war ein idealer Platz, um ungestört auf einer Parkbank zu hocken, ein paar Bierchen zu trinken und zu reden. Ich hatte keine Lust, mich in irgendwelches Getümmel zu stürzen, und Moritz sowieso nicht.

Anika lag auf dem Bauch, als ich ins Zimmer zurückkam, ich hockte mich auf die Bettkante, streichelte ihren Po. Wenn wir getrennt waren, überkam mich der Wunsch, mit ihr zusammenzuziehen, ich wollte Kinder mit ihr haben, doch das verging seltsamerweise, wenn wir uns sahen. Wahrscheinlich ist es einfacher, die Menschen aus der Ferne zu lieben, vielleicht füllte ich auch nur eine Leere mit diesen Wünschen. Im Grunde mochte ich keine Verantwortung für jemanden tragen, ich wußte nicht, woher das kam, ich hatte keine Ahnung, ob ich mich um etwas drückte, ob die Freiheit mir so wichtig war, ob ich Angst hatte oder zu unreif war oder ob ich es am Ende nicht schon schwer genug fand, für mein eigenes Leben verantwortlich zu sein.

– Ich treffe mich mit Moritz, das wird ihm wahrscheinlich ganz guttun im Moment.

– Ich warte hier.

Ich war noch keine acht Stunden zurück, aber es kam mir auf einmal vor wie Jahre. Man gewöhnt sich viel zu schnell an alles, man gewöhnt sich an Gutes und Schlechtes, man gewöhnt sich daran, Sex zu haben, man gewöhnt sich daran, unglücklich zu sein, sich zu freuen, zu leiden, zu verzweifeln, euphorisch zu sein, auch wenn die Welt einem im Grunde fremd bleibt.

Oft glaube ich, ich war mit sechzehn viel näher am Tod als jetzt, damals hatte ich mich noch nicht so richtig daran gewöhnt, am Leben zu sein. Jetzt ist es etwas ganz Alltägliches, nur weiß ich immer noch nicht genau, was gut und was richtig ist, woran man sich halten muß, was unvergänglich ist und wie man es schafft, aufrecht durchs Leben zu gehen.

Moritz und ich saßen auf der Lehne der Parkbank, die Autos summten vorbei, wir hatten jeder eine Dose Bier in der Hand und sahen geradeaus auf einen Spielplatz, während wir sprachen.

– Sie wollte sich an dem Abend nicht mit mir treffen, ich habe okay gesagt, was sollte ich auch sonst sagen? Und dann hab ich es einfach nicht mehr ausgehalten, ich weiß ja, wo sie so hingeht. Ich also ins Daisy, als wäre ich zufällig dort. Sie sitzt da mit so einem kurzhaarigen Typen, sie stellt mich vor, ich setze mich dazu, bestelle mir ein Bier, und dann schweigen wir drei uns erst mal an. Superpeinlich. Irgendwann stehe ich auf, bezahle und gehe. Das war vor zwei Wochen. Seitdem haben wir uns nicht mehr gesehen.

Schon das zu hören tat mir weh. Was sollte ich sagen? Er wußte, daß es falsch gewesen war, ins Daisy zu gehen, er wußte auch, daß so was zum Scheitern verurteilt war, er mußte es zumindest geahnt haben.

Das hatten wir fast alle schon mal erlebt, aber was trieb einen dazu, das Falsche zu tun. Die Liebe?

Ich wußte auch nicht, was einen dazu trieb, eine Frau, die ihre Ruhe haben wollte, immer wieder anzurufen, ihr immer wieder vorzuschlagen, ins Kino zu gehen, Kaffee zu trinken, sie so zu bedrängen, daß sie am Ende auch das kleinste bißchen Lust verlor. Ich wußte nicht, was einen dazu trieb, seinen Stolz runterzuschlucken, alles aufzugeben und sich einzubilden, daß einem schon das kleinste bißchen Zuneigung reichen würde, alle seine Energien zu investieren, weil sie ja Früchte tragen mußten, weil es ja ein gutes Ende nehmen mußte, wenn man sich nur mit jeder Faser seines Leibes einem Wunsch verschrieb. Die Liebe?

Oder war es doch nur die Angst, nicht bei ihr landen zu können? Oder war es nur noch schwieriger, den Dingen vermeintlich tatenlos ihren Lauf zu lassen?

Je verzweifelter sich Moritz an die Hoffnung geklammert hatte, desto kleiner war sie geworden. Ich wußte nicht, was ich sagen sollte, ich hatte all die Male auch nicht herausgefunden, warum das alles so war.

– Rufst du sie noch an?

– Dreimal bisher. Ich will ja immer warten, aber dann macht es mich wahnsinnig, und ich rufe doch wieder an.

Wenn die Menschen stolzer wären, dann wäre vielleicht vieles einfacher, dachte ich.

– Sieh mal, versuchte ich ihm zu erklären, diese Frau kommt gerade aus einer Beziehung, die fünf Jahre gedauert hat. Und so schön das wahrscheinlich auch war, du mußt immer auf ein paar Sachen verzichten, und jetzt will sie ihre

Freiheit auskosten. Das Dümmste, was du tun kannst, ist, sie zu bedrängen. Da würde ich auch weglaufen.

Ich kannte Estelle nicht sonderlich gut, sie war mir nicht unsympathisch, fiel ihr Name, dachte ich als erstes an die hübschen Fältchen, die sich auf ihrer Nase bildeten, wenn sie lachte.

– Ja, aber ich muß den ganzen Tag an sie denken. Ich stehe im Laden und denke an Estelle, ich wache morgens auf, ich esse, ich arbeite, ich schlafe, ich trinke, aber es ist alles Estelle. Jedes Wort, das sie an mich richtet, drehe und wende ich hundertmal in meinem Gehirn und finde fünf verschiedene Bedeutungsebenen. Jeder Satz löst eine ganze Lawine aus, ich kann nicht mehr, ich weiß nicht, wie man so etwas abstellen kann.

Ich machte uns zwei neue Biere auf, sie waren jetzt nicht mehr ganz so kalt. Moritz vertraute mir auf eine Art, die mir fast schon schmeichelte. Hätte ich einen Rat gehabt, hätte er womöglich drauf gehört.

– Stell dir vor, du hast Hunger, großen Hunger. Jemand bietet dir einen Keks an. Wenn du drei Minuten wartest, wird er dir statt dessen drei Kekse geben. Was tust du?

– Ich nehme den einen. Wer weiß, was in drei Minuten alles passiert.

Wir lächelten beide ein wenig gequält und schwiegen, man kann nicht aus seiner Haut raus, man kann nicht eines Morgens aufstehen und anfangen, die Dinge ganz anders anzugehen. Ich stützte die Ellenbogen auf die Knie und sah auf das Klettergerüst.

– Weißt du, es ist mir noch nie so schlecht gegangen. Noch nie habe ich mich in meinem Leben am Stück so beschissen gefühlt wie in den letzten beiden Wochen. Du warst nicht da, Frank, naja, und Patrick erzählt mir nur, daß man kämpfen muß, mit allen Mitteln, die einem einfallen … Schön, daß du wieder da bist.

Ich erinnerte mich an die Zeit, als ich mich so gefühlt hatte. Das war mit siebzehn gewesen, der längste und traurigste Sommer meines Lebens, Marion hatte mich nicht erhört, noch nie hatte sich eine Frau für mich interessiert, nie würde eine mich lieben. Ich fand mich häßlich. Leben, Leben, das war etwas, was die anderen taten, ich existierte nur, ich empfand keine Freude, kein Glück, es tat nur weh. Ich lag den ganzen Sommer zu Hause auf dem Bett und war zu nichts zu bewegen. Ich hatte soviel Unglück, daß ich glaubte, die Welt sei mir etwas schuldig. Niemand verstand mich, niemand wußte, wie es mir ging, ich war allein.

Mein Vater hatte eines Tages mit mir gesprochen, in seiner ernsthaften, rationalen Art, und ich hatte gemerkt, daß er sehr wohl wußte, wie es mir ging. Er schien das zu kennen. Aber das konnte doch nicht sein, wenn er wußte, wie diese Schmerzen sich anfühlten, dann konnte er unmöglich so alt geworden sein. Das war nicht auszuhalten.

So schlimm wie damals kann es nie wieder werden, dachte ich seitdem, weil ich damals geglaubt hatte, es hört nie auf. Das erzählte ich Moritz. Wahrscheinlich fühlt jeder das einmal, es gibt eine Zeit, in der man am einsamsten ist. Nur einmal, Moritz, nur einmal, dann kennst du die Schmerzen auswendig, und sie können dich nie wieder so packen.

Ich hoffte, daß das stimmte. Vielleicht kam es ja auch wieder, gerade, wenn man glaubte, das Schönste schon erlebt zu haben.

3

Mit meinen Kontoauszügen in der Hand stand ich da und überlegte, was ich wohl hätte anders machen können. Sicher, es war eine Dummheit gewesen, wegzufahren, aber so oft heiratete Sonay nicht. Dominik hatte sein Geld irgendwie sinnlos verpraßt und es mal wieder nicht geschafft, die Miete zu überweisen, und dieser Scheck war einfach zu klein, um irgend etwas an meiner Situation ändern zu können.

Es sah schlecht aus. Wahrscheinlich mußte ich mir wieder einen miesen Job suchen. Geld konnte man sich zwar auch leihen, aber Schulden zu haben bedrückte mich mehr, als zu arbeiten. Ich wollte jedem Menschen mit ruhigem Gewissen in die Augen blicken, ich wollte niemandem etwas schuldig sein.

Es sah so beschissen aus wie schon lange nicht mehr. Ich ging im Kopf ein paar Jobs durch, Lagerhelfer, Kellner, Aushilfsfahrer, Plakatkleber. Es gab Arbeiten, die ich nie wieder verrichten wollte. Ich wollte nicht nachts arbeiten, mir nicht die Knochen schinden oder auf Provisionsbasis angestellt werden. Mir graute vor diesen Arbeiten, bei denen ich das Gefühl gehabt hatte, mein Leben zu verkaufen.

Vielleicht konnte ich zurück zum T-Shirt-Versand gehen, bei dem ich vor fast einem Jahr aufgehört hatte, einfach so, und danach war es eine Zeitlang ganz gut gelaufen mit dem Schreiben. Der Chef dort war zwar ein Chaot und Choleriker, aber wir wußten beide, daß ich redlich versuchte, mir mein Geld tatsächlich zu verdienen, und mich nie drückte. Doch ich hätte das Gefühl gehabt, mich im Kreis zu bewegen, es wäre mir wie das Eingeständnis einer Niederlage vorgekommen.

– Hallo.

Ich blickte auf, Patrick, ausgerechnet jetzt trafen wir uns.

– Du siehst ja nicht gerade glücklich aus. Geldsorgen?

Ich faltete die Auszüge zusammen und steckte sie in die Tasche.

– Naja, nicht sonderlich rosig, aber wird schon wieder.

Patrick und ich, wir waren mal sehr gute Freunde gewesen, damals hatte ich gedacht, das würde sich niemals ändern. Ich war davon überzeugt gewesen, daß es nie kaputtgehen konnte, wenn man einmal soviel miteinander geteilt hatte. Es war alles so gut, manchmal hatte ich gedacht, wenn wir schwul wären, hätten wir alles, was man sich im Leben wünschen kann. Drei oder vier Jahre war das so gegangen. Ich schrieb, wurde nicht veröffentlicht und träumte, und Patrick machte im Grunde das gleiche, nur daß er sang und Gitarre spielte. Unsere Träume waren groß.

Ich kann nicht sagen, wo es anfing. Patrick hatte mir nie etwas Böses getan, nur sein Leben hatte sich nach und nach geändert: ein paar Jingles fürs Fernsehen geschrieben, eine Frau kennengelernt, die ich von Anfang an nicht ausstehen konnte und sie mich auch nicht, aus der Band ausgestiegen, noch mehr fürs Fernsehen gearbeitet, sich von Chefs mit Magengeschwüren anbrüllen lassen, ohne zu mucken, weil die Kohle stimmte, in ein vornehmeres Viertel umgezogen, zusammen mit Manja, obwohl er kaum noch zu Hause, sondern meistens auf der Arbeit war. Er machte mittlerweile etwas anderes bei diesem Sender, ich wußte nicht genau, was, aber es interessierte mich auch nicht. Seine Gitarre stand schön in seinem Zimmer auf dem Ständer, und manchmal, wenn Manja und er Krach hatten, spielte er ein wenig, aber sie hatten immer seltener Krach, was ja eigentlich auch ganz schön war.

Er fing an, mir zu erzählen, was die Ärsche vom Finanzamt ihm abknöpften, von dem Schlaf, den er einfach brauchte für seine Arbeit, schimpfte auf Leute, die sich mit seinem Geld ein faules Leben leisteten. Ich erinnerte mich, wie er mir einmal in einer betrunkenen Verzweiflung gebeichtet hatte, Manja würde ihn schlagen, wenn sie nicht mehr weiter wüßte, Ohrfeigen, die auf hysterisches Gekeife folgten.

Nein, das war alles nicht ausreichend, um wirklich Groll zu hegen, er war ein freier Mensch, und wenn er sich diesen Weg ausgesucht hatte, na gut. Nur fühlte ich mich auf eine weinerliche Art persönlich verraten. Wir hatten doch an etwas geglaubt, wir hatten doch für etwas anderes gelebt, und Patrick hörte immer noch Punkrock, hatte lange Haare, trug eine Lederjacke und glaubte, das reiche aus. Und trotz allem hielten wir beide an dem fest, was wir einmal gehabt hatten, das konnte nicht ganz verlorengehen.

– Wenn du einen Job brauchst ... Du weißt ja, wofür hat man denn sonst Freunde?

– Dialogschreiber?

– So was in der Art, ich denke, ich könnte dich da unterbringen. Die zahlen sehr gut.

Man schrieb Dialoge für irgendwelche hirnrissigen Serien, im Grunde war alles schon vorgegeben, man mußte die Dinger nur ausformulieren und dabei so hölzern klingen lassen wie nur möglich. Gute Dialoge fielen aus dem Rahmen, dafür wurde man nicht bezahlt. Dann mußte man sie noch fünfzehnmal umschreiben, weil irgendeinem von den Kreativen etwas Tolles eingefallen war, und am Ende nahmen sie doch die erste Version. Abgesehen davon waren Dialoge sowieso nicht meine Stärke.

Patrick meinte es gut, das wußte ich, er machte mir dieses Angebot nur, weil er mich mochte. Ich wußte das zu schätzen, aber ich hatte ihm mehr als einmal erklärt, warum so etwas für mich nicht in Frage kam. Wenn ich das, was ich schreibe, nicht glaube, dann versuche ich es lieber als Möbelpacker. Ich mag mein Geld nicht damit verdienen, für Serien zu schreiben, die so wirken, als hätten Zwölfjährige sie sich ausgedacht, Serien, die ich niemals freiwillig gucken würde, weil ich dann das Gefühl bekäme, daß die Macher mich für doof hielten, mich beleidigten, mir ins Gehirn spuckten.

– Ich tu es nicht, Patrick, du kennst mich.

– Aber du kannst doch nicht ewig so weitermachen. Du gibst es dir drei Monate oder vier, und mit dem Geld kannst du dann ein halbes Jahr sorgenfrei das machen, wozu du

Lust hast. Du kaufst dir einfach ein wenig Freiheit, du bist viel zu verbissen, du machst es dir unnötig schwer, du mußt mal ein wenig realistisch sein, der Markt funktioniert nicht, wie du es gerne hättest, du versuchst immer wieder mit aller Macht zu verhungern.

Vielleicht hatte er ja recht, aber ich hatte keine Ahnung, wo da die Grenze sein sollte. Wenn man erst mal angefangen hatte zu lügen, konnte man kaum nach vier Monaten zurückgehen und so weiterleben wie vorher.

Wir redeten noch ein wenig über dieses und jenes, ich war nicht ganz bei der Sache, er lud mich ein, mal wieder vorbeizukommen, und ich murmelte etwas vor mich hin. Je seltener ich Manja sah, desto besser. Ich hatte das Gefühl, daß sie es war, die seinen Ehrgeiz nährte, Karriere zu machen.

Beim Abschied drückte mir Patrick etwas in die Hand, das knisterte.

– Nimm es einfach, sagte er, stell dich nicht an, tu mir den Gefallen, das war nie ein Thema zwischen uns.

Nein, das war es nie gewesen, und ich war ihm dankbar, das Band zwischen uns konnte nie ganz reißen, doch ich konnte das Geld nicht annehmen, und das hatte nichts mit Patrick zu tun.

Ich trottete nach Hause, die Sonne schien, mein Schatten fiel vor mich, und ich versank in trübseligen Gedanken an die Zukunft. Schon wieder keine Kohle, wie ein altes Lied, seit Wochen keine vernünftige Zeile mehr geschrieben, die Worte schienen tot und meine Unschuld dahin zu sein, alles wurde immer komplizierter, mit den paar miesen Jobs früher hatte ich zumindest regelmäßig Geld auf dem Konto gehabt. Vielleicht lief mir die Zeit davon, vielleicht sollte ich mich aber auch darüber freuen, weil das nur bedeutete, daß irgendein Ende immer näher rückte.

Verdammt, ich mußte einen Weg finden, ich durfte mich an niemandem orientieren, denn das verwirrte mich am meisten, zu wissen, wie andere die Sachen angingen. Ich mußte einen Weg finden, und zunächst folgte ich meinem Schatten, bis wir zu Hause waren.

Dominik stand gerade auf, er war ein Langschläfer, es dauerte Ewigkeiten, bis er morgens in die Gänge kam. Er wusch sich, rauchte erst mal in Ruhe eine, trödelte rum, und oft genug war es nach zwei, bis man etwas mit ihm anfangen konnte. Ich mochte die Ruhe vormittags, Dominik schlief fest genug, um ein wenig leise Musik laufen zu lassen. Das war die Zeit, in der ich meistens schrieb, wenn der Tag noch jung war und nichts passiert, das mir die Laune verderben konnte, eine Tasse Kaffee, ein Bleistift und der Blick aus dem Fenster über die Dächer. Ich hatte auf die Art ein paar ganz gute Sachen hingekriegt, und bald würde ich mich an einen neuen Roman machen, aber zunächst brauchte ich Geld.

– Ich kümmere mich darum, noch heute, sagte Dominik.

– Es ist nicht nur die Miete, ich habe mich einfach verschätzt, es sieht nicht gut aus. Wenn ich bloß irgendwo wenigstens eine Kurzgeschichte verkaufen könnte.

In Dominiks Gegenwart klagte ich nicht gerne über Geldsorgen, er verdiente seinen Lebensunterhalt seit seinem sechzehnten Lebensjahr selbst und hatte es oft weitaus schwerer gehabt als ich. Er hatte eine seltsame Art mit dem Geld, von Zeit zu Zeit wurde ihm alles zu bunt, er schmiß die Jobs hin, er entschied sich, auf der Abendschule doch noch das Abitur nachzuholen, oder er kriegte ein gutes Angebot, Parkett zu verlegen, kündigte deswegen, und drei Monate später war das Parkett verlegt, das Geld ausgegeben und Dominik wieder ohne Arbeit. Er hatte entweder viel Geld und gab es mit vollen Händen aus, oder er hatte keins und schnorrte sich durch und machte Schulden. Aber er hatte seit einigen Jahren die Sicherheit, einen Job zu kriegen, wenn er wollte. Es gab nicht so viele gute Köche, die in Kneipen jobbten, und für den schlimmsten Fall hatte er sogar eine Ausbildung als Schreiner. Ich stand immer wieder mit leeren Händen da, weil es nichts gab, für das ich mich besonders eignete. Zur Zeit hatte Dominik im Grunde Geld, es scherte ihn wenig, an einem freien Abend zweihundert Mark zu verjubeln, aber er kriegte es nicht hin, mir die Miete pünktlich zu überweisen. Manchmal machte mich das wütend, manchmal war ich sauer auf ihn, weil er so unzuverlässig war. Es war nicht immer einfach, mit ihm zusammenzuleben, aber ich hatte die Entscheidung nie bereut. An manchen Tagen wurde es mir zuviel, und ich hätte ihn erwürgen können, weil er noch nicht mal den Müll runtergebracht hatte oder einfach für die Art, wie er beim Wassertrinken den Kopf zurücklegte oder wie er beim Essen sein Messer hielt. Dann wieder gab es Tage, da war ich froh, daß er mir zeigte, wie leicht man das Leben nehmen konnte, da erschien es mir ein Gewinn, so oft in seiner Nähe zu sein.

– Hast du nicht irgendeinen Job für mich, als Spüler oder so?

– So schlimm schon?

Ich nickte. Bei dem Stundenlohn als Spüler hätte ich einen ganzen Monat rund um die Uhr arbeiten müssen, um auf einen grünen Zweig zu kommen, aber irgendwo mußte man ja anfangen.

Dominik kochte Kaffee, wir setzten uns auf den Balkon, die Tassen in den Händen, die Sonne schien, Dominik erzählte von einem Mafia-Film, den er kürzlich gesehen hatte, er hatte ein Faible für so etwas. Ich schloß die Augen und stellte mir Dominik in der Hauptrolle vor, ein blonder Pate mit beachtlichem Bauch und Halbglatze, der sich großmütig um die Familie kümmerte, der Treue und Loyalität über alles stellte und Leute hatte, die den alltäglichen Kleinkram für ihn erledigten. Faszinierend an den Gangsterfilmen waren diese Männer, die eine Ehre besaßen, die man nicht beflecken durfte. Sie glaubten an gewisse Werte, während in dem Dschungel draußen nichts mehr heilig war. Es war eine schöne Vorstellung, in einer Gemeinschaft zu leben, wo sich alle auf ein paar wichtige Dinge einigen konnten, aber wo konnte man so etwas für sich selbst noch finden.

Irgendwann machte Dominik sich auf zur Arbeit, und ich drehte die Musik lauter und saß weiter da und überlegte, ob man wohl über Geldsorgen hinaus war, wenn man soviel Steuern hinterzogen hatte, daß man deswegen vor Gericht stand.

We can all get by if we want now, get fat piece of the pie, if we want, hörte ich die Stimme aus den Boxen rappen, ich würde schon klarkommen, irgendwie kam man immer klar.

Kurz dachte ich daran, meinen Vater anzurufen und ihn

um Geld zu bitten. Egal was passierte auf der Welt, ich konnte, solange sie lebten, zu meinen Eltern, ich hatte diese Sicherheit, das war viel wert. Aber ich hätte mir nur anhören müssen, daß sie doch recht gehabt hatten, Schriftsteller war einfach kein vernünftiger Beruf, und ich hätte mich beizeiten um etwas Anständiges bemühen sollen. Und genau das stimmte nicht, es durfte nicht stimmen, und ich wollte es mir nicht anhören.

Gut, versuchte ich mich zu beruhigen, du hast ein Dach über dem Kopf, du hast eine Freundin, du hast eine Familie, du hast Freunde, bleib gelassen, was soll dir schon groß passieren? Vielleicht verläßt deine Freundin dich, vielleicht schwindet dein Erfolg als Schreiber, wird immer kleiner und löst sich in nichts auf. Wo steht denn geschrieben, daß du nicht auch als Fabrikarbeiter glucklich werden kannst. Vielleicht zerbrechen deine wenigen Freundschaften, aber du kannst in ein Zenkloster gehen, du sagst doch oft genug, daß der spirituelle Weg dich interessiert. Stell dich nicht so an, eine kleine ehrliche Arbeit läßt sich immer finden.

Aber ich hatte nun mal kein Geld, und es nervte mich, daß meine Gedanken dauernd darum kreisten. Ich hatte einfach keine Lust, zu arbeiten und ein nützliches Mitglied dieser Gesellschaft zu werden. Das hatte ich schon sehr früh gemerkt, und ungefähr so war ich ja aufs Schreiben verfallen. Das tat ich sowieso, also konnte ich mich auch gleich dafür bezahlen lassen. Hätte es Geld fürs Kaffeetrinken, Sonnen, Abhängen gegeben, hätte man mich für den Sex bezahlt, den ich hatte, oder fürs Musikhören oder Lesen, ich wäre sofort dabeigewesen.

Aber so waren die Regeln nicht. Arbeit sollte etwas sein, das man ungern tat, damit man seine Freizeit zu schätzen wußte. Arbeit sollte produktiv sein, auf ein bestimmtes Ziel gerichtet. Ich mochte es, die Dinge um ihrer selbst willen zu tun, keine Absicht damit zu verfolgen. Ich wollte Zeit haben und Spaß, Sex, Musik, Drogen und Bücher. Manchmal auch Anerkennung.

Du willst zuviel, deshalb hast du auch um zu viele Sachen Angst.

Ich ging zum Kühlschrank, da war noch die Flasche Wodka. Schon vor einiger Zeit hatte ich es mir angewöhnt, die Flaschen auf Vorrat zu kaufen, eine Chilischote reinzutun und das Ganze ziehen zu lassen. Ich hatte gelesen, daß das ein wirksames Aphrodisiakum sein sollte, aber davon hatte ich nie etwas gemerkt. Es schmeckte einfach gut.

Alkohol ist keine Art, seine Probleme zu lösen, und ich hatte auch nicht vor, mich zu betrinken, es war mehr eine Art, die Zeit zu vertrödeln, bis mir etwas Sinnvolles einfiel.

Nach dem dritten Glas klingelte das Telefon, Dominik, ich konnte viermal die Woche spülen. Ich rechnete kurz nach, ja, mit dem, was ich dabei verdiente, konnte ich bereits in fünf Monaten mein Konto ausgleichen, das waren großartige Aussichten, die sich da auftaten. Ich sagte zu.

Als ich mir noch ein Glas einschenkte, klingelte das Telefon wieder, dieses Mal war es Anika. Ich erzählte ihr, wie die Dinge standen.

– Ich versteh nicht, wieso du Dominik nicht mal richtig zusammenscheißt, er hat genug Geld, du hättest weniger Sorgen, wenn er mal seinen faulen Arsch hochkriegte, das kann doch nicht zu schwer sein, sagte sie. Und ansonsten würde ich mir nicht soviel Sorgen machen, du kriegst das immer irgendwie hin, du stellst dich nur so an.

Hätte ich bloß eine Kurzgeschichte oder einen Artikel verkauft, hätte es schon viel besser ausgesehen, aber nein, Teller spülen, während da draußen Dinger von Schreibern erschienen, die nicht die Hälfte von dem konnten, was ich konnte, aber dreimal so gut verdienten. Ja, ich stellte mich an.

Anika bot mir kein Geld an, sie kannte mich, außerdem lief ihr Vertrag bald aus, in zwei Monaten konnte sie auch nicht mehr anmalen und streichen, dann würde sich das Arbeitsamt um sie kümmern. Ich stellte mich an, es stimmte schon. Sie war gut in ihrem Job, sie hatte ihn sich ausgesucht, weil er ihr Spaß machte, aber es war ein Männerberuf, und jetzt traute ihr kaum jemand zu, daß sie mindestens genausogut war wie ein Mann.

Ich klagte wohl immer zu laut. Zum hundertsten Male

fragte ich mich, woran das lag, wieso es mir jedesmal so schwer fiel, mich hier wieder einzufinden, wieso ich nicht genug Elan besaß, die Dinge frohen Mutes anzugehen. Vielleicht hatte ich ja insgeheim gar nicht zurückgewollt.

Was Dominik anging, so konnte ich ihm nicht wirklich böse sein, er war doch mein Freund, er würde mich nicht hängenlassen, was zählte da die Miete oder ein anderes Versäumnis, so war er, solange ich ihn kannte, vielleicht würde es mir eines Tages zuviel werden, dann erst würden sich unsere Wege trennen. Aber ich würde ihm nie Grenzen setzen wollen, dafür hatte ich zuviel Respekt.

Später lagen wir nackt im Bett, aber ich war mit meinen Gedanken woanders. Geld, um zu essen, Geld, um zu trinken, Geld für die Miete, für Briefmarken, für Musik, für ein neues Farbband, für Flickzeug bei einem kaputten Reifen, für neue Schnürsenkel, da kann ich nicht guten Sex haben.

Ich drehte mich auf den Rücken, verschränkte die Arme hinter dem Kopf. Anika setzte sich auf meinen Bauch und fing an, sachte meine Brust zu streicheln, lansam, gleichmäßig, bis ich ein wenig eingelullt war, dann beugte sie sich runter, saugte an meinen Brustwarzen, machte mich geil. Langsam vergaß ich alles um mich herum, kostete nur diese Berührungen aus. Anika faßte meinen Ständer nicht an, bis ich anfing, darum zu betteln, dann rutschte sie tiefer und nahm ihn in den Mund, ich schloß die Augen und glitt weg, bis ich nur noch ein einziger großer Schwanz war. Anika stieß mich in eine andere Welt, die Welt des Sex, wo alles in Ordnung war seit Anbeginn der Zeit. Wo es nicht darum ging, seine Gelüste zu befriedigen, sondern sich in einer Unendlichkeit nicht verloren vorzukommen. Alles war riesig, und man konnte sich vergessen, man konnte einfach aufhören zu existieren, ohne daß man Angst deswegen bekam.

Als ich langsam zurückkehrte aus diesem weiten Land, sah ich in Anikas grüne Augen. Wir lagen beieinander, atmeten im gleichen Rhythmus, tief und ruhig, spürten die Wärme, es war ein Wunder, diese Geborgenheit, das angenehme, schwere Gefühl, es war nichts Geringeres als ein Wunder.

Ich hatte das I-Ging befragt, nicht, weil ich fest daran glaubte, sondern gespannt war, ob es mir etwas zu sagen hatte. Es kam das Hexagramm Nummer drei: Die Anfangsschwierigkeit.

Die Anfangsschwierigkeit, hieß es da, wirkt erhabenes Gelingen. Werdezeiten haben Schwierigkeiten. Aber diese Schwierigkeiten entstehen aus der Fülle dessen, was nach Gestaltung ringt. Man muß Gehilfen haben, um gemeinsam mit ihnen das Chaos zu bewältigen. Fördernd ist Beharrlichkeit.

Das hätte ich nur zu gerne geglaubt. Wir standen in einem Club, Anika, Moritz, Frank und ich, die Musik lief, einige Leute tanzten, Bier, Zigaretten, bunte Lichter. Ich war mitgegangen, weil ich ein wenig Ablenkung gebrauchen konnte, aber ich hätte auch nichts dagegen gehabt, den Rest des Abends an Anikas Rücken gekuschelt zu verbringen, um später friedlich einzuschlummern, mit einer Stelle als Tellerwäscher vor Augen, aber was kümmerte mich das, solange ich den Duft ihrer Haut einatmete.

Wir standen also da, ich trank, ohne groß betrunken zu werden, und meine Laune verfinsterte sich langsam. Früher hatte ich diesen Laden hier geliebt, ich hatte oft getanzt, ich hatte mit schönen Mädchen in den Ecken geknutscht oder auch auf der Tanzfläche, ich hatte Abfuhren eingesteckt und war immer vom Bier oder von der Atmosphäre trunken genug gewesen, um zu glauben, daß das alles seine Richtigkeit hatte. Wahrscheinlich hatte es das damals auch.

Heute erschien es mir seltsam, Menschen kamen hierhin, um sich zu amüsieren oder sich zu produzieren, wie auch immer, ein Großteil davon ein Haufen einsamer Irrer, die heute nacht nicht alleine schlafen wollten, Pärchen, die mit verheulten Augen von draußen wieder reinkamen, weil sich Dramen an solchen Orten abspielen mußten, das konnte man kaum zu Hause klären, wann der nächste Krach fällig war. Männer, die erst nach zwanzig Bier locker wurden und später stolz auf ihren Rausch waren, als sei er eine Trophäe, ein Sieg, den man dem Leben abgetrotzt hatte, zwei, drei Schläger, Frauen in auffälligen Klamotten mit langweiligen Gesichtern, die vor dem Spiegel Tanzschritte geübt hatten, und da und dort Leute, die womöglich tatsächlich Spaß hatten. Und in solchen Läden gab man sein Geld aus, weil ja vielleicht ein Abenteuer dabei rumkommen konnte, weil man sonst keine Ablenkung hatte, weil man vom Zwang beherrscht wurde, heute schon aus dem Gefängnis des nächsten Tages auszubrechen. Ach, was weiß denn ich, es kam mir gerade so sinnlos vor.

No government is a way of life, no government is to trust your friends, sang Nicolette gerade, doch davon waren wir alle noch Lichtjahre entfernt.

Ich ging tanzen, schloß die Augen, spürte die Lichter hinter meinen Lidern und versuchte abzuheben, aber es gelang mir nicht. Vielleicht war es früher einfacher gewesen, ich hatte ein wenig getrunken, mir ein wenig die Leute angesehen, getanzt, *Connected, Regulate, Five Man Army, Cellular Phone*, es hatte immer ein paar Stücke gegeben, die mir reichten zum Glücklichsein, wenn ich nur ein wenig Platz hatte, um mich zu bewegen. Doch heute klappte gar nichts.

Bevor ich zurück zu den anderen ging, holte ich mir noch ein Bier. Gerade, als ich meinen ersten Schluck nehmen wollte, blieb Moritz' Blick irgendwo hängen. Er sah mit einem Mal aus, als hätte jemand die Luft aus ihm rausgelassen. Ich blickte in die Richtung. Da stand Estelle, halb von einer Säule verdeckt, war sie in einen Flirt mit einem Mann mit eckigem Kinn verwickelt. Es war ein Berg von einem Kerl, an seiner Stelle hätte ich versucht, mein Geld als Wichsvorlage für Frauen zu verdienen. Er legte ihr eine Hand auf die Schulter und hielt den Kopf geneigt, sein Ohr dicht an ihren Lippen, dann sprach er, aber es sah so aus, als würde er ihren Nacken küssen, seine Hand wanderte abwärts bis zu ihrer Hüfte, Estelle lehnte sich ein wenig gegen ihn. Gleich würde er wohl vorschlagen, mal kurz vor die Tür zu gehen, frische Luft schnappen.

Ich sah Moritz noch mal an, er wirkte müde, resigniert,

bereit, den Abend abzuhaken, bereit, seine letzten kleinen Träume auf dem Schwarzmarkt gegen ein neues Leben zu tauschen.

Er verabschiedete sich und ging, machte einen großen Bogen um die beiden, Estelle hatte ihn wahrscheinlich gar nicht gesehen, sie war viel zu beschäftigt.

Blieben noch wir drei, und kaum war Moritz weg, trat jemand Frank aus Versehen auf den Fuß, und Frank beschwerte sich sofort lauthals, der Typ hob kurz entschuldigend die Augenbrauen und wandte sich wieder seinem Gespräch zu. Frank sah ihn geringschätzig an, drehte sich dann aber Richtung Tanzfläche und widmete seine Aufmerksamkeit wieder den Frauen. Er gehörte zu den Jungs, die abends oft mit dem festen Vorsatz rausgingen, etwas fürs Bett zu finden, und aus irgendeinem Grund klappte es meistens. Wahrscheinlich, weil er kaum Ansprüche stellte, er versuchte es bei fast jeder.

Kurz darauf trat ihm der gleiche Typ wieder auf den Fuß. Dieses Mal hielt er es nicht für wert, sich umzudrehen, und Frank gab ihm einen Tritt in die Kniekehle. Der Typ drehte sich nun doch um, und die beiden sahen sich in die Augen. Viele Leute unterschätzten Frank, er war ein impulsiver, aggressiver Mensch, der sehr schnell zuschlug, wenn auch nie völlig ohne Grund.

Hätte ich vor mir selber irgendeine Rechtfertigung gefunden, so zu handeln wie Frank, ich hätte es getan. Hätte ich nur einen Moment lang glauben können, daß es richtig wäre, hätte ich mich öfter mit meinen Fäusten zur Wehr gesetzt. Aber ich unterdrückte diese Regung meistens, und auf eine Art bewunderte ich Frank, weil er das tat, was ich oft wollte.

Frank hatte diesen Killerblick drauf, und hätte der Typ ihm noch drei Sekunden standgehalten, dann hätte Frank wohl vorgeschlagen, vor die Tür zu gehen. Seltsam, dieser Vorschlag läuft immer auf einen Kuß oder auf eine Schlägerei hinaus. Der Typ entschied, daß es die Sache nicht wert war, vielleicht hatte er auch Angst, er hob die Hände und drehte sich dann wieder um.

Ungefähr zehn Minuten später beschlossen Anika und ich zu gehen, Frank wollte noch bleiben, ficken oder prügeln, irgendwie mußte er seine Energien loswerden. Für mich sah es nach einem Abend aus, den ich einfach vergessen konnte.

Auf dem Heimweg redete ich ununterbrochen. Ich hatte doch ein wenig zuviel getrunken, ich redete über Musik und Moden, wie wenig Neues uns diese Gitarrenbands bescherten, ich erzählte, wie gut ich Moritz verstehen konnte, wie sehr mich diese unfreundliche Bedienung eben genervt hatte, daß Patrick jetzt einen Designerkaffeeautomaten besaß, daß Frank manchmal unerträglich war, wie sehr mich die Theorie der morphischen Resonanz begeisterte, ich erzählte Anika tausend Sachen, die sie wahrscheinlich schon mal von mir gehört hatte, aber sie verstand wohl, daß es um etwas anderes ging.

Mein Leben vor dem Urlaub schien mir unendlich weit weg, ich konnte mich kaum daran erinnern, was ich damals gedacht und gefühlt hatte. Ich wußte nicht so recht, in welche Richtung ich mich bewegte oder ob überhaupt in eine.

4

Teller, Töpfe, Pfannen, Besteck, ich spülte, ich schnitt Zwiebeln, schälte Kartoffeln, putzte die Küche, jagte Ratten, machte Kakerlaken platt und fragte mich, ob ich womöglich mein ganzes Leben mit Deppenjobs verbringen würde. Schon damals in der Schule, während andere in den Arztpraxen oder Anwaltskanzleien ihrer Onkel oder Bekannten jobbten, hatte ich bis nachts um eins in einem Café bedient. Später ergatterten die anderen Jobs als Bürohilfe, Texterfasser, Korrektor, Telefonist, schlimmstenfalls als Chauffeur, während ich von einem Vorstellungsgespräch zum nächsten ging, mich öfter rasierte als je zuvor in meinem Leben und letztlich doch wieder als Lagerhelfer endete, wo ich dann Verstärker auf Paletten hievte.

Nach und nach rettete auch der Dümmste seinen Arsch auf einen Bürostuhl, ins Warme und Trockene, nur ich, ich und ein paar andere, wir kannten einfach nicht die richtigen Leute, wir hatten keinerlei Referenzen, keine Erfahrungen in diesem Bereich vorzuweisen, weil uns nie jemand gelassen hatte, und wir wußten auch nicht die richtigen Worte, die man einem Chef wohl sagen mußte. Wir schafften nicht mal, diese besser bezahlten Arbeiten wirklich ernst zu nehmen, zu glauben, wir seien produktiv und unentbehrlich. Die paar Jobs, die ich nicht bekommen habe, weil ich den falschen Namen hatte, vergessen wir einfach mal.

Zehn Monate war ich jetzt freier Schreiber gewesen, zehn Monate ohne festen Job, zehn Monate, in denen man nicht weiß, woher das nächste Geld kommt, ob der Verlag wenigstens dieses Mal pünktlich zahlt, ob eine Zeitschrift den Artikel nimmt, ob man eine Kurzgeschichte in einer Anthologie unterbringt, ob man noch mal die Gelegenheit bekommt, etwas fürs Radio zu machen, zehn Monate, die großartig gewesen waren.

Ich hatte geahnt, daß es nicht ewig währen würde, ich hatte nachts davon geträumt, wieder verkatert oder einfach nur müde von einem Wecker aus dem Schlaf gerissen zu werden und einer schrecklichen Arbeit nachgehen zu müssen.

Das mit dem Wecker erledigte sich, ich fing nie vor Mittag an, und so schlimm war es im Grunde nicht, da hatte ich in meinen Träumen weit Schlimmeres erlebt, und Kontoauszüge hatte ich da auch nicht gezogen.

Wenn mir die Arbeit doch zu sehr auf die Nerven ging, dachte ich an meinen Vater. Er hatte sein Studium abgebrochen und war hierhergekommen, um dann mit zwei Schraubenschlüsseln bis zu zwölf Stunden am Fließband zu stehen. Er war wochenlang nachts aufgewacht, die Hände so verkrampft, als würde er immer noch diese Schlüssel halten. Und er hatte sich all die Jahre nicht kleinkriegen lassen, hatte nie ja gesagt, wenn er nein meinte, jeder noch so machtgeile Obermeister hatte im Laufe der Jahre einen gewissen Respekt vor ihm entwickelt. Er war nie verärgert nach Hause gekommen, soweit ich mich erinnern konnte. So wenig ihm diese Arbeit gefallen haben mag, so wenig sie ihn erfüllt haben mag, er hatte ihr nie erlaubt, seinem Glück im Weg zu stehen.

Oder ich dachte an meinen Opa in der Gluthitze des Sommers. Dann wischte ich mir die Tränen ab und schnitt noch zwei Kilo Zwiebelringe. Vielleicht waren wir einfach nicht dazu bestimmt, unser Geld an anderen Stätten zu verdienen.

Eines Nachts, ich arbeitete gerade mal ein paar Tage, erschien mir mein Opa wieder im Traum. Wir saßen auf einer Decke unter dem Maulbeerbaum, es war ein früher Morgen, die Vögel zwitscherten, zwischen uns lag das Backgammon-Brett, ich war dabei zu verlieren.

– Was soll ich tun? fragte ich ihn. Wie soll ich mein Geld verdienen?

Er hielt die Würfel zwischen Daumen und Mittelfinger, warf sie aufs Brett, ein Pasch.

– Es ist nur wichtig, daß du dein Brot mit ehrlicher Arbeit verdienst, im Schweiße deines Angesichts. Es ist egal, ob du Müllmann wirst oder Totengräber, du mußt dein Brot verdienen, ohne zu lügen, ohne anderen Menschen weh zu tun oder auf ihre Kosten zu leben. Hüte dich davor, Anwalt zu werden, Makler oder Zuhälter oder gar Bettler. Und trachte nicht danach, zu Geld zu kommen, trachte danach, aufrichtig zu sein und die Herzen der Menschen zu gewinnen. Doch das Wichtigste ist …

Ich nickte nur, das hatte ich schon oft genug gehört. Nachdem er gezogen hatte, würfelte auch ich einen Pasch.

– Ich habe keine Lust, ich kann es drehen und wenden, wie ich will, ich bringe keinen Ehrgeiz für diese Arbeiten auf, ich seh keinen Sinn darin.

Mein Opa schleuderte die Würfel fort und stand auf, er müsse die Kühe melken, sagte er, außerdem solle ich das Spiel erst mal richtig lernen, bevor ich gegen ihn antrat. Ich war wütend, ich rief ihm hinterher, er solle warten, doch er hörte nicht, ich versuchte zu schreien, aber meine Stimme versagte, ich wollte ihm hinterher, doch auch meine Beine gehorchten mir nicht, ich war fast ohnmächtig vor Wut, so hilflos dazustehen. Ich wachte auf.

Immer wieder war ich ihm dankbar, daß er in meine Träume kam, ich bildete mir ein, er würde mich vor Gefahren beschützen, seinen liebevollen Blick auf mir ruhen lassen, oft wünschte ich mir beim Einschlafen, ihm nachts zu begegnen, aber es klappte selten.

Nachdem ich die traurige Wut abgeschüttelt hatte, die ich aus dem Traum mit rübergenommen hatte, dachte ich nach. Küchenhilfe war eine ehrliche Arbeit, oder etwa nicht? Aber ich hatte keine Lust dazu, mein Leben in diesem Essensgeruch zu verbringen, nein, das stellte mich nicht zufrieden, ich wollte nicht arbeiten, ich wollte kreieren.

Manchmal ging ich nach der Arbeit am Fluß spazieren, um wieder einen klaren Kopf zu bekommen. Es gab da zwei, drei ruhige Stellen, wo man die Autos nicht hörte, wo einem keiner über den Weg lief, wo man sich hinhocken konnte, ein wenig dem Wasser zuhören, versuchen Namen für die Farben des Mondes zu finden, und die Spätsommerluft einatmen. Einfach nur friedlich dasitzen und seine Gedanken, Ängste und Nöte an sich vorbeiziehen lassen wie ein paar dunkle Wolken.

Einmal kam Dominik mit und zeigte mir ein paar Stellen, die ich noch gar nicht entdeckt hatte. Später saßen wir schweigend auf den Stufen einer schmalen Treppe, sahen die Lichter der Lastkähne, die Sterne, die winzigen Straßenlaternen am anderen Ufer, manchmal wehte der Wind uns einen leichten Grillgeruch in die Nase. Ich hatte meine Schuhe ausgezogen, die Steine waren noch ein wenig warm. Irgendwann blickte ich zu Dominik rüber, er war ganz versunken, ich beneidete ihn, weil ich das Gefühl hatte, daß er noch tiefer in diese Welt eintauchen konnte als ich.

Ich kokettierte manchmal damit, ein Großstadtkind zu sein, ich war zwischen Kaufhäusern und parkenden Autos aufgewachsen, die einzige Grünfläche in der Nähe war kaum größer als unsere Wohnung, Geräusche von Lastwagen waren mir vertrauter als Vogelgezwitscher, und bis zum Bolzplatz mußte man drei breite Straßen überqueren.

Aber das war nur die halbe Wahrheit. Denn wenn ich an meine Kindheit dachte, fielen mir ein paar Flecken im Garten meines Opas ein, wo ich mich verstecken konnte. Die Erwachsenen gewöhnten sich irgendwann ab, mich zu suchen oder mich zu fragen, was ich da so alleine trieb.

Selten baute ich Erdwälle, pflückte Blumen, grub Löcher oder untersuchte die Bäume. Meistens saß ich da und fühlte mich in Frieden und träumte vor mich hin. Manchmal ging ich zu den Kälbern und beobachtete sie, versuchte herauszufinden, was in ihrem Kopf vorging.

Ein Stückchen von dieser Ruhe hatte ich am Fluß, und es war auch ein angenehmes Gefühl, beim Anblick der Verliebten, die einem dort schon mal über den Weg liefen, nicht eine schmerzliche Sehnsucht zu verspüren und ins Lamentieren zu geraten, sondern mit Wärme an sein Mädchen zu denken.

In der Nacht, in der Anika und ich uns vor fast drei Jahren so unromantisch kennengelernt hatten, waren wir beide derart betrunken gewesen, daß wir den Hergang der Dinge hinterher kaum mehr rekonstruieren konnten. Eine gemeinsame Bekannte hatte uns in der Kneipe einander vorgestellt, zu einem Zeitpunkt, als mir ab und zu das Knie wegknickte, obwohl ich mich an die Wand lehnte. Ich hatte gar nicht mehr erfaßt, daß diese Frau mit den großen grünen Augen und den seltsamen weißen Sprenkeln im Haar, die meinem trüben Blick nicht entgangen waren, daß diese Frau sich in einem ähnlichen Zustand befand.

Irgendwann hatten wir auf der Straße gestanden, ich erinnere mich noch genau an ihren Blick und daran, daß ich sagte Küß mich, während sie gerade von etwas ganz anderem gesprochen haben mußte. Sie zögerte, und ich wiederholte meine Worte.

Dieser erste Kuß hatte kaum etwas Zärtliches an sich, ich hatte nur versucht, dem Leben ein wenig Geschmack abzugewinnen, ich hatte die ganze Nacht nur versucht, mich irgendwo zu vergessen.

Wir trennten uns im Morgengrauen nach vielen Küssen und Umarmungen an einer Straßenecke. Ich wahrscheinlich ein armseliger Trunkenbold ohne jede Würde, aber glückselig, eine schöne Nacht verbracht zu haben, sie ein wenig ratlos, weil sie bald zur Arbeit mußte und sich fragte, was zu tun sei.

In den nächsten Wochen trafen wir uns sehr oft, ohne daß es zu weiteren Küssen kam. Ich verbrachte meine Zeit gerne mit ihr, hörte ihr begeistert zu, wenn sie von ihrer Arbeit erzählte, von ihrer Schwester, von irgendeinem Schränkchen, das sie auf dem Flohmarkt gefunden hatte. Sie konnte herzhaft lachen über eigene Mißgeschicke und seltsame Situationen, in die man sich bringen konnte. Wenn wir im Kino im falschen Film saßen, amüsierte sie das mehr als jede Komödie.

Als wir einmal zusammen Auto fuhren, drängte sie mich, mich zu verfahren, weil sie das lustig fand. Komm, bieg doch hier einfach rechts ab, fahr bis ans Ende der Straße, dann links, direkt wieder links und geradeaus, egal, bis wir nicht mehr wissen, wo wir sind.

Ich hatte nicht die geringste Lust, mich zu verfahren, aber ich tat es. Wir lachten viel, und als wir vor einem Supermarkt parkten, um uns mit Proviant für die nächsten Tage zu versorgen, bis wir unseren Weg finden würden , wie sie sagte, beugte ich mich zu ihr rüber. Ein Kuß. Einer, in dem alles lag, was im ersten nicht gewesen war.

Es dauerte lange, bis ich merkte, was mir das Ganze bedeutete, weil ich nicht damit gerechnet hatte, einer Frau über den Weg zu laufen, die mich nicht früher oder später langweilte.

In der ersten Zeit wartete ich geradezu darauf, daß ich anfangen würde, nach dem Sex Ausreden zu erfinden, um allein zu sein. Es passierte nicht. Es war nicht so, daß ich nicht anderen Frauen hinterherguckte oder nicht von fremder Haut träumte, anderen Gerüchen, einem anders geformten Körper, ich war ab und an sogar davon überzeugt, daß eine noch größere Liebe irgendwo auf mich wartete, und manchmal vermißte ich auch die Mischung aus Verliebtheit, Unsicherheit und Euphorie, die mich am Anfang immer beflügelte. Aber nie lief mir jemand über den Weg, der mich reizte.

Patrick hatte die Idee, daß wir zusammen ein Wochenende ans Meer fahren sollten, bevor der Herbst kam und es ungemütlich wurde. Nur wir Jungs, Moritz, Frank, er und ich, wie in alten Zeiten. Vielleicht wollte er den Zauber dieser Tage heraufbeschwören, ich hielt das für kein sehr hoffnungsvolles Unterfangen.

Meine schlimmsten Geldprobleme hatte ich gelöst, indem ich den Fernseher und den Videorecorder verkauft hatte, ganz allmählich kam Land in Sicht, und ich hatte nicht vor, mich querzustellen. Moritz würde ein wenig auf andere Gedanken kommen, Frank war für derlei Unternehmungen sowieso immer zu haben.

Was hatten wir vor vier Jahren noch für Sachen angestellt, eine Samstagnacht im Auto mit Unmengen Bier, Speed und Gras, nur um sich einen Sonnenaufgang in Brügge anzusehen. Zwar hatten wir der Sonne nicht wesentlich beim

Aufgehen geholfen, doch es erschien von äußerster Wichtigkeit, dabei zugegen zu sein, irgendwo in einer fremden Stadt.

Dominik hatte nie zu dieser Gruppe gehört, wir anderen waren zusammen zur Schule gegangen, während ich ihn eines Nachts kennengelernt hatte, weil unsere damaligen Freundinnen sich gut kannten. Jacqueline wohnte zur Zeit in England und schmiß wahrscheinlich immer noch zu viele Pillen, und Tanja und ich liefen uns in der Stadt seltsamerweise nie über den Weg. Ich hatte keine Ahnung, was sie jetzt trieb.

An jenem Abend waren wir auf einer Party, die eine Freundin von Jacqueline und Tanja gab. Tanja hatte sich zuviel von dem Tequila genehmigt und war hochgradig betrunken gewesen. Nach einer halben Stunde hatte ich aufgegeben, ihr zu erklären, daß es nicht so wahnsinnig peinlich wäre, ins Waschbecken zu kotzen, das hätten wir alle schon mal getan und dann trotz unserer gestörten Koordination versucht, die Bescherung mit hohlen Händen ins Klo zu schaufeln, weil sie aus dem Waschbecken nicht ablief, natürlich kleckerte man dabei auf den Boden, das war nichts Neues. Ihr Gejammer war mir sehr schnell auf die Nerven gegangen. Sie wäre am liebsten im Erdboden versunken, und ich konnte ihr leider nicht dabei behilflich sein. Da hatte Dominik sich ihrer angenommen, geduldig, liebevoll, beruhigend, und mir war aufgefallen, daß dieser Typ, den ich nur als Freund von Jacqueline kannte und über den ein paar seltsame Gerüchte kursierten, eine sehr eigene Art hatte, mit den Dingen umzugehen, daß er den meisten Leuten, die ich kannte, etwas voraus hatte.

Eine Viertelstunde später war Tanja zwar immer noch so besoffen, daß man kaum vernünftig mit ihr reden konnte, aber sie hatte sich weitgehend beruhigt. Den Rest des Abends verbrachte ich mit Dominik auf dem Fußboden sitzend, den Rücken an die Wand gelehnt, Zigaretten in den Händen, in ein Gespräch vertieft.

Fast sechs Monate später verließ Tanja mich, Dominik und ich waren inzwischen gute Freunde geworden. So etwas ist meistens schöner, zumindest in der Erinnerung, als jemand in der Schule oder im Sandkasten kennenzulernen.

Wir fuhren an einem Freitagnachmittag los, Patrick war der einzige, der ein Auto hatte, das war auch etwas, das ich mir als Schriftsteller nicht leisten konnte. Ich saß mit Moritz hinten und verhielt mich ruhig, Frank rauchte auf dem Beifahrersitz alleine einen Joint, es wurde nicht viel gesprochen, wir waren wohl alle gespannt, was diese Tage uns bescheren würden.

Wir hatten gerade mal drei Kassetten mit, zwei von Patrick, Punkrock, fröhliche Musik, geradeaus, energiegeladen, das will ich nicht bezweifeln, ich hatte nur leider in den letzten paar Jahren soviel davon gehört, daß es mich nicht gerade vom Hocker riß. Frank hatte eine Mixkassette, HipHop, ich mochte diesen Groove, den satten Baß, er ließ mich die gleiche Energie verspüren wie früher die anderen Sachen, und es gab einige Rapper, deren Stil mich begeisterte, Bushwick Bill von den Geto Boys, Ol' Dirty, Warren G auf seinem ersten Album, Everlast.

– Seit wann hören wir denn so was? fragte Patrick.

– Ach, hör dir deinen Scheiß doch an, sagte Frank, Männer, die auf die Vierzig zugehen, immer noch den jungen Wilden mimen und sich einbilden, sie würden gegen etwas rebellieren, zu Hause auf ihren Ledersofas, in ihren Klamotten, in die sie sich Löcher reinschneiden. Spießer in ihrem Herzen. Wie, du trägst jetzt einen Anzug, du hast dich angepaßt, wir mögen dich nicht mehr.

– Klar, sagte Patrick, klar, man muß mit der Zeit gehen, das moderne, seelenlose Zeug hören, wenn man in sein will. Humptata, ein Haufen Debiler, die noch nie ein Instrument in der Hand gehalten haben und böse Worte in den Mund nehmen.

– Ach, du hast keine Ahnung, Rock 'n' Roll ist schon lange tot, Baby.

Um dieses Popmusikthema wurde immer ein viel zu großer Bohei gemacht, wenn man mich fragte. Natürlich gab es Sachen, die sich kein vernünftiger Mensch freiwillig anhören würde, es gab soviel herz- und seelenlosen Schrott, daß ich mich gar nicht darüber aufregen konnte. Wenn man die Plattensammlung eines neuen Bekannten durchsah und auf so etwas stieß, mußte man sich in acht nehmen, dann war wahrscheinlich etwas faul an diesem Typen. Ja, aber der Umkehrschluß stimmte einfach nicht, hatte ich festgestellt. Dieses Ich-Höre-Gute-Musik-Also-Bin-Ich-Ein-Guter-Typ-Gehabe war erbärmlich, es hörten auch jede Menge Schwachmaten gute Musik, es bedeutete überhaupt nichts. Musik soll dein Herz wärmen, dir einen Tropfen Wahrheit bieten, Lebensfreude, Ekstase, Melancholie, Tränen vielleicht oder Luftsprünge, aber sie soll nicht auch noch ein Statussymbol sein, das ist nur Quatsch, den ein paar elitäre Kleingeister erfunden haben.

Wenn ich Frank, Patrick und mich ansah, dann waren wir alle drei Verlierer, wenn es darum ging, wieviel wir von dem, woran wir mit sechzehn geglaubt hatten, bis hierhin rübergerettet hatten, da spielte es kaum mehr eine Rolle, was für Musik man hörte.

Damals waren unsere Träume noch in Reichweite gewesen, immer gerade um die Ecke, und Kompromisse waren was für Weicheier. Später mußten wir zähneknirschend Stück für Stück Boden preisgeben, man konnte vierundzwanzig Stunden am Tag besoffen sein, aber ein paar Regeln lernte man eben doch. Selbst so jemand wie Frank, der am liebsten den nichtsnutzigen Tagedieb mimte, der sich irgendwie durchschlug und dabei das Leben feierte. Er träumte manchmal immer noch davon, irgendwann eine Kneipe zu eröffnen und Nacht für Nacht hinter der Theke zu stehen, aber im Grunde wartete er darauf, sein Erbe zu verprassen.

Bei Moritz verhielt sich die Sache ein wenig anders, keine Ahnung, warum. Er hatte nie hoch hinaus gewollt, vielleicht hatte er geglaubt, daß er dafür nicht geschaffen war. Er hatte im Gegensatz zu uns eine abgeschlossene Ausbildung, als Buchhändler. Wahrscheinlich war das auch ein ehrbarer Beruf, nur hätte ich damit Probleme gehabt, Bücher zu verkaufen, die ich für Schund hielt, oder sogar in die Lage zu geraten, solche Bücher empfehlen zu müssen. Moritz hatte diese Schwierigkeit nicht. Er fand es in erster Linie sehr angenehm, seine Tage in einem Laden zu verbringen, wo eine ganze Reihe von Welten in den Regalen lagen, die er immer wieder gerne besuchte.

Einige Stunden später, nachdem wir die Kassetten abwechselnd gehört und uns über ein paar neue Filme unterhalten hatten, hockten wir mit einer Palette Dosenbier und einer Flasche Wodka in den Dünen. Es war auf gar keinen Fall wie früher. Moritz starrte aufs Meer, wahrscheinlich immer noch unfähig, an etwas anderes als Estelle zu denken, Frank trank kaum, sondern drehte sich Joints, die die anderen ablehnten. Früher waren wir in Gespräche abgedriftet, ich hatte noch die Stimmen im Kopf, die Worte flossen, wir hatten uns etwas zu erzählen, über Frauen vielleicht, über Sex, sinnlose, witzige Rechnereien, wieviel Zeit man in seinem Leben mit Scheißen verbrachte, darüber, daß wir die ersten Male schon hinter uns hatten und was das Leben wohl noch Neues zu bieten hatte, über Geld und wie man es verdiente, über Erfolg und Ehre. Vielleicht auch ganz andere Themen. Ich versuchte krampfhaft, mir einen kompletten Abend ins Gedächtnis zurückzurufen, in irgendeiner Küche oder in einem Biergarten, in einem Café in Amsterdam oder in einem Auto am Fluß. Es kam aber nur das Geräusch der Sätze, der Rhythmus, auf den wir abgefahren waren, immer tiefer hinein, bis man irgendwann anfing, auch die Dinge zu erzählen, die man sonst für sich behielt, bis man fühlte, wie man getragen wurde.

Nur eine Sache fiel mir ein. Wir hatten einmal darüber geredet, was wir mit einem Lottogewinn anstellen würden, keiner spielte, aber darum ging es nicht. Wir kamen auf die üblichen Ideen, nur Moritz sagte:

– Ne, das wäre mir zu schwer. Ich meine, was machst du, lädst du deine Freunde jedesmal ein, wenn ihr ausgeht, du hast es ja schließlich, werden sie neidisch, kommen sie sich gedemütigt vor? Ne, das ist ein Haufen Verantwortung, ich würde eine Stiftung gründen oder es verschenken oder sonstwas. Ich will gar nicht soviel Geld auf einmal haben.

Jetzt saßen wir hier, mir war kalt, ich hätte genausogut woanders sein können, ich hörte gar nicht richtig zu, als Patrick etwas erzählte, nur beim Wort Drogen wurde ich plötzlich wach, das ist wohl so eine Art Reflex. Drogen, Sex, Musik und Religion sind schier unerschöpfliche Themen.

– ... arbeiten wir gerade an dem Konzept für einen Antidrogenspot.

Frank lachte, er fand das witzig, mir kam es nur absurd vor, Moritz starrte weiter aufs Meer.

– Wie jetzt? fragte Frank.

– Na, so ein Spot fürs Fernsehen eben, wo die Kids aufgeklärt werden sollen.

– Abgeschreckt, sagte ich, abgeschreckt ist das Wort. Du erzählst von den ganzen beschissenen Nebenwirkungen, übertreibst ein wenig, verschweigst, wie geil es sein kann, drauf zu sein, und wenn die Leute dann doch irgend etwas nehmen und hinterher merken, daß du nur die halbe Wahrheit erzählt hast, glauben sie dir gar nichts mehr, und das ist dann der heillose Anfang verwickelter Geschichten.

– Ja, aber deshalb wollen wir es ja besser machen.

Ich war da skeptisch, ich dachte an die Sachen, die wir gemeinsam ausprobiert hatten. Frank hatte seine Aggressionen besser im Griff, seitdem er kaum noch trank, aber er rauchte soviel Gras, daß er sehr gereizt und jähzornig wurde, wenn er mal keins kriegen konnte. Patrick ließ in letzter Zeit die Finger von allem, außer Alkohol und Tabak, nur Moritz und ich gaben es uns auf die verschiedensten Arten, immer begierig darauf, Neues auszuprobieren. Das Größte war es, eine Droge zum ersten Mal zu nehmen, da hielt man alles für möglich, später wußte man, was passieren konnte, und bewegte sich wieder innerhalb von Grenzen. Außerdem gab es fast nichts mehr, das wir noch nicht in die Finger gekriegt hatten.

Es kam mir verlogen vor, wie Patrick erst jahrelang seinen Spaß mit diesen Sachen zu haben und dann anzufangen, den Zeigefinger zu heben. Mir leuchtete das nicht ein, schon als Kind hatte ich es nicht verstanden. Hätte ich daran geglaubt, daß man auf diese Weise lernt, dann hätte ich auf meinen Opa gehört, wirklich auf ihn gehört, all seine Ratschläge befolgt. Er war alt, er hatte eine Menge gesehen und gelernt, ich hätte mich auf seinen Schoß setzen können, als ich noch klein genug war, und mir alles haarklein erklären lassen, ich hätte das Leben lernen können wie Vokabeln. Nur funktionierte das meistens leider nicht. Auf manche Fragen schien es keine Antwort zu geben, bei anderen mußte man sie selbst herausfinden, und bei wieder anderen änderten sich die Antworten von Zeit zu Zeit, da war es schwierig, sich zu orientieren. Mal galten Freundschaften mehr, mal galt die Familie, mal das Geld, die Ehre, mal war Treue angesagt, mal war man unflexibel, wenn einem Loyalität soviel bedeutete.

Ich möchte nicht behaupten, daß es sinnlos war, ich hatte eine Menge gelernt, von meinem Opa oder von anderen, ich hatte mir Sachen abgeguckt, ich hatte mir die Augen öffnen lassen, ich hatte auf ihren Rat gehört, wenn ich verwirrt genug war. Dann war es mir sogar wie eine unglaubliche Erleichterung erschienen. Aber ich hatte mich niemals vor etwas bewahren lassen.

– Einmal, fing Moritz an, einmal habe ich Ecstasy genommen, bevor ich mich mit Estelle getroffen habe, ich dachte, ich seh dann, was sie fühlt, und ich kann sie mit Liebe überschütten, ich dachte wirklich, es funktioniert, aber sie war nicht gut drauf an dem Abend, und mir ist zwar die Schädeldecke weggeflogen, aber schön war es nicht. Diese Dinger sind gar nicht stärker als das, was du fühlst. Seltsam, eine Zeitlang denkst du, die Drogen sind mächtig, und irgendwann siehst du, daß es nicht so ist.

– Ja, und? sagte Patrick. Manche schmeißen zehn von den Dingern und sterben.

– Und Bon Scott ist an seiner Kotze erstickt, stöhnte Frank.

Wir ließen das Thema fallen, keiner hatte Lust, sich ernsthaft zu streiten, Patrick schien beleidigt, ich überlegte, ob er wirklich die Fronten gewechselt hatte.

Früher war ich bei den Türkboys gewesen, so mit dreizehn, vierzehn, uns hatte eine Menge verbunden. Die meisten Leute konnten unsere Namen nicht richtig aussprechen, wir waren eine Minderheit, wir waren in dem Bewußtsein aufgewachsen, anders zu sein, wir hielten zusammen, rauchten Zigaretten, hatten eine tolle Vorstellung von Ehre und Stolz, prügelten uns oft. Auch wenn ich mich dabei meistens raushielt, ich gehörte dazu. Später fing das Jackenzocken an, wenn sie mit dem festen Vorsatz loszogen, ging ich nie mit, aber ich war oft genug dabei gewesen. Noch später wurden es Autoradios und andere Sachen, und ich fand es einfach nicht richtig. Außerdem hatte ich Angst vor den Bullen. Ich versuchte mein eigenes Ding zu machen, ein paar andere auch, einige von den Älteren kümmerten sich lieber um ihre Freundinnen, die Gruppe zerfiel.

Als ich später Emin im Gefängnis besuchte, warf er mir vor, ich sei zu den Feinden übergelaufen, zu den Deutschen, ich hätte aufgehört, mich zu wehren, und ich saß da und konnte ihm nicht erklären, daß es nicht so war, daß man nicht entweder für die eine oder andere Seite sein mußte, daß es noch mehr Möglichkeiten gab. Ich war sauer auf ihn geworden, weil er mir so etwas vorwarf. Vielleicht ging es Patrick jetzt so ähnlich mit mir.

Damals hatten wir alle gedacht, wir würden ewig Türkboys bleiben, heute sah ich die Jungs zufällig auf der Straße, wenn überhaupt.

Bei uns vieren hatte ich geglaubt, das wäre fürs ganze Leben, ich war ja schon älter und wußte genauer, was ich wollte, und jetzt zerfiel auch das, ich fragte mich, was blieb.

– Man kann nicht immer so ein Träumer bleiben, sagte Patrick zu niemand bestimmtem, man muß die Welt sehen, wie sie ist, man kann nicht sein Leben lang irgendwelchen Idealen hinterherlaufen, das führt zu nichts.

Moritz schlug vor, ein wenig am Meer langzulaufen, das würde unserer Stimmung bestimmt guttun. Wir packten die letzten paar Dosen in die Taschen, Patrick nahm den Wodka, und wir gingen immer weiter ins Dunkel hinein, jeder hing seinen Gedanken nach, bestimmt zwanzig Minuten sprach keiner ein Wort, vier Jungs, die am Strand spazierengehen und ein wenig dem Wind lauschen. Irgendwann sagte Frank dann: Titten.

Einfach nur dieses Wort. Wir mußten lachen, wir blieben stehen und wiederholten es immer wieder. Was gab es sonst noch zu sagen.

– Kommt, laßt uns spielen, sagte ich. Ich war übermütig geworden, das Bier und dieses Wort trugen sicherlich dazu bei.

Die anderen wußten, was ich meinte, plötzlich kam Leben in uns, plötzlich gab es einen Spaß, den wir teilen konnten. Eine Dose als Ball, zwei Male, Moritz und ich gegen Frank und Patrick, Regeln gab es keine, außer, den Ball auf dem Mal des Gegners zu plazieren, das spielten wir schon, seit wir das erste Mal *Jugger* gesehen hatten.

Patrick war ein wenig kurzatmig, Frank hatte diesen massigen Körper, Moritz schien seine Sorgen zu vergessen und bewegte seine schlaksigen Glieder so gut, wie er eben konnte. Es war eine Art Rugby, wer die Dose hatte, lief los, die beiden Gegner warfen sich ihm in den Weg, um ihm die Dose abzunehmen, oft verknäulten wir uns alle vier auf einem Fleck, versuchten diese mittlerweile verbeulte Dose in die Finger zu kriegen und dann irgendwie aufzustehen, obwohl drei Leute auf einem lagen. Nach ein paar Minuten führten Moritz und ich drei zu zwei, wir hatten Sand in den Haaren, in den Schuhen, sogar in der Nase und im Mund. Die Dunkelheit gab dem Spiel einen besonderen Reiz, zweimal verfehlte ich bei einem Hechtsprung Franks Beine und landete auf der Fresse. Wir waren ungefähr da, wo wir hingewollt hatten, ein paar Jungs an einem einsamen Strand, die sich wie Kinder amüsierten. Es ging uns prächtig. Irgendwann hatte Frank ein paar gute Läufe, wahrscheinlich, weil er kaum getrunken hatte, Moritz und ich lagen weit zurück und gaben nach einiger Zeit erschöpft auf.

Dann saßen wir keuchend da, knackten die Dosen, die übrig waren, und beschlossen, uns nach diesem letzten Bier auf den Rückweg zu machen.

Fröhlich standen wir auf, verabschiedeten uns vom Meer, meine Rippen schmerzten, aber das war mir gerade egal. Wir erzählten uns gegenseitig unsere Heldentaten bei dem kurzen Spiel, ja, irgendwie war es ein bißchen wie früher.

Die Stimmung ging ganz schnell den Bach runter, als wir an der Straße standen, Frank meinte, wir müßten nach links, Patrick beharrte auf rechts, Moritz war sich nicht sicher, ich war benommen, meine Beine waren schwer, ich blickte die stockdunkle Landstraße hoch und runter und hätte beim besten Willen nicht sagen können, in welche Richtung wir mußten. Wir diskutierten, zogen in Betracht, wie lange wir am Strand langgelaufen waren und wie lange dieselbe Strecke zurück, wohin jetzt, links oder rechts.

Ich setzte mich hin und schlug vor, sie könnten mich hier abholen, wenn sie den Wagen gefunden hatten. Es war einfach ein einsamer Parkplatz gewesen, ohne Kiosk, ohne Toilette, nur ein Rechteck Beton, mit einem Hinweis auf einem Schild, daß man dort nachts nicht parken durfte. Darüber hatten wir noch gelacht, wer wollte das schon überprüfen in dieser Einöde.

Mir graute vor der Vorstellung, eine halbe Stunde in die falsche Richtung zu staken und dann zurück, das war kein Spaß, kein Abenteuer, das war einfach nur anstrengend, und mir wurde langsam kalt.

Wir warfen eine Münze, links, und zogen los, ich hätte schwören können, am Horizont ein wenig Grau zu erkennen, außerdem hatte ich Durst.

Nach fünf Minuten war ich davon überzeugt, daß wir in die falsche Richtung liefen, ich befand mich in der Phase, die man normalerweise verschläft, wo die Trunkenheit langsam übergleitet in den Kater, ich sehnte mich nach Schlaf, die anderen waren auch nicht glücklich, zu allem Überfluß waren ihnen auch noch die Zigaretten ausgegangen, Patrick fluchte alle paar Meter leise vor sich hin.

Als wir das Auto hinter uns hörten, dachte ich an nichts, nicht daran, den Daumen rauszuhalten, wer würde uns schon mitnehmen, und schon gar nicht daran, daß es halten würde, ohne daß wir es wollten.

Zwei Bullen stiegen aus. Scheiße. Nicht, daß wir uns hatten etwas zuschulden kommen lassen, aber so etwas riecht immer nach Ärger, ich hatte noch nicht mal einen Ausweis mit, und genaugenommen war ich sogar illegal hier, für fast jede beschissene Grenze, die man mit dem Auto überqueren konnte, brauchte ich ein Visum.

Sie fragten uns, was wir denn hier um diese Zeit trieben. Frank versuchte ihnen zu erklären, wie wir in diese dämliche Situation geraten waren, er mußte grinsen beim Reden, das war eigentlich ziemlich blöde, und als die Polizisten begriffen hatten, was er zu erzählen versuchte, lachten sie lauthals los.

Sie schienen unsere Geschichte zu glauben, ja mehr noch, sie schienen uns freundlich gesinnt zu sein, so kannte ich Bullen gar nicht. Die beiden redeten ein paar Worte in ihrer Sprache, der eine ging dann zum Wagen, machte die hintere Tür auf und bedeutete uns einzusteigen, während der andere immer noch vor uns stand. Sie lachten jetzt nicht mehr.

Schweine, dachte ich, überall auf der Welt, das am Horizont war tatsächlich ein Grau, ein diesiges, trübes Grau, das einen neuen Tag ankündigte, der gerade ganz schön mies anfing.

Wir zögerten, der an der Autotür grinste. Mit der Zeit glaubt man, ein paar Dinge gelernt zu haben, man hat ziemlich schnell eine Erklärung parat, und ich sah mich schon auf der Wache sitzen. Das wäre nicht das erste Mal gewesen, aber ich hatte eine ungeheure Abscheu davor, es ist immer beschissen, der Barmherzigkeit eines Uniformträgers ausgeliefert zu sein.

Moritz stieg als erster ein. Klar, der Verstand arbeitet langsam nach so einer Nacht, klar, man entwickelt sowieso eine gewisse Paranoia im Umgang mit Ordnungshütern, aber uns ging erst ein Licht auf, als der Mann an der Tür mit seinem witzigen Akzent sagte:

– Ihr könntet ruhig ein freundlicheres Gesicht machen, wenn wir euch schon zu eurem Auto fahren.

Wir quetschten uns zu viert hinten rein, fuhren ein paar Minuten weiter geradeaus, dann wendeten wir und fuhren zurück. Ich kratzte mich am Kopf und fühlte den Sand, seit meiner Kindergartenzeit hatte ich wahrscheinlich nicht mehr dieses seltsame Gefühl auf der Kopfhaut gehabt. Wir hatten echt Glück, da vorne war schon der Parkplatz mit dem einsamen Auto drauf, und Patrick sagte, was er wahrscheinlich schon die ganze Zeit hatte sagen wollen, das, weswegen er wohl dieses Wochenende angezettelt hatte:

– Wir heiraten.

5

Es regnete öfter, die Blätter verfärbten sich, die Luft roch anders, der Himmel war dauernd grau, mir fehlte das Licht, ich brauchte morgens länger, um aus dem Bett zu kommen, die Biergärten schlossen, man konnte nicht mehr draußen Basketball spielen, es wurde kälter, und ganz besonders haßte ich diesen Dauerregen, da konnte ich tagelang in der Bude hocken und das Wetter verfluchen. Der Wechsel der Jahreszeiten konnte natürlich ein herrliches Schauspiel sein, und Mandelblüten gaben mir auch immer das Gefühl, in jedem Frühling ein Jahr jünger zu werden. Aber ich brauchte die Kälte nicht, um die Sonne schätzen zu lernen, ich würde eines Tages sowieso in einem subtropischen Klima sitzen und es mir gutgehen lassen. Ich halte es für Unsinn, zu glauben, man brauche das Schlechte im Leben, weil man sonst das Gute nicht zu schätzen weiß. Ich stelle es mir lieber wie Orgasmen vor, es gibt gute und es gibt weniger gute, aber wirklich schlechte gibt es fast nie. Man muß nicht im Gefängnis gesessen haben, um seine Freiheit genießen zu können, das leuchtet mir nicht ein.

Ich hatte, wie von so vielem, auch keine Ahnung von Geschichte, aber wahrscheinlich bekam man dort auch keine Antwort auf die Frage, warum es in grauer Vorzeit überhaupt Menschen gegeben hatte, die blöd genug gewesen waren, sich in gemäßigten und kalten Zonen niederzulassen, wo man schwer arbeiten mußte, um überhaupt am Leben zu bleiben. Jene Minderbemittelten hatten wahrscheinlich auch gleich diese Mär erfunden, daß ein Mensch Leistung erbringen müsse, damit er zufrieden sei.

Firlefanz, papperlapapp, man konnte auch stundenlang im Schatten seltener Bäume sitzen, um sich wohl zu fühlen, den Blick in der Gegend schweifen lassen, Farben betrachten, die nicht in der Sonne verblaßten, da stellte sich der Frieden ganz von selbst ein, man mußte nur ein wenig Geduld haben, dann entspannte man sich und war froh, am Leben zu sein, inmitten dieser herrlichen Natur.

Es gab Leute, die mochten das nicht, sie mochten nicht schwitzen, sie mochten nicht, daß man anfing zu riechen, sie mochten die Viecher nicht, die Mücken, die Raupen, die Wespen und Hornissen, die Ameisen oder die Pollen, die ihnen in der Nase juckten oder ihre Augen tränen ließen, sie hatten etwas gegen den Sommer. Ich konnte das nicht verstehen, beim besten Willen nicht, die Sonne schien doch ins Herz und ließ die Gefühle fluten.

Das Wetter wurde also schlechter, aber die anderen Dinge schienen sich zum Besseren zu wenden. Ich schrieb einen Text für eine Frauenzeitschrift, in dem die weltbewegende Frage behandelt wurde, ob man beim Sex das Licht an- oder auslassen sollte, und sie zahlten gut. Ich steckte das Geld ein, ich konnte es brauchen, aber ich fühlte mich nicht ganz wohl dabei.

Was sah mein Opa, wenn er jetzt auf mich herabblickte? Einen jungen Mann, der noch nicht log, um seinen Lebensunterhalt zu verdienen, der aber auch nicht weit davon entfernt war. Das war keine ehrliche Arbeit, das Thema war es einfach nicht wert, um darüber zu schreiben, es war eine Beleidigung für jede Leserin. Oder sollte es tatsächlich so sein, daß es Menschen gab, die diese Texte ernst nahmen? Oh, Schatz, tut mir leid, aber mein Lieblingsautor hat geschrieben, er findet es besser, wenn das Licht anbleibt. Nein, nein, nicht, weil man sich am nackten Fleisch aufgeilen kann, um Gottes willen, aber Liebende sollen sich doch in die Augen sehen können. Oder auch: Schnuckel, machen wir das Licht doch aus, dann kann ich mir vorstellen, du seist mein Lieblingsschauspieler, das soll sehr erotisch sein, habe ich heute gelesen.

Nein, tröstete ich mich, du schreibst nur deine Meinung, du versuchst, etwas von Respekt zu erzählen, du versuchst, selbst so einen Text mit Liebe zu schreiben, nein, es kann doch nicht völliger Murks sein, da hätte ich ja gleich für eine

Fernsehserie schreiben können. Es konnte doch nicht sein, daß man irgendwann zwangsläufig anfing, Dinge zu tun, die man nicht für richtig hielt.

Ich spülte erst mal weiter, ich hatte nicht die geringste Lust, diesen Redakteuren ausgeliefert zu sein, im Grunde hatte ich noch nicht mal Lust, mein Leben überhaupt vom Schreiben abhängig zu machen, das war nicht mein ein und alles, es gab noch andere Sachen, die ich gerne tat. Das Spülen gab mir einfach ein wenig die Freiheit, zu schreiben, wie ich wollte, und darauf zu scheißen, ob ein Text abgelehnt wurde oder nicht.

Es war Anikas letzter Arbeitstag, als Dominik und ich vor seinem Fernseher saßen und uns *Blood in, Blood out* ansahen. Sie hatte sich bei unzähligen Firmen beworben, die eine oder andere hatte sie sogar zu einem Vorstellungsgespräch eingeladen, aber es war ihr nicht möglich gewesen, irgendwo Arbeit zu kriegen. Das war natürlich eine entmutigende Situation, in der man anfangen konnte, die Ungerechtigkeit zu beklagen, alles zu verfluchen und in Selbstmitleid zu verfallen, wie ich das wahrscheinlich getan hätte. Doch Anika nahm die Dinge erst mal von ihrer guten Seite. Wir würden jetzt mehr Zeit füreinander haben. Ich freute mich schon darauf, in den nächsten Wochen viel öfter in ihrer Nähe sein zu können, ich freute mich darauf, daß sie nicht mehr an manchen Tagen müde und geschafft von der Arbeit kommen würde, ich freute mich schon allein an dem Gedanken, daß sie jetzt regelmäßig ausschlafen konnte, es hatte mir immer einen Stich gegeben, wenn sie morgens aufstand, während ich noch liegenbleiben konnte, es war mir ungerecht erschienen, ich freute mich, weil ich glaubte, es würde ihr nun bessergehen. Der Rest würde sich ergeben.

An ihrem letzten Arbeitstag also saßen Dominik und ich da, jeder eine Flasche Bier in der Hand, den Tag frei und nichts Besseres zu tun, als sich einen dreistündigen Film zum vierten Mal anzusehen. Die Geschichte von drei Freunden, die unzertrennlich scheinen, doch als sie älter werden, wird der eine ein Junkie und erfolgreicher Maler, der zweite ein Bulle und der dritte im Knast zu einer Art Pate. Der Bulle kommt irgendwann in die Lage, auf seinen ehemaligen Freund schießen zu müssen, und er tut es tatsächlich. Ich fand es nebensächlich, daß er dabei nur auf das Bein zielte.

Wir standen auf diese Form der Romantik, Ghettos, Leute, die um ihr Leben beschissen worden waren und sich heldenhaft an die eine oder andere Sache klammerten. Es gab nicht viele Wege, Drogendealen, die Kunst, die Liebe oder gleich die Seiten wechseln, Polizeispitzel werden. Doch wenn einem Menschen nicht viel übrig blieb, wenn die Chancen gering waren, konnte er sich letztlich leichter für eine Sache entscheiden. Vieles krankte wahrscheinlich daran, daß wir alle Freiheiten der Welt hatten und uns kaum entscheiden konnten, was zu tun sei. Wenn zwei das Schwert erheben, wird der, der trauert, siegen.

Wie kam es, daß man so verschiedene Wege wählte, wie kam es eigentlich, daß Freundschaften zerbrachen und man sich nur noch mit Wehmut an die alten Zeiten erinnerte und sie sich zurückwünschte. Lag es daran, daß wir unseren Weg noch nicht gefunden hatten, als wir jünger waren, und damit alle etwas gemeinsam hatten. Warum konnte es mit Patrick nicht so sein wie früher?

– Ich fahr weg, sagte Dominik, als der Abspann lief und ich in diesen Gedanken versank.

– Wohin?

– Ecuador, Peru, Kolumbien, keine Ahnung, für länger, ab heute spar ich.

Ich grinste, ich kannte ihn lange genug, im Planen war er groß, nur kam ihm meistens etwas dazwischen. Er hatte schon eine Villa billig gemietet und eine Hausgemeinschaft gegründet, er hatte dreimal das Abitur gemacht und angefangen zu studieren, seine Lohnsteuererklärung war auch schon erledigt, seine Comicsammlung verkauft, um einen großen Batzen Geld auf einmal einzufahren. Er hatte sich sogar vorgenommen, eins meiner Bücher zu lesen, bei so was war er groß. Aber kaum etwas davon geschah in dieser

Welt. Ich könnte auch noch von den Gänsen, den Lachsen oder den Artischocken erzählen, die er manchmal kaufte, um uns ein opulentes Mahl zu bereiten, und nach ein paar Tagen mußte ich mich dazu aufraffen oder das Zeug wegschmeißen.

Ich hatte mich daran gewöhnt, es störte mich nicht, das hatte es auch früher nicht, denn das war kein Prahlen, er wollte diese Dinge tatsächlich, nur war der Preis meistens zu hoch und Dominik doch zu faul, und das sah er selber so ähnlich. All diese fruchtlosen Pläne machten ihn nicht unglücklich, schmälerten nicht seinen Glauben an sich selbst. In seiner Phantasie zu leben lohnte sich auf irgendeine vertrackte Art und Weise, man konnte für eine Weile entkommen.

Ich ging in die Küche, um zwei Bier aus dem Kühlschrank zu holen, nahm mir eine Handvoll Erdnüsse vom Tisch und dachte daran, wie er angefangen hatte, Spanisch zu lernen, weil er nach Mexiko wollte. Ich war erstaunt genug gewesen, daß er sich überhaupt dransetzte, aber nach fünfzig Lektionen war die Frage immer noch: ¿Dónde está el dinero?

– Na, Paquito, sagte Dominik, das wärs doch, du sitzt in der Sonne, arbeitest ein bißchen in deinem Garten, ziehst Tomaten, Papayas, Ananas, was weiß ich, Peyote, Koka und genießt nur noch dein Leben.

Ich konnte ihn mir richtig vorstellen, mit nacktem, rundem Bauch auf der Veranda, einfach nur sanft grinsend, im Grunde hatte er das Zeug dazu, so einen Frieden auszustrahlen wie ein kleiner Buddha, er lebte irgendwie mit den Dingen statt gegen sie. Das würde ich von mir nicht behaupten.

Das Telefon klingelte, Dominik ging ran, sagte Hallo und reichte mir ohne ein weiteres Wort den Hörer.

– Meine Mutter hat Krebs, ich fahre heute noch hin. Ich bin schon am Bahnhof, ich rufe dich an, wenn ich da bin.

– Shit, wie …?

– Sie wird am Mittwoch operiert, ich ruf dich wieder an.

– Ich komme mit.

– Ich fahr lieber erst mal allein.

Ich legte auf und sah Dominik an. Es gab Augenblicke, da schien sich das ganze Leben zu verändern, es schien größer zu werden, unüberschaubarer, ich hatte das Gefühl zu fallen. Es war so, als gäbe es noch eine Menge mehr, als man sich vorstellen kann, eine Menge mehr Kummer und Schmerz.

Ich erzählte Dominik, was Anika gesagt hatte, er schüttelte langsam den Kopf. Seine Mutter war gestorben, als er vierzehn war, ich wußte, daß er bei der Beerdigung nicht geweint hatte, nur vorher, und daß er die Male seitdem an einer Hand abzählen konnte. Damals hatte er mit seinem Vater gebrochen und war einige Zeit obdachlos gewesen, ich wußte, daß er eine Zeitlang sein Geld mit Fahrraddiebstählen verdient hatte, und ich wußte, daß ich von manchen Dingen nicht die geringste Ahnung hatte.

– Manchmal denke ich an meine Mutter, sagte er, ich verstehe sie sogar. Es gibt sonst niemanden auf der Welt …

Er machte eine Handbewegung, die wohl *vergessen wir das* heißen sollte.

– Was soll ich jetzt tun?

– Da gibt es nichts zu tun. Wahrscheinlich solltest du hinfahren, ist wohl besser, wenn sie nicht allein ist. Ist ihre Schwester da?

Ich wußte es nicht. Ich dachte daran, wie ich meinen Opa das letzte Mal gesehen hatte, wie er auf unsicheren Beinen auf den Stufen vor seinem Haus stand und mir nachwinkte, geistig nicht mehr ganz klar, aber voller Liebe. Ich hatte mich noch mal umgedreht, weil ich ahnte, daß es das letzte Mal war, daß ich ihn lebend sah. Ich hatte auf die Trauer gewartet, aber sie kam nicht, sie kam auch später nicht, bei der Nachricht seines Todes, das war nur eine Stimme am Telefon.

Zwei Tage später, als wir meine Mutter vom Flughafen abholten, konnte ich den Tod riechen, das war er also, er klebte an ihr, meine Kehle war eng und trocken, bis zum Abend brachte ich kein Wort raus. Nachts hatte ich in mein Kopfkissen geweint.

Mir fiel sein säuerlicher Schweißgeruch wieder ein.

– Du riechst schon wieder wie dein Opa, hatte meine Mutter früher gesagt, wenn ich meine Körperpflege vernachlässigte, aber das stimmte nicht, niemand roch wie mein Opa.

Mit solchen Erinnerungen konnte Anika nicht viel anfangen, sie hatte eine Virusinfektion gehabt, die vorübergehend ihren Geruchssinn lahmgelegt hatte, Anosmie nannte sich das. Mit dreizehn hatte sie nichts riechen können, erst nach und nach hatte sie sich davon erholt, und noch heute war ihr Geruchsempfinden nicht besonders ausgeprägt. Sie beklagte sich nicht darüber, wie sie sich überhaupt sehr selten beklagte, aber wenn sie es erwähnte, betonte sie ausdrücklich, daß es ihr nichts mehr ausmachte und sie frei darüber sprechen könnte.

Sie hatte damals abgenommen, weil ihr das Essen nicht geschmeckt hatte, sie hatte nicht gemerkt, wenn sich ein Furz im Raum breitmachte, und sich gewundert, warum sich alle nach und nach verzogen, sie hatte den Frühling nicht gerochen und ihren Achselschweiß, den Kaffee, das Essen, das auf dem Herd anbrannte, ihre Mitschüler hatten immer behauptet, sie würde stinken.

Sie war zu einer dürren Außenseiterin geworden, ihr Busen war nicht gewachsen, sie hatte sich vom Leben abgeschnitten gefühlt und geglaubt, es gäbe keinen Menschen auf der Welt, der das gleiche Problem hatte wie sie. Niemand hatte es besonders ernst genommen. Meine Güte, dann kann das Mädchen halt nichts riechen, ist doch kein Weltuntergang, da gibt es viel Schlimmeres, kein Grund, sich anzustellen. Nur ihre Mutter hatte wohl eine Ahnung davon gehabt, wie wichtig das sein konnte, nur ihre Mutter hatte ihr beigestanden und ihren Ängsten, ihren Sorgen gelauscht und nicht erzählt, daß es bald schon, in irgendeiner Zukunft, anders aussehen würde. Und ihre Schwester hatte zu jener Zeit mit den Räucherkerzen und Aromatherapien angefangen, ohne einen Gedanken zuviel an Anika zu verschwenden.

Vielleicht verstand ich mich mit ihr und Dominik deshalb so gut, weil wir wußten, wie das Leben an einem vorbeilaufen konnte. Wir hatten eine Ahnung davon, wie einsam man sich fühlte, wenn man fast niemanden hatte, der einen verstand, niemanden, mit dem man seinen Kummer teilen konnte.

Vielleicht glaubten aber auch viel mehr Menschen, daß ihnen das Schlimmste passiert sei. Der eine war vergewaltigt worden, der andere hatte seine Mutter verloren, einer hatte einen Klumpfuß, einer einen prügelnden Vater, einen anderen hatte die Liebe seines Lebens nicht erhört, der nächste hatte einfach nur das falsche Geschlecht, die falsche Hautfarbe, Klasse, was auch immer. Womöglich glaubte jeder, sein Leid sei unglaublich schwer und einzigartig, aber es war noch viel schlimmer. Wir hatten alle keine Worte für unsere Leiden.

Abends saßen Frank, Moritz und ich im Nick, Anika hatte vor einer Stunde angerufen, sie war gut angekommen, die Stimmung war beschissen, die Ärzte hatten etwas Gutartiges diagnostiziert, die linke Brust würde amputiert werden. Ihr Vater kriegte kein Wort raus, das machte sie völlig verrückt, und ihre Schwester trank literweise Baldriantee, nahm Johanniskrautkapseln und lief ein wenig tranig durch die Gegend.

Ich hatte Frank und Moritz nichts erzählt, ich stützte mein Kinn in eine Hand und spielte mit einem Bierdeckel.

– Das wird ne riesengroße, geile Party, sagte Frank.

– Da bin ich mir noch nicht mal sicher, meinte Moritz.

An unserem letzten Schultag hatten wir alle zusammen in einer anderen Kneipe gesessen. Es war uns noch nicht klar gewesen, was das alles bedeutete und was auf uns zukam, wir hatten Zukunftsvisionen gesponnen. Es erschien uns abwegig, daß wir je heiraten würden, so hatten wir beschlossen, wer sich als erster vermählte, müsse eine große Fete veranstalten, tausend Mark mußte das mindestens kosten, damals war das eine Summe, von der wir kaum glauben konnten, daß wir sie je besitzen würden, und jeder war felsenfest davon überzeugt gewesen, es würde einen der anderen treffen. Wir hatten die Hände in der Mitte des

Tischs aufeinandergelegt und einen feierlichen Schwur geleistet.

– Ich wäre ihm ja gerne zuvorgekommen, sagte Moritz.

– Ne, sagte Frank, das stelle ich mir nicht so toll vor, jahraus, jahrein mit derselben Frau bumsen, das wär nichts für mich, ich würde mich langweilen.

– Mir würde schon ein einziger schöner Abend reichen, im Moment, noch einmal, ohne mit dem Schwanz zu denken.

– Mach dir doch nichts vor, wenn der Abend zu Ende geht, willst du ficken. Das ist nun mal so, damit mußt du leben.

– Kennst du das nicht, wenn du verliebst bist, so richtig? Die Frau ist dir dann heilig, du willst gar nicht an Sex mit ihr denken, weil das alles kaputtmacht.

– Klar, aber sobald wir uns küssen, kriege ich doch einen Harten und will mit ihr ins Bett.

Ich hörte wieder weg und dachte an Sonays Hochzeit und wie wenig ich mich amüsiert hatte und wie unendlich weit weg das zu sein schien.

Moritz ging aufs Klo und blieb wohl auf dem Rückweg irgendwo hängen, es dauerte ewig. Ein Typ mit dieser Ich-lenke-von-meinem-Haarausfall-ab-Glatze, der nach einem erfolgreichen Jungunternehmer aussah, stieß mit seinem Ellenbogen an Franks Glas, das Glas kippte um, die Cola ergoß sich in Franks Schoß.

Der Glatzkopf war mit einer Frau da, siebzehn, achtzehn vielleicht, eine mit Rehaugen und einer makellosen Haut, bei denen fragte ich mich immer, ob es die auch gegeben hatte, als ich in dem Alter war, diese jungen, unschuldigen, sexy Wesen. Damals hatte ich nie eine gesehen, sie waren erst in den letzten Jahren aufgetaucht. Wir hatten Freundinnen gehabt, die ebenfalls hübsch waren, ja, aber nie solche, die blieben wahrscheinlich immer für die Älteren reserviert, und dieser Kerl hier wollte ihr wohl imponieren, also weigerte er sich gleich mal, Frank eine neue Cola zu kaufen, so was passiere halt. Frank nahm sich mein Glas vom Tresen und kippte dem Typen das Bier ins Gesicht. Eigentlich hätte es damit ja gut sein können, aber der Glatzkopf wollte anscheinend nicht wie ein begossener Pudel dastehen und machte den Mund schön weit auf. Nachdem er sich einige Drohungen angehört hatte, griff Frank sich eine Handvoll von seinem Jackett und zerrte ihn raus.

Ich blieb sitzen und beobachtete, wie die Frau hinterherging. Ich fand solche Aktionen völlig übertrieben, manchmal war es ziemlich doof, mit Frank unterwegs zu sein, dauernd gab es Ärger, aber wenigstens brauchte er keine Hilfe. Er war klein, untersetzt, die Leute unterschätzten ihn gerne, aber er war von Natur aus sehr kräftig. Einige Monate waren wir zusammen ins Studio gegangen und hatten Hanteln gestemmt, ich hatte gestaunt, wieviel Kilo er sich draufpackte, innerhalb kürzester Zeit hatte er Nackenmuskeln wie Schiffstaue bekommen, enorme Oberarme, später konnte er einen Stift zwischen seinen Brustmuskeln einklemmen. Dann hatte er aufgehört und die Zeit lieber mit Kiffen verbracht. Er war brutal, aggressiv und hatte keinerlei Hemmungen. Obwohl ich mich jetzt schon seit Jahren mit den Eisen abmühte und auch ganz gut boxen konnte, hätte ich nicht gegen ihn antreten wollen.

Eine Frau mit einer Flasche Bier in der Hand stellte sich neben mich.

– Ich habe deine Bücher gelesen. Sehr schön, muß ich sagen, haben mir gut gefallen.

Zuerst wußte ich nichts zu sagen, es passierte mir nicht alle Tage, daß mich jemand so ansprach. Ich lächelte sie an.

– Freut mich.

Das war die Wahrheit, aber ich geriet deswegen nicht gleich aus dem Häuschen, ich schrieb halt, so gut ich konnte, und hoffte, es würden sich welche finden, denen das gefiel, aber das wars auch schon. Ich hatte nicht das geringste Bedürfnis, dauernd gelobt zu werden, und ich hatte auch keine Ahnung, wie man damit umging. Hätte ich mich selbst so wichtig genommen wie das Schreiben, wäre es wahrscheinlich anders gewesen.

– Ja, eine Freundin hatte mir eins empfohlen.

Ich nickte und grinste, Small talk war nicht eine meiner

stärksten Disziplinen. Ich betrachtete sie genauer, eine Südländerin, dunkle Augen, einen winzigen Höcker auf der Nase, lange schwarze Haare, eine dunkle, weiche, sehr glatte Haut und große Brüste.

– Ich heiße Filiz.

So lernte ich sie kennen.

6

– Wonach suchst du dir denn die Frauen aus?

– Keine Ahnung, früher habe ich fast Genickstarre bekommen, weil ich jeder hinterhersah und überlegte, ob sie was für mich wäre. Ich hatte einfach Angst davor, allein zu sein, aber das hat sich mit der Zeit gelegt. Heute gucke ich auch noch oft genug, aber meistens ist es mir den Aufwand nicht mehr wert, sie anzusprechen. Doch da ist immer diese Sehnsucht ... Ich mag wohl die, die aussehen, als würden sie ein Geheimnis hüten oder sehr gerne am Leben sein, und du?

– Ich sehe den Männern zuerst in die Augen, manchmal laufen dann in meinem Kopf Bilder ab, und ich weiß, der hat was.

– Was für Bilder?

– Schwer zu sagen, wie aus einer anderen Welt. Es gab da einen, dem ich sehr gerne in die Augen gesehen habe. Ich war fünf Jahre in ihn verliebt, fünf Jahre, ich habe jeden Tag an ihn gedacht, ich hätte ihn sofort geheiratet, aber er wollte nur mit mir befreundet sein. Einmal, ein einziges Mal haben wir uns geküßt, in einem Taxi, wir hatten beide ein wenig getrunken. Kannst du dir das vorstellen, ich stehe in den Ferien eines Nachts in Istanbul, in Ortaköy, und auf einmal taucht er vor mir auf, und wir teilen uns dieses Taxi.

– Und dann?

– Dann haben wir uns eben geküßt. Jetzt lebt er in Dänemark und ist verheiratet mit irgend so einer Tussi, und das wars. Ich habe damals den Rest der Nacht geweint, ich weiß nicht, ob vor Freude oder vor Schmerz, ich wußte, es würde nie wieder passieren.

Wir waren in ihrer Küche, sie machte gerade ein Geflügel-Auberginen-Curry, ich saß am Tisch, es sah sehr ordentlich aus, die Gewürze schön nebeneinander im Regal, Essig- und Ölsorten auf einem Bord, alles tadellos sauber. Manchmal wünschte ich mir, ich könnte auch so sein, es würden nicht Aschenbecher, dreckiges Geschirr, Tassen, Sambal Oelek, Honig und Senf auf dem Tisch rumstehen, Feuerzeuge, Streichhölzer, Blättchen und Überraschungseier. Es hatte etwas Beruhigendes an sich, wenn man nicht dauernd das Gefühl hatte, aufräumen zu müssen. Aber selbst für den Fall, daß ich mal allein wohnen würde, konnte ich mir nicht vorstellen, daß ich mal so lebte, mir mangelte es an dieser liebevollen Sorgfalt.

Anikas Küche sah auch immer sehr sauber aus, aber ihre Wohnung war voll von Krimskrams, für den sie sich begeistern konnte, alte Koffer, eine uralte Schaufensterpuppe, Holzschnitzereien, Flaschen aus mattem grünem Glas, bedruckte Seidentücher, Frauenzeitschriften aus den fünfziger Jahren, Kerzenständer und noch tausenderlei Trödel. Sie versuchte weniger zu kaufen, nicht weil sie der Meinung war, sie gäbe zuviel Geld für so etwas aus, sondern weil der Platz einfach nicht reichte.

– Ich war schon ewig mit keinem Mann mehr zusammen, sagte Filiz, es klang nicht wie eine Klage. Männer sind ein Scheißthema, fuhr sie fort, aber es gibt kaum ein anderes, oder? Die Liebe ist das einzige, was dein Leben auf den Kopf stellen kann.

– Kann sein, aber man kann die Liebe mit so vielem verwechseln, und am Ende war es etwas anderes, und dein Leben ist ein Trümmerhaufen.

– Aber man muß es doch zumindest versuchen.

– Ich glaube nicht, daß man immer die Wahl hat.

Wir trafen uns gerade zum dritten Mal, letzte Woche waren wir zusammen tanzen gewesen in diesem Club, es lief Drum 'n' Bass, und es hatte mich richtig gepackt, ich hatte fast nur getanzt. Wenn ich außer Puste war, hatte ich am Rande der Tanzfläche gestanden und mir die Leute angesehen, die alle einen Heidenspaß hatten. Ich sah auch Filiz beim Tanzen zu, wie sie die Augen schloß, mit der Andeutung eines Lächelns in der Musik versank, wie ihre Brüste sich bewegten, wie sie die nassen Strähnen zurückstrich. Wir hatten den Abend über kaum geredet, aber die ganze Freude geteilt.

Man konnte schon ahnen, daß das eine der letzten Veranstaltungen dieser Art war. Bald würde es sich herumsprechen, daß hier eine gute Stimmung herrschte, und die Leute würden von nah und fern herströmen, um auch ein Stückchen Action abzukriegen. Blutsauger, Geier, die an den Orten aufliefen, wo angeblich der Spaß sein sollte, um ihn zu begutachten und möglicherweise zu konsumieren, aber keineswegs, um ihn selbst mitzumachen.

Doch heute war es eine große Party, alle liefen mit einem Strahlen durch die Gegend, man konnte gar nicht ausmachen, wer auf Droge war und wer nicht, und als ich gegen Ende komplett aus meinem Kopf war, kam mir der erste Satz von meinem nächsten Roman zugeflogen, das liebte ich, einfach irgendwo das Leben flitschen zu lassen, und der Rest ergab sich wie von selbst.

– İyi coştuk, hatte Filiz gesagt, als wir rausgingen und ich in der kalten Nacht fröstelte, und ich hatte die Arme ausgebreitet und mich großartig gefühlt, diese Musik ließ mich verreisen, in die Mitte von irgend etwas, es gab kaum was Besseres, als stundenlang ausgelassen tanzen.

Vielleicht hatte ich deshalb soviel für sie übrig, weil wir eine so schöne Nacht erlebt hatten, zusammen ungezwungen und frei gewesen waren.

Und jetzt aßen wir hier dieses köstliche scharfe Curry, und ich schätzte mich gerade glücklich, weil ich doch zwei, drei Leute kannte, die sehr gut kochen konnten. Essen ist schließlich wichtig, und etwas Schmackhaftes zuzubereiten, kann jeder lernen. Mir kam es seltsam vor, daß Frank sich von Pizzas ernährte, Patrick nur schnell mal was aus der Kantine runterschlang und Unmengen Kaffee trank und Moritz sich jeden möglichen Müll als Gericht auftischen ließ, eine Art Nahrungslegastheniker, der Ananas nicht von Fisch unterscheiden konnte.

Nach dem Essen hatte ich keine Zeit mehr für einen Tee. Ich nahm meinen Rucksack, Filiz brachte mich zur Tür, und wir küßten uns auf beide Wangen. Ich hielt den Daumen ans Ohr und den kleinen Finger an den Mund, sie nickte. Ich machte mich auf den Weg zum Bahnhof.

Die beiden letzten Wochen waren sehr seltsam gewesen, Frank hatte eine Anzeige wegen Körperverletzung, die Bullen waren an jenem Abend plötzlich vor dem Nick aufgetaucht. Die Glatze war mit dem Notarzt ins Krankenhaus gefahren worden, er hatte den Kiefer gebrochen. Ich hatte mit einemmal Aufträge für Artikel bekommen, meine Themenvorschläge wurden angenommen, ein Haufen Arbeit wartete auf mich, ich hatte schon gedacht, diese Zeitschriften hätten sich abgesprochen. Ich hatte den Spülerjob doch aufgegeben und saß jeden Tag drei, vier Stunden an meinem Schreibtisch, wenn in einigen Wochen die Honorare eingingen, würde ich ein reicher Mann sein.

Anika war noch bei ihrer Mutter, die Operation war gut verlaufen, die Ärzte behielten sie zur Beobachtung da, fürchteten aber wohl keine Komplikationen. Ich wußte nicht, ob ich mich dort fehl am Platze fühlen würde, aber ich hoffte, es würde Anika helfen, wenn ich an ihrer Seite war.

Am Bahnhof blieb ich unschlüssig vor dem Zeitschriftenladen stehen. Ich las selten Zeitungen, mich interessierte nicht, was in der Welt vor sich ging, es war immer dasselbe, Verbrechen, Morde, Kriege, Steuerhinterziehung, Machtkämpfe. Wenn man das Prinzip einmal begriffen hatte, brauchte man den ganzen Schmus nicht wieder und wieder zu lesen. Ich hatte keinen Schimmer, ob die Dinge sich zum Besseren oder Schlechteren hin entwickelten, aber im großen und ganzen war das hier ein Müllplatz von einem Planeten und der Mensch eine erschreckende Bestie, wahrscheinlich zum Untergang verurteilt.

Ich versuchte, so gut es ging, in meinem eigenen Universum zu leben, mich nicht von den Sachen gefangennehmen zu lassen. Politiker logen immer schlechter, Terrorismus lohnte sich bei solchen Typen gar nicht mehr, und solange ich es schaffte, aufrecht durch die Welt zu gehen, war mir der Rest fast egal. Ich fühlte mich nicht zum Missionar berufen, was sollte es ändern, wenn ich über die Geschehnisse informiert war und mitreden konnte, ob die Linken oder die Rechten an der Regierung waren, machte doch keinen Unterschied mehr. Sich politisch zu engagieren, kam mir vor, als würde man versuchen, die Erde mit Teppichboden auszulegen. Ich zog mir lieber Schuhe an und versuchte auch noch einige Paar zu verschenken, das erschien mir aussichtsreicher. Wenn man etwas verbessern wollte, mußte man bei sich selbst anfangen.

Ich kaufte mir zwei Illustrierte mit nackten Frauen darin, die meisten würden natürlich wieder nach Plastik aussehen, aber manchmal war auch eine schöne dabei. Die Artikel waren bisweilen auch nicht schlecht, sie vertrieben einem die Zeit, und dieses Bahnfahren langweilte mich fast so sehr wie das Fliegen.

Früher war ich öfter mit dem Auto unterwegs gewesen, das hatte Spaß gemacht, es war ein Stück Freiheit, allein schon deswegen, weil man die Musik so laut aufdrehen konnte, wie man wollte.

– Hey, Alter, lan, was machst du denn hier?

Ich drehte mich um, Celal, wir gaben uns die Hand und küßten uns.

– Bahnfahren, Abi, Celal Abi. Wie gehts, was treibst du, wir haben uns ja ewig nicht mehr gesehen.

– Aach, idare ediyoruz işte, sagte er, irgendwie bleibt man halt am Leben. Und du, was machst du? Hast du die Schule fertiggemacht?

– Ja, lan, ich habe sogar angefangen zu studieren.

– Gut. Aber sie haben dich nicht gelassen, ne?

– Ich hatte doch keine Lust, ich hab einfach aufgehört.

– Und jetzt so?

– Ich schreibe Bücher und Artikel für Zeitschriften.

Es war mir peinlich, ich war kein bißchen stolz darauf, ich schämte mich und wußte nicht, warum. Ich hätte lügen können, aber das wollte ich nicht, Celal war eine Zeitlang so etwas wie ein großer Bruder für mich gewesen.

– Bücher, so richtig im Laden, mit deinem Namen und alles?

Ich nickte einfach nur.

– İyi be koçum, einer muß es denen ja zeigen, die ficken uns immer, weißt du … Haste mal ne Kippe?

– Ich rauch nicht mehr.

Er sah mich ungläubig an. Ich hatte keine Lust, es zu erklären. Er hatte mit elf oder zwölf angefangen, Marlboro natürlich, sein Vater hatte ihn verprügelt, als er dahinterkam. Wenige Jahre später war er einer der Älteren bei den Türkboys und hatte als erster angefangen zu kiffen, er hatte es sozusagen eingeführt. Das erste Mal, so erzählte er, hatte er es ausprobiert, als er ein Tütchen Gras in einer der Lederjacken fand. Die Jacken und die Radios, seine ersten Anzeigen.

– Anlat, abi, was geht denn bei dir ab?

– Boşver, sagte er, laß uns über etwas anderes reden.

– Mein Zug kommt in ein paar Minuten, kommste mit hoch aufs Gleis?

– Komm, sagte er und legte mir den Arm um die Schulter, meistens störte mich das, aber ich hatte ihn mal bewundert, er wird immer einen Platz in meinem Herzen haben, egal, was passiert.

Oben schnorrte er sich eine Kippe von jemand, rauchte, spuckte auf den Boden, ging beim Reden auf und ab.

– Bist du dann reich jetzt?

– Damit läßt sich nicht viel Geld verdienen.

– Weißt du, lan, wenn ich nen guten Kopf hab, denk ich manchmal, ich schreib das alles hier auf, weißt du, oğlum, mein Leben, von Anfang bis jetzt.

– Dann setz dich hin und schreib.

Er schüttelte den Kopf, als wäre es aussichtslos, als bräuchte man es tatsächlich nicht zu versuchen, weil die Chancen gleich Null waren.

– Ne, lan, ich schaff das nicht, es ist wie Krieg jeden Tag hier, wir leben hier nur zweiter Klasse, weißt du doch.

Ich wußte so ungefähr, was er meinte. Man wurde oft genug zum Türken gemacht. Wenn irgendwo eine Tür aufging, und du gingst rein, konntest du dir fast sicher sein: Du bist der Ausländer.

Nicht der Filmemacher, der Liebhaber, der Maler, der Basketballspieler, der Dealer, nicht der Großherzige, der Sympathische, der Kleinkarierte, nicht der Dicke, der Große, nein, wenn irgendwo eine Tür aufging, dann wußtest du schon: Du, deine Arbeit, deine Persönlichkeit, gut, lassen wir das mal beiseite. Wie stehts mit der Nationalität? Würdest du dich als Deutschtürken bezeichnen, als türkischstämmigen Deutschen oder ...?

Fick dich ins Knie, ich schreibe Bücher.

Was immer mein Vorteil gewesen ist, ich wollte schreiben, um jeden Preis, ich habe immer etwas gehabt, woran ich mich festhalten konnte.

Celal tat mir leid, eine Zeitlang war er ein König gewesen, ein kleiner Pate, sein Wort galt viel, man hatte Respekt vor ihm, und nun stand er so vor mir. Er schien die beste Zeit seines Lebens schon hinter sich zu haben.

Auf einmal wußte ich auch, warum ich mich schämte. Es war der Erfolg. Als wäre es irgendwie nicht statthaft und ihm gegenüber unfair, ich kam mir vor, als hätte ich etwas ermogelt oder verraten. Dabei hatte ich nur die Möglichkeit gehabt, manchen Dingen zu entkommen.

Mein Zug fuhr ein, ich fragte Celal, ob er Geld brauche, wir seien doch Brüder, und Brüder teilten. Ich wollte ihn nicht beschämen.

– Ja, sagte er, und ich steckte ihm einen Hunderter zu.

Wenn er einfach so Geld annahm, mußte es ihm ganz schön dreckig gehen. Wenn die Not größer ist als dein Stolz, dann ist es schwer, den Kopf oben zu behalten. Wir umarmten uns, und ich biß mir auf die Lippe und versuchte die Tränen zurückzuhalten.

Dann saß ich im Zug, draußen regnete es, ich dachte an Celal und all die anderen Jungs. Ich war ein Außenseiter gewesen, ich hatte nie richtig dazugehört, aber ich erinnerte mich gerne an die Zeiten zurück, ich war immer Celals Liebling gewesen. O iyi çocuk, onu rahat bırak, lan. Wie oft hatte ich das gehört.

Wir hatten an den Tischtennisplatten rumgehangen, auf dem Spielplatz, manchmal waren wir einfach U-Bahn gefahren, aber meistens hatten wir nichts getan. Von der

Schule kommen, Tasche in die Ecke schleudern, essen und raus, wir hatten dagehockt, geredet, rumgelungert, Unsinn gemacht, Mülleimer demoliert, waren losgezogen ohne Ziel, hatten einfach Zeit verplempert. Bei Regen hatten wir uns zu acht oder neunt in die Lok auf dem Spielplatz gequetscht, im Winter brauchte ich fast eine Stunde, um zu Hause wieder warm zu werden, aber es erschien uns alles richtig.

Meine Mutter wollte nicht, daß ich mich mit diesen Typen rumtrieb, oft mußte ich zum Abendessen zu Hause sein und durfte danach nicht mehr runter. Sie hatte wahrscheinlich Angst vor dem schlechten Einfluß der Älteren. Sie ahnte nicht, was alles abging und was ich davon mitbekam, aber sie tat immer so allwissend, daß es ein leichtes war, sie mit Lügen zu beruhigen.

Später war das Ganze in eine Richtung abgedriftet, in die ich nicht wollte, zuviel Gewalt und zuviel Ärger, ich hatte Angst, Gesetze zu brechen. Ich hatte alleine zu Hause gesessen und mich einsam gefühlt, und als ich bald nach der Schule in eine andere Gegend zog, weil meine Eltern die Wohnung aufgaben, hatte ich auch die letzten Kontakte verloren.

Von einigen hörte ich manchmal noch, Orhan arbeitete in der Fabrik, Kerim dealte, Mesut war in der Türkei, Nurettin studierte Germanistik, Oktay hatte eine Lehre als Feinmechaniker gemacht, und Cem, Cem war irgendwie Schauspieler geworden. Ich hatte ihn eines Tages im Fernsehen gesehen, ich war drei Tage lang selig gewesen, hatte es jedem erzählt. Hey, den kenne ich. Es war so herrlich, sich über fremdes Glück zu freuen, man hatte einfach keine Ahnung. Wenn es dazu kommt, in einer Haut zu stecken und ein ganzes Leben zu leben, ist das Glück meistens auch nur ein kleiner Teil davon. Aus der Ferne kann man sich wunderbar die Rosinen rauspicken. Wenn man den ganzen Kuchen selbst gebacken hat, dann macht das keinen Spaß.

Ich starrte aus dem Fenster. Ich hätte Celal gerne geholfen, aber ich wußte nicht, wie das gehen sollte. Es tat mir einfach weh, ihn so zu sehen, ich wollte, daß dieser Schmerz aufhörte, seiner und meiner. Und ich sah keine Möglichkeit, in vier Stunden würde ich aus diesem Zug hier steigen, und in acht Stunden würde ich ihn fast vergessen haben, ich würde mich höchstens noch ein paar Tage auf eine vage Art unwohl fühlen.

Immer noch hatte ich einen gewissen Respekt vor Celal, seltsam eigentlich, die Tränen kullerten mir runter, vielleicht lag es auch am Wetter, am Tod, an der Vergänglichkeit, ich fühlte mich schwach und wünschte, das Leben könne wieder so sein wie damals an den Tischtennisplatten.

Ich schämte mich meiner Tränen nicht, das tat ich fast nie, es war sehr schön, sich ab und an einfach gehenzulassen, aber als zwei Männer das Abteil betraten, drehte ich den Kopf weg und wischte mir schnell das Nasse aus den Augen. Ich wollte nicht gefragt werden, was los war, ich wollte allein sein mit diesen Dingen, ich wollte nicht vor fremden Leuten weinen, so verzweifelt war ich noch lange nicht.

Man gerät bisweilen an kontaktfreudige Menschen, und das war das letzte, was ich jetzt brauchte, ich schloß die Augen und legte den Kopf zurück. Ich hatte die beiden nicht richtig gesehen, aber als ich sie reden hörte, war mir schon klar, wie sie aussahen.

Sie sprachen über Literatur, irgendwie verfolgte mich das, sie redeten von inhaltsleeren Unterhaltungsromanen, von nationalem kulturellem Erbe, von Bildung, von fehlbelesenen Abiturienten, das war eine Wortkombination, die mich fast schmunzeln ließ, von der grotesken Ahnungslosigkeit meiner Generation, die sich durch Unkenntnis der Klassiker auszeichnete, der Niedergang der abendländischen Kultur, die jungen Leute kannten sich selbst nicht mehr, ihnen war nicht zu helfen, sie waren für Gott und die Welt verloren, da waren sie sich einig.

Dann kamen sie auf meine jungen Kollegen zu sprechen, der jüngste fast zehn Jahre älter als ich, sie fanden für den einen oder anderen sogar ein lobendes Wort. Ich fand, sie schrieben fast alle dunkel und unklar, außerdem mußte man sich heutzutage einen Anschein geben, man mußte politisch sein, trashig oder internetbezogen, gebildet und postmodern, man mußte die Gefühlskrise der Gesellschaft analysieren wollen, soziale Ungerechtigkeiten thematisieren oder die Literatur zwanghaft in die Kneipen zerren. Es reichte nicht, wenn man einfach nur schrieb, weil man die Menschen berühren wollte.

Besonders hoch im Kurs standen die Autoren, von deren Geschreibsel ich entweder kein Wort verstand oder mich jedes Wort langweilte.

In was für einer Welt lebten diese Bildungsbürger, sie waren schnell bei der Hand mit schlauen Sprüchen, sie sahen die Probleme in einer Klarheit, die mir immer verborgen bleiben würde, sie begriffen die Zusammenhänge, ja, sie hatten einen klaren Verstand, scharf wie ein Rasiermesser, und sie waren stolz drauf. Für sie war das Leben eine Schule, in der sie es zum Oberlehrer gebracht hatten. Und ich, ich glaubte nicht an Autoritäten, ich gehörte nicht zu denen, die eine Lehre zu verbreiten hatten, sondern versuchte zu erklären, daß die Schule aus ist.

Ich überlegte kurz, ob ich mich in ihr Gespräch einmischen sollte, ob ich das tatsächlich wollte, mit ihnen reden, mit der Bildungselite dieses Landes.

Ich hatte fast nichts mit ihnen gemein, aber sie kamen und steckten überall ihre Nasen rein und sprachen wortgewandt über Dinge, von denen sie keinen Schimmer hatten.

Ich machte die Augen auf und erkannte beide. Der eine war Redakteur bei einem Magazin und hielt seine Fresse immer gerne in die Fernsehkameras, und der andere, der arbeitete bei einer angesehen Zeitung im Süden. Dieser graumelierte, akkurat gestutzte Vollbart, die Brille, die Stirnglatze, der Bauch, dieser Gesichtsausdruck, den man wahrscheinlich unweigerlich bekommt, wenn man glaubt, das eigene Leben besitze mehr Qualität als das der anderen. Denn man genießt ja regelmäßig erlesene Speisen, Kaminfeuer, gute Weine, Theaterstücke und dergleichen, man gehört ja zu denjenigen, die wissen, daß man Erdbeeren nicht mit Schlagsahne essen kann, weil die den Geschmack verdirbt, an Erdbeeren gehört ein Hauch Ingwer.

Hier saß mir der Mensch gegenüber, der mich mehr oder weniger für Abschaum hielt. Sprachlich und stilistisch hätte ich nichts zu bieten, er hatte einen erschreckend geringen Wortschatz und einen langweiligen Jargon ausgemacht, dauernd kämen Rauschgifte in meinen Büchern vor, in meinem jugendlichen Leichtsinn verachtete ich die Menschen, mein grenzenloser Narzißmus sei kaum zu ertragen, keine einzige Idee hätte ich aufzuweisen, ich sei ein Wiederkäuer, ja, ich hätte noch nicht mal ein eigenes Leben, hatte er geschrieben, ich lebte nach, was die bösen Medien mir vormachten, ohne Sinn und Reflexion.

Ich sah ihn mir genau an, er erkannte mich nicht oder ignorierte mich, so oder so, es war mir egal. An dem Tag, an dem dieser Mann mich mit Lob überschüttete, würde ich bestimmt das Gefühl kriegen, etwas Grundsätzliches falsch gemacht zu haben. Ich war ihm dankbar. Kein Unheil ist größer, als ohne Feind zu sein.

7

Ich verlief mich heillos in diesen Gängen. Keine Ahnung, wie ich das fertigbrachte, im Grunde war es ganz einfach, sechster Stock, Zimmer 114, hatte die Frau unten gesagt, oder hatte sie vierter Stock gesagt, Zimmer 116, was hatte ich im Aufzug eben gedrückt, wieso kam nach Zimmer 112 nichts mehr außer einem riesigen Fenster mit Aussicht auf die verregnete Grünfläche da draußen. Ich war unkonzentriert, tranig, müde, Celal, die Kritiker, diese langweilige Bahnfahrt, Anikas Mutter, meine weinerliche Art, mich wichtig zu machen, indem ich die Bildungsbürger gleich zum Feindbild erhob, es waren so viele Sachen gleichzeitig in meinem Kopf, so viele Leben in so vielen verschiedenen Welten, und jetzt irrte ich hier rum und fühlte mich unbehaglich.

Ich haßte Krankenhäuser, den Geruch von Antiseptika, die Neonleuchten, diese weißen Klamotten, die Bademäntel, die Filzpantoffeln, die hinkenden Schritte, die Verbände, die Krücken, Rollstühle, offenen Beine, Schläuche in der Nase und Infusionen auf dem Handrücken, diese bedrükkende Atmosphäre, in der man unwillkürlich flüsterte, soviel Krankheit und Siechtum auf einem Fleck und soviel Langeweile, daß man es kaum ertragen konnte und anfing, jeden Buchstaben der Boulevardblätter zu lesen.

Fast neun Jahre war es jetzt her, daß sie mir den Kiefer gebrochen hatten bei einer Prügelei. Irgendwann hatte ich es nicht mehr geschafft die Arme über den Kopf zu halten, ich hatte aufgegeben, und irgend etwas hatte mich dann voll erwischt. Meine Unterarme waren später blau und grün angelaufen, aber nichts war so schlimm gewesen, wie Stunde um Stunde in diesem Bett zu liegen, mit den Schmerzen und der Schmach und diesem unendlichen Vorrat an Zeit. Ich erinnerte mich an den Geschmack der schleimigen Suppen, die ich bekam, und an den Zahnbelag, der sich bildete, weil ich den Mund kaum aufbekam und mir die Zähne nicht putzen konnte. Die Jungs besuchten mich zwar fast jeden Tag, zweimal brachten sie mir Pornohefte mit, und sie rächten mich, aber ich hatte mich elend gefühlt. Meine Mutter hatte auch noch dauernd geweint und mich gefragt, warum ich ihr das antat.

Seitdem war ich nicht mehr beim Arzt gewesen, einige Male hatte ich Freunde oder Verwandte in Krankenhäusern besucht, aber ich machte möglichst einen großen Bogen um derlei Dinge, ich fürchtete schon den Tag, an dem ich wieder diesen Quacksalbern in die Hände fallen würde.

Mein Opa hatte in seinem Leben auch genau einmal in einem Krankenhaus gelegen, wegen einer Augenoperation. Doch man erzählte sich gerne die Geschichte, wie er in seinen jüngeren Jahren mal zum Arzt gegangen war und verlangt hatte, dieser möge ihn untersuchen und ihm sagen, was ihm fehle, ohne seine Beschwerden zu erwähnen. Mußte er doch rausfinden, schließlich war er Arzt. Und als er nichts fand, bekam er zwei Wochen lang immer wieder die Gelegenheit. Jeden Abend ging mein Opa nach der Arbeit hin, um schließlich zu erzählen, der Mann tauge nichts, er habe ganz umsonst studiert.

Eine Krankenschwester lenkte mich von meinen Gedanken ab. Sie sah sehr sexy aus, ihr Slip leuchtete unter dem Kittel, und abgesehen von den Schlappen an den Füßen, hatte sie nichts weiter an. Sie wogte über den Gang auf mich zu, ich war wohl stehengeblieben und starrte, das passierte mir manchmal, es sah wahrscheinlich aufdringlich und ekelhaft aus, aber ich hatte nie versucht, es mir abzugewöhnen oder einen Hehl aus der Sache zu machen, diese Beine, der spitzenbesetzte Saum ihres Höschens, diese vollen Lippen, ich wollte mich gar nicht dagegen wehren, wie ein Vollidiot auszusehen. Sie lächelte mich an, mein Gesicht blieb unbewegt, sie hatte lange pechschwarze Haare. Auf einmal konnte ich verstehen, warum in den Sexshops Krankenschwesternkittel verkauft wurden.

Sie ging an mir vorbei, ich drehte den Kopf und bewunderte die Falten, die der Kittel über ihrem Hintern warf. Dann fuhr ich mit dem Aufzug runter, ging zu der Dame am Empfang, die mich verwundert ansah, und fing noch mal ganz von vorne an.

Kaum hatte ich die Tür hinter mir geschlossen, da dachte ich schon: Scheiße, es war wohl ein Fehler, hierherzukommen.

Anika saß auf der Bettkante, ihre Schwester Susanne auf der Fensterbank, beide sahen nicht gerade blendend aus, aber ihre Mutter war in einem wesentlich schlimmeren Zustand. Ihre braunen Augen, die immer wunderschön ausgesehen hatten unter ihrem silbergrauen Haar, wirkten fahl und glanzlos. Sie hatte abgenommen, sie schien um Jahre gealtert, mein Gott, sie war erst achtundvierzig.

Ich murmelte einen Gruß, als sie alle drei gleichzeitig zu mir blickten, ich wußte nicht, ob es in dieser Situation richtig war, zu Anika zu gehen und sie zu küssen oder sie in den Arm zu nehmen, ich wußte nicht, was ich sagen sollte, Gute Besserung war sicherlich falsch, ich hatte noch nicht einmal Blumen mitgebracht, ich konnte mich nicht auf die Suche nach einer Vase machen, ich stand da, es war still, ich steckte die Hände in die Taschen. In solchen Situationen fiel mir immer wieder auf, daß es im Türkischen zu fast jeder Gelegenheit passende Worte gab, Floskeln vielleicht, aber wenigstens etwas, das man sagen konnte.

– Nimm dir doch einen Stuhl, sagte Anika, und ich setzte mich.

Ihre Mutter fragte mich, wie es mir ginge, und ich antwortete ein, zwei Sätze. Ich traute mich nicht, ihr dieselbe Frage zu stellen. Mühsam brachten wir zu viert ein kleines Gespräch zustande, vielleicht hätte ich tatsächlich nicht hier sein sollen.

Schließlich nahm mich Anika bei der Hand, und wir gingen geradewegs ins Raucherzimmer, wo nur ein junger Mann saß, die Krücken auf den Stuhl neben sich gelegt. Wir setzten uns, Anika drehte sich eine Zigarette.

– Es ist nicht so schlimm, wie es aussieht.

– Was sagen die Ärzte?

– Kein Grund zur Beunruhigung, sie bleibt noch ein paar Tage hier, dann kann sie nach Hause ... Ich hatte solche Angst.

Ich legte meinen Arm um sie, selbst in diesem Qualm merkte ich, wie ihr Atem ein wenig säuerlich roch, ich glitt von meinem Sitz in die Hocke, legte meine Hände auf ihre Knie und sah zu, wie zwei Tränen langsam ihre Wangen runterliefen. Ich flüsterte ein paar Worte, stand auf, drückte ihren Kopf an meine Brust, ihre Schultern zuckten, doch es kam kein Laut über ihre Lippen, sie weinte fast immer ohne das geringste Geräusch. Ich fuhr ihr durch die Haare, nach kurzer Zeit hob sie den Kopf, kramte ein Taschentuch hervor, wischte sich die Tränen ab, lächelte ein wenig und zündete schließlich ihre Zigarette an.

– Und du?

– Läuft ganz gut, ich hab ein paar Aufträge bekommen, hänge jeden Tag an der Maschine.

– Ich habs ja gesagt, du bist manchmal zu ungeduldig, zu verkrampft.

Wir sahen uns in die Augen, lächelten, warm, liebevoll, ich setzte mich wieder neben sie, sie hauchte mir einen Kuß auf.

– Es wird alles wieder gut, sagte ich etwas lauter und fester.

– Ja, sagte sie.

– Nein, sagte der Mann, ohne seinen Kopf in unsere Richtung zu drehen.

Ich sah rüber, es dauerte ein paar Sekunden, bis mir einfiel, woher ich das Gesicht kannte, ich hatte ihn auf Plakaten gesehen und ein paarmal im Fernsehen.

– Bei mir nicht.

Ich wußte schon wieder nicht, was ich sagen sollte, er brauchte wohl jemand zum Reden, er wandte sich zu uns, mein Herz machte einen kleinen Sprung, irgendwie kam es mir immer seltsam vor, daß diese Typen auch ganz normale Menschen sind.

Sein Blick war lange nicht so böse wie auf den Plakaten, er wirkte sogar ganz sympathisch. Ich betrachtete die breiten Schultern, den kräftigen Hals, ich hatte eine gewisse Ehrfurcht, ich wußte, wie schnell er war, wie genau seine Schläge kamen. Hier saß ich Tim Wasser gegenüber, eine Menge Fachleute prophezeiten ihm eine große Karriere.

– Was ist passiert?

– Motorradunfall.

Er hielt eine bandagierte Hand hoch.

– Den kleinen Finger amputiert, und das rechte Knie kaputt.

– Das heißt, das wars …

– Genau das. Berufsunfähig. Ich habe nichts gelernt, und jetzt hänge ich hier, ich war so kurz davor, nur noch ein, zwei Jahre, und ich wäre fein raus gewesen.

Anika blickte mich verständnislos an.

– Das ist Tim Wasser, der Boxer.

– Oh, sagte sie, es interessierte sie gar nicht, ich konnte das gut verstehen, ihre Mutter war gerade dem Tod entronnen, und der Typ hier beschwerte sich, weil er nie wieder in den Ring steigen konnte.

Abends hockte ich bei Anikas Eltern vor dem Plattenschrank und versuchte etwas zu finden, das mir zusagte. Anikas Mutter war in den Siebzigern jung gewesen, und ich konnte mit der meisten Musik aus jenen Jahren nicht viel anfangen. Meine Erinnerung an die siebziger Jahre war, daß ich mit meiner Mutter Straßenbahn fuhr und nicht so ganz mit ihr übereinstimmte, daß Männer mit langen Haaren etwas Widernatürliches seien. Ich legte am Ende eine Platte von Melanie auf, in einem Stück wünscht sie sich, sie könne in einem guten Buch leben.

Anikas Vater kam ins Zimmer, zwei Gläser und zwei Flaschen in der Hand, er stellte sie auf den Tisch und ließ sich in den Sessel fallen, er wirkte alt und müde. Ich schenkte uns ein, wir stießen an, er blickte raus auf die Terrasse, schien irgendwelchen Erinnerungen nachzuhängen, er war ein wortkarger Mensch, ich hatte noch nie ein Gespräch mit ihm zustande gebracht. Vermutlich gehörte er zu den Männern, die nie über ihre Gefühle reden, und seine Frau wußte trotzdem immer um die kleinste seiner Regungen. Bei den beiden hatte ich das Gefühl, daß sie die Heirat als das betrachteten, was sie war: ein heiliger Akt.

Heiraten mußte bedeuten, daß man bei seinem Partner blieb, in guten und in schlechten Zeiten, Krebs, Alzheimer, Obdachlosigkeit, Sorgen, Nöte, Streitereien und Ängste, sonst war es nichts wert. Heiraten war etwas, das man nicht rückgängig machen konnte. Man konnte sich vertun, man war ja dazu verdammt, Fehler zu machen, aber heutzutage vertaten sich die Menschen zu oft, respektierten nicht mehr, was mal heilig gewesen war, alles im Namen der Freiheit und des Individuums. In solchen Sachen bin ich wohl das, was man altmodisch nennt, doch das bin ich auch beim Schreiben, ich hätte gerne einige Dinge, die unumstößlich gelten.

Mit meinem Glas in der Hand ging ich in die Küche, um zu sehen, was die beiden da fabrizierten. Mir lief nicht gerade das Wasser im Munde zusammen, Susanne verstand sich auf gesunde Kost, ohne viele Gewürze, Tofuwürstchen, ein wenig Reis, zwei, drei Möhren, dazu ein Glas Sojamilch.

Ich hatte angeboten zu kochen, doch sie hatte gleich angefangen, von meinen abgestorbenen Geschmacksnerven zu reden, von dem Magengeschwür, das ich kriegen würde, ganz abgesehen davon, daß falsche Ernährung einen ganz trübselig machen könne, ja, Fleisch schade dem seelischen Gleichgewicht, Chili, eiweißreiche Kost, ungesättigte Fettsäuren.

Jetzt war ich mit diesem Glas reinspaziert und erntete wieder einen vorwurfsvollen Blick, ich hob es hoch.

– Mit lebenden Hefekulturen, sagte ich, gut gegen Hautunreinheiten.

Eben hatte ich versucht, ihr von der Verwendung der Gewürze im Ayurveda zu erzählen, doch da hatte Susanne auch so getan, als sei ich ein bemitleidenswerter Mensch, der es einfach noch nicht begriffen hatte.

– Wieso könnt ihr euch eigentlich nicht ganz normal benehmen? fragte Anika.

– Frag ihn doch, er fängt immer an.

Ich hob die Hände und schwieg, dann nahm ich die Teller und fing an, den Tisch zu decken, damit ich etwas zu tun hatte.

Ich aß ohne großen Appetit, auch Anikas Vater schien nicht gerade in Lobreden ausbrechen zu wollen. Ich hatte ja nichts dagegen, daß Leute gesund leben wollten, nur hatte ich keine Lust, mir auch noch Vorträge über verschiedene Farb- und Konservierungsstoffe anzuhören, die im Verdacht standen, krebserregend zu sein, während ich gerade versuchte zu essen. Außerdem fand ich es taktlos.

– Deine Schwester kann ganz schön anstrengend sein, sagte ich später zu Anika, als wir zusammen im Bett lagen.

– Du mußt doch nur ein paar Tage mit ihr auskommen.

– Es ist seltsam, wie alle ständig versuchen, einander zu bekehren. Egal, was du auch machst, es findet sich immer jemand, der dir erklärt, daß du die Sache falsch anpackst.

Wir schwiegen eine Weile, dann begann sie mir zu erzählen, wie die letzten Tage gewesen waren, wie seltsam leer die Stunden dahingekrochen waren, wie verzweifelt sie sich gewünscht hatte, alles möge gut werden, wie sie sich eingeredet hatte, daß ihr Wille nur fest genug sein müsse, damit es ihrer Mutter wieder besser ginge, wie lebendig die Erinnerung an ihre Anosmie geworden war und an den Halt, den ihre Mutter ihr damals geben konnte, wie sie geträumt hatte, ihre Mutter sei gestorben, in der Badewanne ertrunken.

– Ich glaube, bis dahin war mir gar nicht klar, was das bedeuten würde, aber dann bin ich aufgewacht, und es schien mir, als könne ich das erst jetzt richtig begreifen. Ich hab bis zum Morgen geheult. Und jetzt habe ich es schon wieder vergessen, ich kann mir einfach nicht vorstellen, wie es ohne sie sein würde.

– Sie wird gesund, sagte ich, du mußt es dir nicht vorstellen.

Sie legte ihren Kopf auf meine Brust, ich ließ meine Finger über ihren Rücken gleiten, wir atmeten im gleichen Rhythmus, das war schön und beruhigend, einfach nur zusammen atmen, die Luft, das Leben in seine Lungen holen und friedlich entweichen lassen, in perfektem Einklang. Ich wünschte mir, daß sie wegglitt, daß sie eine Weile alles vergaß, daß ich ihr zu ein wenig Frieden verhelfen konnte.

Als Anika eingeschlafen war, lag ich mit offenen Augen da, hungrig wie Hänsel und Gretel, und dachte seltsamerweise an Bob Marley und fragte mich, wieviel Liebe wohl in ihm gewesen war.

Am nächsten Tag saß ich mit Tim Wasser im Raucherzimmer, er schien nicht sonderlich viel Besuch zu bekommen, vielleicht war er den Leuten als Invalide nicht wichtig genug. Ihm war anscheinend langweilig, und wir redeten über dieses und jenes, Mike Tyson, HipHop, die Filme von Fatih Akin, das Leben und wie schwer es war.

– Ich weiß nicht, was ich jetzt machen soll, sagte er, ich hatte ein wenig Talent, nächste Woche komme ich raus und weiß nicht, was ich anfangen soll.

Ich erzählte ihm von Anikas Mutter.

– Ich habe hier viel nachgedacht, sagte er, weißt du, das war mein Leben, ich habe geboxt, alles hatte damit zu tun, ich habe alles darauf aufgebaut, die Mutter deiner Freundin, sie kommt raus, und sie kann weiterleben wie vorher, es macht genausoviel Sinn.

Das stimmte wohl kaum, aber ich hielt meinen Mund.

– Weißt du, warum ich Boxer geworden bin? Ich wollte stärker sein als die anderen. Heute haben die Kids Messer und Gaspistolen und Kram, aber weißt du noch, als wir so alt waren, das gabs kaum. Ich wollte mich behaupten, weil ich so lange der Schwächere war. Es war ein gutes Gefühl, als ich irgendwann merkte, daß ich auch austeilen kann. Seit fünf Jahren dreht sich mein ganzes Leben nur ums Boxen, und jetzt ist es vorbei, ich bin wieder der Schwache. Verstehst du, das ist das Schlimme, wenn du was gefunden hast, wenn du Talent hast und es dann wieder verlierst. Stell dir vor, du könntest ab morgen keine Bücher mehr schreiben.

Ich zuckte mit den Schultern, ich hatte keine Ahnung, wie das wäre. Eine Zeitlang war ich bereit gewesen, jeden Preis dafür zu zahlen, ein guter Schriftsteller zu werden, aber irgendwann erschien es mir richtiger, zu einem Seelenfrieden zu gelangen, und man konnte nicht nach zwei Sachen gleichzeitig streben, das erhöhte nicht gerade die Erfolgsaussichten.

Auf der anderen Seite gab es nichts anderes, womit ich Geld verdienen konnte, ohne mich gleich mit Arbeiten plagen zu müssen, für die ich keinen Ehrgeiz aufbringen konnte.

– Vielleicht könntest du Trainer werden.

– Ich könnte auch Hausmeister im Puff werden. Aber ich wollte boxen, dann kommt dieses Arschloch und fährt mich über den Haufen, ich war so kurz davor, und da kommt so ein Fettsack, träumt ein bißchen am Steuer und fährt mich platt. Warum?

Warum ich, warum gerade jetzt, was ist das für ein Leben, über solche Sachen hatte ich mir auch schon oft Gedanken gemacht. Es erschien mir besser, an ein Schicksal zu glauben, an einen Plan, der hinter all diesen Dingen steckte, ich vertraute darauf, daß das alles zu etwas gut war.

– Ich sehs ja ein, sagte er nach einer Pause, ich muß eben jetzt schon das Leben nach dem Boxen leben, ich hätte ja sowieso etwas finden müssen, aber … ich hätte noch gerne diese zwei Jahre gehabt.

Er erschien mir nicht allzu verbittert, ich an seiner Stelle hätte geschrien und gebarmt, meinen Glauben ans Schicksal verworfen, mein Los verflucht, Rachegelüste genährt. Vielleicht hatte er auch gelernt, einzustecken, während ich es mir angewöhnt hatte, zu lamentieren und aufzuschreien, bevor ich überhaupt getroffen wurde.

Wir saßen Stunde um Stunde da, draußen regnete es, wir verstanden uns gut, um ein Haar hätte ich mir das Rauchen wieder angewöhnt, ich war auch versucht, ihn nach seiner

Adresse zu fragen, aber ich ahnte, daß das so etwas wie ein leeres Versprechen geworden wäre. Meine jetzige Sympathie würde mit der Entfernung abkühlen, ich würde ihm nicht ein Freund sein können oder auch nur ein guter Zuhörer. Es wäre eine von den Sachen, die man gut gemeint hat, aber für deren Verwirklichung man zu schwach ist.

8

Der neue Rucksack hätte mich vielleicht noch nicht mal stutzig gemacht, auch nicht, daß Dominik sein Zimmer aufgeräumt hatte, was alle Jubeljahre mal passierte, nein, was mich stutzig machte, war, daß die Comics, die in Plastikhüllen an der Wand gehangen hatten, verschwunden waren, diese Jubiläumsausgaben mit Hologramm vorne drauf, die seltenen oder besonders schönen Exemplare, der Rest tummelte sich in Kartons unter dem Bett. Er hatte sich die Sammlung nach und nach zugelegt, als er eine Zeitlang in einem Nobelrestaurant gekellnert hatte. Damals hatte ich auch zum erstenmal Hummer gegessen, die Reste aus der Küche, Dominik hatte einen Achtstundentag gehabt und soviel Geld, daß ihn der Comic-Händler per Handschlag begrüßte, wenn er den Laden betrat.

Es war eine schöne Zeit gewesen, wochenlang waren wir in diesen Welten versunken, wir waren selbst zu Superhelden geworden, wir hatten die Erde vor ihrem Untergang gerettet, wir hatten von Stärke und Macht geträumt, davon, unbesiegbar zu sein. Wir hatten Vor- und Nachteile der verschiedenen Helden gegeneinander abgewogen, für eine Weile waren wir wirklich entkommen, hatten in Phantasien gelebt, Dominik hatte sich gar nicht mehr von den Heftchen losreißen können, war immer öfter zu spät zur Arbeit erschienen und letztendlich natürlich geflogen. Doch auch er erinnerte sich gerne daran zurück, fast ein ganzer Winter war so vergangen, ein Comic in der Hand auf dem Sofa, einen Drink neben sich, manchmal libanesische Süße in der Luft, das war, bevor ich Anika kennenlernte.

Und nun waren die Comics von den Wänden verschwunden, das konnte eigentlich nichts Gutes heißen. Dominik war nicht da, der Kühlschrank, dieses leidige Thema, der

Kühlschrank war leer wie eigentlich jedesmal, wenn ich ein paar Tage weggewesen war. Dieser Idiot schaffte es immer wieder, daß ich sauer auf ihn wurde und das Gefühl bekam, ich würde ihn durchfüttern, obwohl ich wußte, daß das nicht der Fall war. Ich konnte mich manchmal nicht mit seiner Faulheit abfinden, obwohl ich immer versuchte, ihn so zu nehmen, wie er nun mal war.

Ich zog die Jacke gar nicht erst aus, drehte die Heizung auf, nahm mir eine Tasche und ging einkaufen, es gibt Momente, da ist es nicht schlecht, ein paar Leckereien im Haus zu haben, Erdnüsse, Bier und Wodka, Garnelen, Avocados, Kräuterbutter, Würstchen, Pepperonisalami und Tomatensaft. Ich hatte keine Ahnung, was passiert war, aber manchmal konnte Essen ein Trost sein, außerdem hatte ich einen großen Appetit auf solche Kost, ich hatte mir schon am Bahnhof ein Döner Sandwich gekauft, fünf Tage von Susannes Kochkünsten hatten mich fast ausgehungert. Ich hatte nichts dagegen, mich gesund zu ernähren, solange es nur schmeckte. Die meisten Sachen, die Spaß machen oder schmecken, waren natürlich ungesund, aber was sollte das für ein Leben sein, wenn man neunzig wurde und keinen Spaß gehabt hatte.

Dann saß ich in meinem Zimmer, legte die Füße auf den Schreibtisch, aß und hörte Musik. Es war bereits dunkel draußen, ich überlegte, was Dominik zugestoßen sein könnte. Hatte ein alter Gläubiger ihn aufgespürt, hatte er Geld verspielt, hatte er jemand aus der Klemme geholfen, ließ er sich womöglich auf dubiose Geschäfte ein, war irgend etwas geschehen, das ihn wünschen ließ, doch versichert zu sein.

Nach einer Weile schob ich diese Gedanken mühsam beiseite. Bis Ende der Woche mußte ich zwei Artikel abliefern, ich wußte nicht, wie ich sie angehen sollte und warum diese Zeitschriften mich nicht mal über wirklich interessante Themen schreiben ließen, über Comics, über moderne Schamanenkulte, Eidechsen, Drogen, Heilanstalten, warum konnte ich nicht Roy Stuart interviewen oder François Borell, warum durfte ich nicht nach Almeria, um über die Bars dort zu berichten. Ich wäre gerne mal in einem großen Hotel abgestiegen, hätte einen Haufen Spesen verursacht, mich wild gebärdet, alle Leute verwirrt und, da war ich mir sicher, am Ende ein brillantes Stück Arbeit abgeliefert.

Aber die Welt wurde immer kleiner, alles glich sich immer mehr, es war kaum Platz für Menschen, die ihre eigenen Regeln aufstellten und danach lebten. Wir aßen die gleichen Fertiggerichte, wir hörten das gleiche Radioprogramm, die gleiche Musik, sahen die gleichen Filme. Jedes neue Produkt wurde sofort weltweit vermarktet, und kaum jemand schien etwas anderes zu wollen. Die meisten fanden etwas für sich in diesem scheinbar riesigen Angebot.

Man durfte bloß nichts Neues versuchen, konnte ja sein, daß es sich nicht verkaufte, man durfte nur das Alte, Bewährte ein wenig abwandeln, man mußte immer ein Auge auf möglichst viele potentielle Kunden haben, nur das zählte. Seit es das Wort Zielgruppe gibt, ist die Welt schlechter geworden.

Ich hatte gerade die Schreibmaschine eingeschaltet, als ich den Schlüssel hörte. Ich lehnte mich zurück, drehte mich mit dem Stuhl herum und wartete, bis Dominik im Flur erschien. Er nahm seine Kappe ab und strahlte mich an.

Ich konnte mich an die Zeiten erinnern, als er noch mehr Haare auf dem Kopf gehabt hatte, aber er sah gut aus mit dieser Stirnglatze und den kurzen blonden Stoppeln, und das Grinsen in seinem Gesicht schien Gutes zu verheißen, auch wenn ich mir nicht vorstellen konnte, was genau das sein sollte.

Er griff in die Innentasche seiner Jacke und brachte ein Ticket zum Vorschein, fächelte sich Luft damit zu.

– Shit, was ist das denn, Alter?

– Vier Monate Südamerika. Ich hatte die Schnauze voll.

– Die Comics?

– Ja. Ich habe sie am Wochenende alle auf einmal einem Händler auf der Börse verkauft.

– Alle?

Er lächelte noch breiter, schüttelte den Kopf.

– Der Silver Surfer?

– Ja, den Silver Surfer habe ich natürlich behalten, alle Ausgaben.

Nur zehn Tage später begleitete ich ihn zum Flughafen, es war bitterkalt, ich war neidisch, vier Monate kreuz und quer durch Südamerika. Er hatte einen guten Preis für die Hefte erzielt, einen verdammt guten, es kam ihm noch nicht mal in den Sinn, sein Zimmer untervermieten zu wollen. Mir war das ganz recht so, ich hatte keine Lust, die Wohnung mit jemand zu teilen, der mir womöglich die ganze Zeit auf die Eier ging.

Dominik gab sein Gepäck auf, wir hatten noch gut eine Stunde Zeit. Es schien mir sehr lange her, daß ich das letztemal am Flughafen gewesen war. Es war klar, was als nächstes kam, es war ein Ritual, man konnte sich auch an die Bar setzen und trinken, man konnte sich mit Illustrierten eindecken, man konnte all die Reisenden beobachten, ja, aber wir gingen zu diesem Automaten, ich schmiß fünf Mark ein, wir nahmen die Plastikknarren in die Hand und fingen an, auf den Bildschirm zu ballern. Bisher war es meistens umgekehrt gewesen, Dominik hatte mich verabschiedet, aber jedesmal waren wir in diese winzige Spielhalle gegangen und hatten mit einem unglaublichen Vorrat an Munition Verbrecher niedergestreckt, die Augen ein wenig zugekniffen, beide Hände am Griff, einen Finger am Abzug, die Arme gestreckt.

Im Gegensatz zu Dominik konnte ich weder Billard spielen noch sonderlich gut kickern, und Flipper mochte ich nicht, weil die immer bekloppter wurden, mit Milliarden nur noch so um sich warfen und beim Multiball gleich dreizehn Kugeln ausspuckten. Zu jedem neuen Scheißfilm aus Hollywood kam auch gleich noch ein Flipper auf den Markt, solche Filme mußten doch schlecht sein.

Später umarmten wir uns, ein Mittwochmorgen im November, Dominik sagte, ich hätte jetzt vier Monate Zeit, meine Trefferquote zu erhöhen, und ich wurde traurig. Es fiel mir schwer, ich hatte keine Ahnung, wie es ohne ihn sein würde, ob mir die Wohnung still und verlassen vorkommen würde. Ich würde ihn vermissen, das war klar, er war ein guter Freund, vielleicht sogar der einzige.

Als ich vor ein paar Jahren nach Amerika geflogen war, hatte er mich nicht zum Flughafen gebracht, aber als ich dann drei Monate später ohne Geld und ohne Aussicht auf einen Job in dieser Pension festsaß, hatte ich lange gegrübelt, was ich anstellen sollte. Ich konnte mir Geld schicken lassen, aber von wem? Meine Freunde hatten alle nicht sonderlich viel, meine Eltern wollte ich einfach nicht fragen, und dann hatte ich mich daran erinnert, was Dominik gesagt hatte, als wir uns verabschiedet hatten: Wenn was schiefläuft, ruf an, ich komme sofort.

Das war kein Scherz, das wußte ich, also hatte ich ein R-Gespräch angemeldet, Hallo Dominik, ich brauch Geld. Fast zwei Monate später erfuhr ich, wie er die Kohle zusammengebracht hatte, so was vergißt man nicht.

Ohne einen einzigen Pfennig in der Tasche war ich Wochen später gelandet, 300 km weit weg von zu Hause, am Zoll hatten sie mich natürlich gründlich durchsucht, beim Trampen war ich an einen cholerischen Raser geraten, gut zwei Stunden später hatte ich meine Haustür aufgeschlossen.

Ich konnte mich noch gut an die Messehallen erinnern, wie viele Leben hatte ich dort verbracht, um diese Schulden zurückzubezahlen, um Geld zu haben zum Überleben. Ich hatte nicht das Gefühl gehabt, meine Arbeitskraft zu verkaufen, immer wieder sechzehn nutzlose Stunden in diesen Hallen, so ohne Sinn und Freude, sie bezahlten mir Geld für meine Seele, ich kam mir gar nicht mehr vor wie ein Mensch. Dann hatte ich einen anderen Job gefunden, mein Gott, es war weit von da bis hierher.

Zu Hause setzte ich mich vor die Schreibmaschine. Noch ein Artikel und noch einer, ich hatte keine Lust mehr, es waren einfach zu viele. Die ersten Überweisungen gingen auf meinem Konto ein, es bestand nicht mehr die Notwendigkeit, zu arbeiten. Ich mußte mir zähneknirschend eingestehen, daß ich es getan hatte, ja, ich hatte mir Freiheit gekauft.

Ich blickte auf das weiße Blatt und überlegte hin und her, ich fand keinen passenden Anfang, manchmal genügte nur ein einziger Satz, und der Rest kam von selbst, manchmal hatte alles keinen Sinn.

Ich stand auf, schenkte mir in der Küche erst mal einen Wodka ein, dann ging ich in Dominiks Zimmer, ich nahm die Kiste mit den Comics und legte mich auf sein Bett.

Norrin Radd stammt von Zenn-La, einem Planeten, dessen Bewohner dank der fortgeschrittenen Technologie nicht mehr arbeiten müssen und ein leichtes Leben führen, wo das Morgen weder Rätsel noch Versprechungen für sie bereithält. Es mangelt ihnen an Geist, Kraft und Willen, Norrins Eltern wählen nacheinander den Freitod.

Da sucht sich der Weltenverschlinger Galactus gerade diesen Planeten aus, um seinen Hunger zu stillen. Norrin Radd schlägt ihm vor, sein Herold zu werden und andere Planeten für ihn zu suchen, wenn er seine Heimat verschont. Galactus willigt ein, stattet den Mann mit galaktischem Glanz, einem Surfboard und kosmischer Kraft aus, und so wird Norrin Radd zum Silver Surfer und gleitet einsam durch das unendliche All, auf der Suche nach Welten, die den Appetit des mächtigen Verschlingers stillen könnten. Er lädt Schuld auf sich, nicht immer sind die gefundenen Planeten unbewohnt. Als er die Erde entdeckt, sieht er etwas in den Menschen, für das es sich zu kämpfen lohnt, und verweigert Galactus den Gehorsam. Galactus errichtet zur Strafe eine Barriere, die den Surfer für lange Zeit auf der Erde gefangenhält. Er sieht die Grausamkeit der Menschen, ihre Gewalttätigkeit, er bleibt allein, findet keine wirklichen Freunde. Ein einsamer Held, ein einstiger Herold, verloren in den Weiten des Alls, einer, der es ertragen muß, so viele Leben auf dem Gewissen zu haben, einer, der immer wieder Fehler macht bei seinem aufrichtigen Kampf gegen das Böse, den er nun aufnimmt.

So sucht man sich seine Helden aus. Ganz besonders mochte ich die Geschichte, wie er in Dynamo City strandet, seine kosmische Kraft verliert, keinen Job ergattern kann und letztlich seine Erinnerungen, Träume und Hoffnungen verkauft, dabei seine Würde und Selbstachtung verliert und auch noch um seinen Lohn beschissen wird.

Ich trank und las, las und trank, und als es schon lange dunkel war, trieb es mich vor die Tür. Ich hatte keine Ahnung, woher so was kam, vielleicht konnte man ja nichts dafür, aber ab und zu kotzte einen alles an. Anika war nicht da, Moritz ging nicht ans Telefon, Dominik war weg, ich fühlte mich allein, dieser Artikel bereitete mir Kopfzerbrechen, und der Alkohol ließ einen manchmal lauthals jammern, der Silver Surfer tat auch noch einiges dazu, Patrick heiratete bald diese Frau, die ich nicht leiden konnte, es war Winter, ich hatte mal von einem wilden, gefährlichen Leben geträumt, von Gefühlen, die ganz anders waren als diese jetzt.

Ich ging in die Kneipe, ich wollte etwas erleben, ich wollte etwas haben, das mich daran erinnerte, daß es gut war, am Leben zu sein. Also saß ich an der Theke und trank, die paar, die auch da waren, kannte ich nicht, ich sah die Frauen an und wünschte mir, eine würde mich mit zu sich nach Hause nehmen, ich wollte ihre Haut spüren beim Einschlafen und ihren Atem riechen, ich wollte, daß eine mich in den Arm nahm, ich wollte die Wärme fühlen, meinen Kopf an ihren Busen betten, eine Hand in meinen Haaren haben, ein paar sanfte Worte hören. Ich bestellte noch einen.

Wir hatten uns schon oft gesehen, aber ich hatte nie gewußt, was ich mit Franks Schwester reden sollte, sie war jung, siebzehn, würde ich sagen, ich hatte keinen Schimmer, was Mädchen in dem Alter beschäftigte, ich hatte es damals schon nicht verstanden.

Nun war Cecilia auf einmal hier, weiß der Teufel warum, sie schien auch schon getrunken zu haben, wir grüßten uns, sie setzte sich neben mich, und es fing damit an, daß wir uns einig waren, daß Wodka angenehmer zu trinken war als andere hochprozentige Sachen, er hatte keinen so argen Eigengeschmack, daß es einem nach dem zehnten den Magen umdrehte.

– Was machst du eigentlich hier?

– Zu Hause war es wieder so schlimm, sie schreien sich an, ich mußte da weg.

Ich nickte, ich wußte, daß ihre Eltern einen Krieg führten,

seit Jahren schon. Ich hatte es sogar miterlebt, es war einfach grausam. Ich wußte nicht, was diese Menschen dazu trieb, sich derartige Gemeinheiten im Beisein eines Fremden entgegenzubrüllen. Frank hatte später erzählt, das sei noch gar nichts gewesen. Doch irgend etwas schien sie zusammenzuhalten, auch wenn ich mir nicht vorstellen konnte, was das sein sollte, und jetzt hätte ich gerne ein paar nette Worte für Cecilia gehabt, aber was konnte man schon sagen.

– Ich möchte, daß das alles mal anders wird, ich weiß nur nicht, wie. Wie hast du das gemacht?

– Was?

– Wie hast du rausgefunden, daß du schreiben willst. Ich weiß nicht, was ich machen soll. Ich sehe immer euch an, und ich will nicht so werden wie mein Bruder, wie Patrick oder Moritz, ich will etwas anderes in meinem Leben.

Da fragte sie ja den Richtigen. Ich hatte immer gewußt, was ich wollte, aber nicht, woher das kam.

– Für den Anfang ist es wohl schon ganz gut, zu wissen, was man nicht will. Und danach muß man sehen, was man gerne macht, und versuchen, damit etwas anzustellen.

– Ich habe kein besonderes Talent, ich kann tanzen, aber das wars.

Es sah wirklich gut aus, wenn sie tanzte, aber das hatte nicht sehr viel damit zu tun, daß sie sich tatsächlich sehr anmutig bewegen konnte, sondern damit, daß sie sich jedesmal zu verlieren schien. Damit war kaum Geld zu verdienen.

Ich hatte Respekt davor, wenn jemand nicht so leben wollte wie alle anderen. Das war ein schwieriger Weg, den man sich da aussuchte.

– Tanzen, tja, außer beim Musical kann man nicht viel Geld damit verdienen, oder vielleicht Striptease?

Sie sah mich an.

– Ja, ich mein, ist doch scheißegal, sehen die Typen dich halt nackt. Also mir würde das nichts ausmachen, kommt mir vor wie eine gute Art zu arbeiten, ohne sich sonderlich anzustrengen, man kann ja schließlich nichts dafür, daß man gut aussieht.

Jetzt sah sie mich anders an, in ihren Augen leuchtete etwas. Manchmal glaubte ich, daß Frauen es leichter hatten, besonders schöne Frauen. Sie war siebzehn und bekam mit, wie sie auf Männer wirkte, alle schauten sie an, von ihren Klassenkameraden bis hin zu den Opas auf den Parkbänken. Als ich in dem Alter war, hatte sich keine Frau für mich interessiert.

Ich spielte mit einem Bierdeckel, Cecilia zauberte irgendwoher eine Packung hervor und bot mir eine Zigarette an. Ich nahm mir eine, sie gab mir Feuer, wobei sie meine Hand berührte, und steckte sich dann selber eine an.

Es sah sehr ungewohnt aus, ich hatte sie noch nie rauchen sehen, einen ganz kurzen Moment wollte ich schon sagen, daß es nicht gut sei, so früh anzufangen.

Seltsam, wir saßen hier, betrunken und rauchend, ich war fast zehn Jahre älter, und ich konnte ihr keinen besseren Rat geben, als sich vor aller Welt nackt zu zeigen, und ich war versucht, ihr irgendwelchen Unsinn übers Rauchen zu erzählen, den ich mir selbst nie angehört hätte.

Was hätte mein Opa gesagt? Man muß sich sein Geld immer im Schweiße seines Angesichts verdienen. Was mit dem Regen kommt, verschwindet mit der Flut. Bevor ich zum Metzger gehe und um ein Stück Fleisch bettle, esse ich lieber meinen eigenen Schwanz.

Aber die Welt hatte sich geändert, es gab kaum noch ehrliche Arbeit. Er hatte sich gewünscht, ich würde studieren, einen Abschluß machen, aber das Wichtigste ist es, Genügen zu kennen, hatte er immer gesagt, das Wichtigste ist es, Genügen zu kennen und dem Herrn zu danken, für das, was man hat.

Ich hatte keinen Abschluß, genau wie mein Vater, wir waren nicht geschaffen für die Theorie, und ich glaubte im Gegensatz zu ihm noch nicht mal an die Wissenschaft, das war nur ein weiterer Tinnef, genausogut konnte man sich mit Mystik beschäftigen, es kam aufs gleiche raus, es war eine Art, sich die Welt zu erklären.

Mein Opa war gestorben, bevor ich mein Studium abgebrochen hatte, ich hatte ihm auch nie erzählt, daß ich schreiben wollte, weil es mir falsch vorkam, einem Mann, der kaum lesen und schreiben konnte, so etwas zu erzählen, auch wenn ich damals glaubte, daß es eine redliche Arbeit sei.

Heute hätte er wahrscheinlich auch keinen Rat gewußt, die Welt wurde immer verdrehter und bekloppter, vielleicht waren wir alle überfordert.

– Weißt du, Cecilia, ein Schriftsteller hat mal so etwas gesagt wie: Und statt mir zu überlegen, wie ich es anstellen sollte, daß es sich auch für andere lohnte, meine Arbeit zu kaufen, überlegte ich mir lieber, was zu tun sei, damit ich es nicht nötig hätte, sie zu verkaufen ... Die Zeiten haben sich geändert, seitdem ... Shit, ich weiß es einfach nicht.

Ich stürzte mein Glas runter, ein Tropfen rann mir aus dem Mundwinkel, Cecilia wischte ihn mit dem Daumen weg, wir sahen uns an.

– Ich bin ganz schön betrunken.

– Ich auch.

– Weißt du, daß wir uns zum ersten Mal unterhalten haben?

– Ja, ich wußte nie, worüber ich mit dir reden sollte, ich dachte, das ergibt sich eines Tages.

– Das dachte ich auch immer ... Schade, daß man sich hinterher nur an so wenig erinnern kann, wenn man getrunken hat.

Ich nickte einfach, ich konnte mich meistens sehr gut erinnern, aber sie hatte natürlich recht, im Grunde war das eine beschissene Droge, sie machte einen ganz dumpf und hohl, es gab viel bessere Möglichkeiten, sich zu berauschen, wenn es sie interessierte, würde sie es früh genug selbst herausfinden.

Ich zahlte für uns beide, auf dem Weg zum Ausgang merkte ich, daß Cecilia Schwierigkeiten hatte, geradeaus zu gehen, das mit dem Tanzen war jetzt wahrscheinlich doch keine so gute Idee. Draußen lehnte sie sich an die Hauswand und lächelte.

– Wohin?

– Es reicht für heute, oder? Ich bring dich nach Hause, es fahren noch Bahnen.

Sie senkte das Kinn und sah mich an.
– Doch keine Lust mehr zu tanzen?
Ich schüttelte den Kopf.
– Ich kann auch allein nach Hause.
– Ich bring dich zur Bahn.

Unterwegs stützte ich sie ein wenig, ich glaube, sie lehnte sich stärker an mich, als nötig gewesen wäre, aber ich kann mich da auch irren.

– Schlaf nicht in der Bahn ein, rief ich ihr noch nach, als sie einstieg. Dann steckte ich die Hände in die Taschen meiner Jacke, es war kalt, nicht wahr, bitterkalt, ich fühlte mich fast wieder nüchtern, obwohl ich wußte, daß das Unsinn war. Ich ging alleine nach Hause, das Blatt war noch in der Maschine eingespannt, ich setzte mich dran, ohne auch nur die Jacke auszuziehen. Ein paar Minuten blickte ich aus dem Fenster, da war dieses Hochhaus, keine Ahnung, dreißig Stockwerke würde ich sagen, irgendwo brannte immer Licht, vielleicht hatte jemand ein Kind, das nicht im Dunkeln schlafen konnte, vielleicht saß auch irgendwer alleine vor ein paar Fotos oder Erinnerungen, zurück aus irgendeinem Laden, wo er sich die halbe Nacht um die Ohren geschlagen hatte. Eins der Lichter ging aus, schlafe gut, mein Lieber, schlafe gut in dieser Nacht. Ich hörte einen Zug fahren.

Da saß ich also, das war mein Schreibtisch, das meine Anlage, hier mein Fenster, da der Kaktus. Das war also mein Leben, was hatte ich dabei gelernt, was hatte ich gefunden, das ich Cecilia hätte erzählen können, wovon hatte ich früher geträumt, woher waren diese Träume gekommen, und wohin waren einige von ihnen verschwunden? Was war gut, was wahr und was richtig?

Ich räumte die Maschine beiseite, goß mir ein allerletztes Glas ein, nahm mir einen Bleistift und schrieb diesen Artikel.

9

Das Wetter war tagelang so schlecht, daß ich kaum Lust hatte, vor die Tür zu gehen. Ich schrieb Kurzgeschichten, einfach so, nur für mich, hörte Musik, ab und zu aß ich etwas an der Imbißbude, weil ich meistens zu faul war, um für mich selber zu kochen. Oft lag ich auf dem Bett und las, manchmal schaltete ich das Radio ein, ich benutzte dieselbe Tasse immer wieder, ohne sie zwischendurch zu spülen, einige Male kramte ich einen Fünfer hervor, spätabends, und dachte lange darüber nach, ob ich Zigaretten ziehen sollte, ich starrte ganze Stunden aus dem Fenster.

Häufig telefonierte ich mit Anika, ihre Mutter war zu Hause, sie freuten sich alle auf ein gemeinsames Weihnachten, einmal war ich versucht zu fragen, ob ich auch kommen könnte, aber ich ließ es bleiben, ich hätte mich wahrscheinlich eh nicht wohlgefühlt. Ich vermißte sie.

Eines Abends entschloß ich mich, mal wieder vor die Tür zu gehen, draußen ein paar Bier zu trinken, mich daran zu erinnern, daß es noch echte, lebende Menschen gab, die zumindest versuchten, sich zu amüsieren.

Moritz und Estelle saßen im Nick auf der Fensterbank, ziemlich eng beieinander, ich grüßte kurz und stellte mich an die Theke. Was für eine lange Geschichte. Ich fragte mich, wieso Estelle das alles tat, ihm immer wieder Hoffnungen machte, wenn er ganz am Ende war, ein wenig Zuneigung zeigte, noch ein wenig Stroh in die Glut warf, wenn sie sowieso nicht an einem wirklichen Feuer interessiert war.

Als ich mein Bier hatte, sah ich zu ihr hinüber. Sie lachte gerade, Moritz hielt sein Glas in der einen Hand, die Zigarette in der anderen, seine Bewegungen waren eckig und unsicher, man konnte fast in ihn hineinsehen.

Lieber Gott, laß mich nichts Falsches machen, ich will

nichts sagen, das vielleicht unpassend wäre, ich will sie heute abend ein wenig beeindrucken, aber ich will nicht protzen, denn das mag sie nicht. Warum hat sie eben gesagt, daß sie einen anstrengenden Tag hinter sich hat, will sie früh nach Hause? Das ist auch erst ihr zweites Bier, ich glaube, sie will sich auf keinen Fall einen Schwips antrinken. Vielleicht, um die Situation im Griff zu haben. Oh, bitte, ich würde heute gerne mit zu ihr gehen, ich will in ihren Armen einschlafen, mehr nicht.

Wenn sie innerhalb der nächsten zehn Sekunden von ihrem Bier trinkt, dann wird sie mich fragen, ob ich mitkomme. Eins, zwei ... Ich liebe sie, ja, ich liebe sie, ich möchte Kinder mit ihr haben, sechs, wir werden in einem Blockhaus in Kanada wohnen, acht, neun, wie die Liebe einen quälen kann, Estelle bitte, da, sie trinkt. Worüber haben wir gerade geredet, ich bin ganz durcheinander.

– Man starrt Leute nicht so an, das ist unhöflich.

Ich drehte mich um.

– Oh, Filiz, ne haber?

– Ich dachte, du seist noch weg, du hast dich nicht mehr gemeldet.

Ich sah ihr in die Augen, ich freute mich, sie zu sehen, sie hatte mir zweimal auf den Anrufbeantworter gesprochen, ich hatte nicht zurückgerufen, ich hatte noch nicht mal Schuldgefühle deswegen, ich wußte nur nicht, wie ich ihr das erklären sollte.

Ab und an versackte ich so, saß allein zu Hause, ging kaum ans Telefon, nichts reizte mich, das Leben war ein Tal der Ödnis, nichts schien die Mühe wert, ich wurde apathisch, eine Art Winterschlaf vielleicht, ich fühlte mich schlaff und unendlich müde. Manchmal nahm ich mir dann mein Adreßbuch und ging die einzelnen Telefonnummern durch, weil ich gerne jemand sehen wollte. Und ich hatte keine Lust, nicht die geringste, auf irgend jemand von diesen Leuten und konnte mir auch nicht erklären, woher das kam. Gestern abend hatte ich Sonay angerufen, niemand da, und ich hatte ein wenig auf ihr Band gesprochen, ich habe Arbeit, die Kohle stimmt, Anika ist nicht da, nichts

Aufregendes, eski tas, eski hamam, ich hoffe, es geht dir gut. Es war ein schönes Gefühl, zu wissen, daß sie irgendwann nach Hause kommen und das abhören würde.

Die letzten Tage hatte ich mit kaum jemand außer Anika gesprochen, ich ließ mich hängen. Heute hatte ein Redakteur angerufen, der wissen wollte, ob ich diesen Artikel nicht etwas fröhlicher gestalten könne. Meine Güte, ich hatte Sorgen, der Stift hatte Sorgen, das Papier hatte Sorgen, wie hätte das, was ich schrieb, fröhlicher sein können. Nein, hatte ich gesagt, nein, das konnte ich nicht, und wenn ich gekonnt hätte, dann hätte ich im Moment nicht gewollt. Ihm hatte das nicht gepaßt, sie bezahlten mich schließlich nicht dafür, daß ich meine schlechte Laune bei ihnen auslebte. War schön, mit Ihnen gearbeitet zu haben, wird nicht wieder vorkommen, waren seine letzten Worte.

Auch gut, hatte ich gedacht und war ein bißchen stolz gewesen, daß ich es fertigbrachte, das Geld, das ich da noch hätte verdienen können, in den Wind zu schreiben. Vielleicht war ich ja doch keine Hure, vielleicht würde ich in Zukunft stark genug sein.

– Ich habe viel gearbeitet und hatte keine Lust auf Leute, sagte ich zu Filiz.

Wie hätte ich diesen Kram, der mir gerade durch den Kopf gegangen war, auch nur ansatzweise erklären können, ohne in einen ewigen Monolog zu verfallen.

– Das ist ja auch ein seltsamer Job, den du da hast, immer allein bei der Arbeit, das würde mir schwerfallen.

Ich zuckte mit den Schultern, wir sagten nichts mehr, sahen uns kurz an, der DJ spielte gerade Tom Liwa, *ich bin so traurig und du so allein, wir könnten prima Freunde sein, wir sind Enten vom selben Teich, wußt ich gleich*, und für ein paar Sekunden flackerte dieses Bild vor meinen Augen, das Ende der Nacht, ich rücklings auf Filiz' Bett mit diesen duftenden Laken, ihre großen Brüste über mir, ihre warmen Schenkel an mir, diese spitzen Mundwinkel und die sanft geschwungenen Brauen, vergessen, mich endlich mal wieder vergessen.

Dann sagte sie etwas, und ich sagte auch etwas, und schon

bald redeten wir über Tanzen, über die Ekstase, die Götter, Liebe und darüber, wie schwer es manchmal war, stolz durchs Leben zu gehen. Ich nahm nicht mehr viel um mich herum wahr, bis ich neben Moritz am Pissoir stand.

– Und wie siehts aus?

– Keine Ahnung. Sie weiß, daß ich sie will, aber sie will alle Freiheiten, sie will nicht in einen goldenen Käfig, sagt sie, das hat sie lange genug gehabt. Aber sie will auch nicht missen, was wir miteinander haben, es bedeutet ihr sehr viel, mehr als alle anderen Geschichten.

– Weißt du, daß es am Ende klappt?

– Woher soll ich das wissen?

– Ich weiß es immer vorher. Die Male, wo ich mir nicht sicher war, hat es auch nicht geklappt.

– Ich weiß gar nichts mehr. Kennst du das, wenn du so verliebt bist, daß die ganze Welt sich verändert, daß du dich haltlos fühlst und an Kleinigkeiten klammerst. Alles bekommt eine andere Bedeutung, du siehst dir im Fernsehen einen Rühmann-Film an, und er scheint voller Leben zu stecken, alle zwanzig Sekunden erzählt er dir etwas von dir, der kleinste Kalauer wächst sich zur Weisheit aus, kennst du das?

Ich nickte und machte mir die Hose zu.

– Kennst du auch diese Zonen ... Wenn du mit jemand redest, und auf einmal bist du woanders, es basiert nicht mehr auf den Worten, es ist wie ...

– Ja, sagte ich, ich weiß.

– Patrick hatte keine Ahnung, wovon ich spreche.

– Der heiratet ja auch demnächst.

– Ich verstehe nicht, was du hast, sie lieben sich. Nur weil du die Ehe für etwas Bürgerliches hältst.

– Die wollen Steuern sparen, Moritz, erzähl mir doch keinen Scheiß. Ich würde manchmal auch gerne mit Anika zusammenziehen und dann Kinder kriegen, nicht überlegen, ob ich mir einen Hund anschaffen soll. Familie hat nichts Bürgerliches oder Spießiges für mich, aber Aufgeben schon. Anfangen, das Spiel nach deren Regeln zu spielen. Man darf nicht aufhören, die Säcke zu hassen, man darf sich nicht einlullen lassen. Komm, heirate, dann hast du mehr Geld, dann kannst du dir noch mehr Murks kaufen, einen Fernseher mit Surroundlautsprechern, einen CD-Brenner, die fünfundzwanzigste Hose und den achten Anzug, die dritte Spiegelreflexkamera, eine Woche im Center Park, der Hund in der Hundepension, vergiß deine Alpträume, die senden wir auf dem dritten Programm, während du durch die Werbung zappst, wir salben deine Wunden mit Geld und Zerstreuung, du wirst sehen, es tut dir gut, es ist besser als alles, was du vorher probiert hast.

– Du hast ganz schön getrunken, was?

– Leck mich.

– Es kann nicht jeder sein wie du. Warum glaubst du, daß das, was du machst, besser ist, woher nimmst du das Recht, über Patrick zu richten?

Ich zuckte mit den Achseln, ich war lange nicht so bescheiden wie er, aber ich glaubte an mich, und wahrer Groll kommt erst, wenn du fest an dich glaubst. Außerdem glaubte ich, näher an den Träumen und Idealen zu sein, die wir beide mal gehabt hatten. Aber vielleicht hatte ich Patrick damals mißverstanden, vielleicht hatte ich mir nur vorgemacht, wir würden von denselben Dingen reden und phantasieren, vielleicht hätte ein kluger Kopf damals schon erkennen können, daß wir ganz verschiedene Vorstellungen davon hatten, wie unser Leben mal aussehen sollte, ja vielleicht. Es änderte nichts daran, daß ich ihm grollte, und auch nichts daran, daß uns immer noch etwas zusammenhielt.

Die Tür ging auf, und jemand kam rein, Moritz ging zum Waschbecken und hielt seine Hände unters Wasser, Seife gab es hier nicht.

– Wäschst du dir die Hände, damit Estelle sich nicht ekelt?

Er drehte sich um und sah mich an.

– Manchmal bist du zum Kotzen.

– Sie nimmt dich mit ... Hab ich so im Gefühl.

Die Sonne schien auf sein Gesicht, er glaubte mir. Manchmal funktionierte meine Intuition recht gut. Die Frage war, ob Filiz mich mitnehmen würde. Die Frage war, was nach so einer Nacht war, würde es Moritz bessergehen oder mir? Reichte dieses eine Mal? Mußte man nicht jeden Tag leben? Woher kam mein Verlangen, fremde Haut zu spüren, was versprach ich mir davon?

Ich wußte es nicht. Ich war nicht auf Sex aus, genausowenig wie Moritz, vielleicht wollten wir Liebe oder auch nur ein Gefühl der Geborgenheit oder irgendeine Erlösung.

Eine halbe Stunde später verließen Estelle und Moritz Hand in Hand das Nick, sie wohnte schräg gegenüber, ich starrte ihnen hinterher, die Bedienung gab mir ein neues Bier, ich war mittlerweile wieder heiter, Filiz und ich alberten rum.

Irgendwann fing ich an, von Patrick und unserer Freundschaft zu erzählen, von der bevorstehenden Heirat, von seinem Job, ich erzählte von dem Auftritt, bei dem ich gesungen hatte und er Gitarre gespielt, damals waren wir zwanzig gewesen, es schien eine Ewigkeit, in der Nacht hatten wir geglaubt, unsterblich zu sein. Es hatte hinterher nach Schweiß, Rauch und Haarspray gerochen, das wußte ich noch ganz genau, dieses Mädchen hatte mir einen Lolli geschenkt, ich hatte Portwein getrunken, bis ich fast umkippte, wir seien pubertär, hatte jemand gesagt, und wir hatten uns gefreut, weil wir nie erwachsen werden wollten.

– Ich habe damals gedacht, wir würden für immer Freunde bleiben.

– Und ich habe lange Zeit geglaubt, ich würde immer verliebt sein in diesen Mann. Nichts bleibt, wie es einmal war.

– Es muß doch irgend etwas geben.

– Nur deine Familie.

Sie hatte recht, aber das war nicht mal das einzige, meine Antriebslosigkeit blieb auch, meine Sehnsucht, meine Träume, Musik und Bücher, ein paar Gefühle waren über die Jahre gleich geblieben, da war Dominik, aber manchmal reichte mir das alles nicht.

Manchmal erschien es mir einfach zu wenig, um jeden Tag aufzustehen. Auf was sollte man vertrauen in dieser Welt. Ein *Ich liebe dich* flog weg, sobald es ausgesprochen war, die Liebe kam und ging, mal landete sie auf einer Blume, mal auf einem Haufen Scheiße, da war man machtlos, man konnte sich nicht aussuchen, in wen man sich verliebte.

Meine Familie, ja, obwohl mein Opa tot war, Duygu, Sonay und meine Eltern weit weg. Ja, das blieb, das war mein Blut, mir war nie in den Sinn gekommen, daß es anders sein könnte, Sonay hätte sich ihren Wurfarm für mich ausgerissen, Duygu hätte ihr Leben gegeben, wenn ihre Tochter nicht gewesen wäre, da war ich mir sicher, von meinen Eltern brauchten wir gar nicht zu reden.

Vielleicht hatte es etwas mit den Genen zu tun, vielleicht etwas mit dem Bild, das man sich von der Welt machte, vielleicht war es auch einfach nur so, daß ich diese Menschen schon so lange kannte und schätzte, daß unmöglich war, so etwas jemals wiederzubekommen.

Die Bedienung rief die letzte Runde aus. Was sollte ich nun machen, wollte ich wirklich mit Filiz ins Bett. Nein, aber ich wollte weiter in ihrer Nähe bleiben, ich wollte nicht alleine nach Hause, dort hätte ich gedarbt und mich in Leid gesuhlt.

Ich zahlte, wir zogen unsere Jacken an, sie wickelte sich einen meterlangen schwarzen Schal um den Hals, und dann standen wir vor dem Nick draußen in der Kälte.

– Und jetzt?

– Nach Hause, sagte sie.

– Zu dir oder zu mir?

Ich versuchte, es wie einen Scherz klingen zu lassen.

Sie sah mir forschend in die Augen, ich grinste, als würde ich das Leben immer auf die leichte Schulter nehmen.

– Hey, wir haben einen schönen Abend gehabt, ich habe einfach noch keine Lust, alleine nach Hause zu gehen. Das hier ist kein unsittlicher Antrag, ich würde nur gerne irgendwo im Warmen hocken und noch ein wenig reden.

Sie hakte sich bei mir ein.

– Bring mich. Aber nicht mehr lange, ich muß morgen arbeiten.

Eine Viertelstunde später saßen wir in ihrer aufgeräumten Küche, Filiz setzte Wasser für einen Tee auf, dann ging sie an ihre Anlage, und ein paar Sekunden später sang Sezen Aksu

Gülümse, ich entspannte mich vollkommen auf meinem Stuhl und lächelte still vor mich hin. Das war schön, diese Musik war einfach wunderbar, sie berührte etwas in mir, wo andere Sachen fast nie hingelangten. Ich fühlte mich warm, voller Liebe, voller Poesie, ich fühlte mich so herrlich leicht und zerbrechlich.

– Sie ist einfach die Königin, nicht wahr?

Ich sah zu Filiz, ja, Sezen Aksu war die Königin. Aber viel wichtiger erschien mir, daß Filiz möglicherweise verstand, was ich fühlte. Für einen kurzen Moment glaubte ich, daß es nicht um diese Nacht ging oder um irgendeine andere, sondern darum, daß wir dieselben Namen für die Gefühle kannten. All die verschiedenen Worte für die verschiedenen Arten von Liebe, Melancholie, Sehnsucht, Leid und Haß. Wir konnten uns vielleicht tatsächlich erzählen, wie wir uns fühlten, einander wirklich verstehen. Sie konnte mich vielleicht erlösen.

Sie goß uns Tee in die Tassen, ich erzählte ihr, wie ich das erste Mal Sezen Aksu gehört hatte, das war zwölf, vielleicht sogar fünfzehn Jahre her. Sie war im Fernsehen aufgetreten, meine Tante hatte entzückt lauter gestellt. Es gibt auch Erwachsene, die laut Musik hören, hatte ich erstaunt festgestellt. Mein Opa, damals schon schwerhörig, hatte sich über den Lärm beschwert.

Jahre später hatte ich festgestellt, daß er in Wirklichkeit gar nicht schwerhörig war. Das mit der Taubheit war nur eine Masche, die Leute redeten leise in seiner Gegenwart, wenn sie wollten, daß er sie nicht verstand, aber er bekam alles mit. Man darf niemanden unterschätzen, sagte er, der Mensch ist ein wunderliches Wesen. Doch außer mir und meiner Tante merkte niemand, daß sein Gehör prächtig funktionierte und er meistens Gespräche nur erschwerte, weil er in Ruhe gelassen werden wollte.

So war ich wieder bei meinem Opa, wahrscheinlich redete ich zuviel, aber das machte nichts. Normalerweise war ich nicht sonderlich redselig, auch der Alkohol löste mir nicht immer die Zunge, aber die Begeisterung schon. Da trugen mich die Worte fort, ich konnte sie mühelos aneinanderreihen und Bilder mit ihnen malen, manchmal traten mir Tränen in die Augen, oder ich bekam eine Gänsehaut. Es war schön, wenn man fühlte, was man gerade erzählte, wenn alles in dem Augenblick lebendig wurde, da man es aussprach.

Filiz hatte ihren Schal nicht abgelegt, sie saß mit angezogenen Füßen auf dem Stuhl, ihre Tasse in den Händen, die Augen geschlossen, die Stirn ganz glatt und ein sanftes Lächeln auf den Lippen, wodurch ihre Mundwinkel noch spitzer wirkten. Ich wollte keinen Sex, ich wollte noch nicht mal mehr neben ihr einschlafen, nicht heute, ich wollte alles so lassen, wie es war. Ich schwieg, atmete tief ein und entspannte mich völlig. Filiz machte die Augen auf und sah mich an.

– Du weißt, wie sie sagen, nicht wahr, es tropft Honig aus deinem Mund.

Dann gähnte sie und sagte:

– Ich schmeiß dich jetzt trotzdem raus, ich muß noch ein bißchen schlafen.

Ich stand schon auf, sie küßte mich an der Wohnungstür auf die Wangen. Meine Bewegungen wurden auf der Treppe unsicher, weil ich die Tür nicht ins Schloß fallen hörte. Wollte sie vielleicht doch, daß ich blieb? Auf dem Treppenabsatz drehte ich mich um, sie lehnte am Türrahmen, mit müden Augen, den Schal immer noch um den Hals, diese dicken Wollsocken an den Füßen. Ich hob eine Hand und wünschte ihr noch mal leise eine gute Nacht, sie lächelte breit, vielleicht ein wenig verträumt, ich ging die restlichen Stufen runter, als hätte ich es eben erst gelernt.

Draußen schneite es, der erste Schnee in diesem Winter. Ich hatte mir ein Taxi nehmen wollen, aber nun ging ich doch lieber zu Fuß. Vorbei am Nick, vorbei an Estelles Wohnung, wo kein Licht mehr brannte, quer durch den dunklen Park, ein paar Meter über eine Hauptstraße, an diesem Bordell vorbei, über den riesigen Supermarktparkplatz. Immer dickere und schwerere Flocken kamen runter, es lag mittlerweile genug Schnee, daß er unter den Sohlen knirschte, es war eine wundervolle Nacht, es mochte vier Uhr sein, kein

Mensch war auf den Straßen, und es fuhren kaum Autos, so ungefähr mußte das Glück aussehen.

Später stand ich an meinem Schreibtisch und blickte aus dem Fenster. Ich mochte den Winter im Grunde nicht, aber ich sah gern den Flocken zu, wie alles immer mehr einschneite, ich war nicht wirklich müde, ich glaubte, endlos so dastehen zu können.

Die ersten mußten schon zur Frühschicht, als ich an den Kühlschrank ging, um mir einen Wodka zu genehmigen. Ich goß mir etwas ins Glas und setzte mich in Dominiks Zimmer aufs Bett. Prost, wo immer du jetzt auch sein magst.

Ich legte die *Garras dos Sentidos* von Mísia auf und lauschte andächtig, das war die richtige Musik für diese Stunde. Es war alles so zerbrechlich und zart, voller Herz, ich fühlte mich geborgen, als ich später unter die Decke kroch und die Beine anzog. Es war warm und weich, als ich einschlief.

10

Ich war schon sehr oft in diesem Kaufhaus gewesen, es sah zwar jedesmal ein wenig anders aus, doch irgend etwas gab mir die Gewißheit, daß es immer dasselbe war. Nie hatte ich dort etwas zu tun, nie konnte ich mich daran erinnern, wie und warum ich dorthin gelangt war. Ich hatte mich verlaufen und suchte nach dem Ausgang. Es gab keine Rolltreppen, zumindest fand ich sie nicht und irrte im Treppenhaus herum, das in einem dunklen, warmen Rot gestrichen war, das an einem anderen Ort wahrscheinlich beruhigend auf mich gewirkt hätte. Hier aber fühlte ich mich unwohl, ich war allein, ich wollte dieses Gebäude verlassen. Jede Tür auf dem Weg machte ich auf, dahinter sah ich Rollständer, Teppiche, Regale oder aufgerollte Stoffbahnen, Jacken, Hosen, Mäntel, doch keine der Türen führte nach draußen. Ich hatte das dringende Bedürfnis, diesem Kaufhaus zu entkommen, aber ich war nicht gehetzt, es gab nichts, das mich verfolgte oder meine Zeit begrenzte.

Ich sah andere Menschen, alles Fremde, alle älter als ich, die sich gerade etwas aussuchten. Ich brauchte nichts von alldem, ich wollte raus, aber da waren nur diese endlosen Gänge, es gab immer nur ein trübes Licht, und die Treppen waren majestätisch breit. Vor einer Tür saß ein junger Asiat mit blondierten kurzen Haaren auf einem Holzstuhl, irgendwie freute ich mich, ihn zu sehen. Vielleicht weil er so jung war, vielleicht weil er so entspannt dasaß, vielleicht weil ich mir eine wichtige Auskunft erhoffte.

Er zog eine Pistole hervor und erschoß mich. Ich war tot. Ich versuchte die Situation zu begreifen, ich war tot, aber dennoch bei Bewußtsein. Wie war das möglich, wie konnte ich gleichzeitig existieren und nicht existieren. Ich begriff, daß das ein Traum war, und dachte: Du mußt aufwachen, etwas anderes bleibt dir nicht übrig. Und ich wachte auf.

Draußen war es noch dunkel, ich versuchte die Bilder festzuhalten. Ich mochte meine Träume, egal wie brutal oder beängstigend sie waren, ich mochte das, was ich da fühlte. Von diesem Kaufhaus träumte ich seit Jahren, ich hatte mich mittlerweile an die Idee gewöhnt, daß es irgendwo tatsächlich existierte, eine eigene Welt, weit weg von dieser hier und trotzdem ein Teil von mir.

Hatte ich lebhaft geträumt, fühlte ich mich am nächsten Tag besser, es sei denn, ich hatte geweint in meinem Traum oder war bis zur Ohnmacht wütend gewesen. An solchen Tagen brauchte ich manchmal bis zum Abend, um die Nachwirkungen dieser Gefühle abzuschütteln.

Einmal hatte ich gekokst, so etwas war großartig. Drogen versetzten einen sowieso in einen andersartigen Zustand, an den man sich hinterher nicht so genau erinnern konnte, da war es egal, ob ich im Traum etwas nahm oder im echten Leben. Würde ich jede Nacht in meinen Träumen eine Riesenparty feiern, dann hätte ich wahrscheinlich nicht mehr so oft das Bedürfnis, mich zu berauschen.

Nun gut, aber da war dieses Kaufhaus, ich versuchte mir alles gut einzuprägen, es existierte ja, und wenn ich mich noch oft genug verlief, würde ich mich eines Tages dort auskennen, auch wenn es jedesmal ein wenig anders aussah.

Dann stand ich auf, um den Traum aufzuschreiben, ich wußte nicht, ob er eine tiefere Bedeutung hatte, aber auch das war mir egal. Ich schrieb meine Träume auf, seit ich fünfzehn war, manchmal schluderte ich ein halbes Jahr, aber ich kam immer wieder auf diese dicke Kladde zurück, in der die schönsten und schrecklichsten, die lebendigsten und buntesten Träume standen. Ich hatte keine Ahnung, was ich mir davon versprach, manchmal wünschte ich mir, sie würden sich wie ein Puzzle zusammenfügen und mich irgendeiner Erleuchtung oder Erlösung näher bringen.

Als ich wieder aufwachte, war es mittlerweile hell, der Schnee war kaum zwei Tage liegengeblieben, noch nicht mal auf den Dächern hatte sich ein letzter Rest gehalten, die

Straßen und Häuser waren längst wieder grau. Nachdem es getaut hatte, waren die Temperaturen erneut gefallen, der See im Park war zugefroren, es war bitterkalt, von mir aus hätte es ganz schnell Frühling werden können.

Während die Kaffeemaschine lief, zog ich mich an und ging runter zum Briefkasten, einen Brief zu bekommen und beim Frühstück zu lesen war eine sehr schöne Art, einen Tag zu beginnen, Postkarten fand ich mickrig, da stand nichts drauf, und die Motive waren fast allesamt langweilig. Auf der hier war zum Beispiel ein Regenwald aus der Vogelperspektive zu sehen. Ich drehte sie um. *Hallo, es geht mir blendend, Dominik.* Genau diese sechs Wörter. Das war mehr, als ich erwartet hatte, das war das erste Mal, daß er mir schrieb. Er war zu faul, außerdem war es ihm wohl peinlich, daß seine Rechtschreibung nicht optimal war.

Ich erinnerte mich noch gut daran, wie Jacqueline ihn verlassen hatte und nach England gezogen war. Er hatte ihr monatelang Briefe geschrieben, ich hatte ihn fast beneidet, wie er so in der Küche am Tisch saß, er hatte keinen einzigen Tag in seinem Leben einen Schreibtisch besessen, darum beneidete ich ihn manchmal auch.

Er saß da, eine Tasse Kaffee neben sich, den Aschenbecher, und schrieb Seite um Seite, manchmal wurden es sechs oder acht. Ich wußte nicht, was genau er schrieb, aber es war sicherlich großartig, wenn er es schaffte, nur einen Bruchteil seiner Gefühle in Worte zu packen. Einmal rief Jacqueline an, Dominik trank danach eine Flasche Tequila und hörte auf, Briefe zu schreiben.

– Weißt du, hatte er mir damals gesagt, egal, was alles passiert, Jacqueline und ich, wir waren füreinander bestimmt, das wird nie ganz vorbeigehen. Wir kamen uns langsam nahe, es wurde immer besser. Ich wollte noch soviel von ihr kennenlernen.

Das hatte mir zu denken gegeben, sie waren fast fünf Jahre zusammen gewesen, und wenn er auch übertrieb, weil er verletzt war, konnte man ihm das glauben. Ich gab mir vielleicht nicht genug Mühe mit den Menschen, oder ich erwartete zuviel auf einmal. Nach fünf Jahren hätte ich wahrscheinlich etwas ganz anderes gesagt. Manchmal hatte ich in Dominiks Gegenwart das Gefühl, an der Oberfläche der Dinge hängenzubleiben. Zeitweilig bemühte ich mich, das abzustellen, bemühte mich, etwas von ihm zu lernen, doch ich fand irgendwie nicht den richtigen Weg.

Jacqueline war später wieder nach Deutschland gezogen und danach erneut nach England und dann noch mal hierher und wieder zurück. Sie fühlte sich nicht wohl auf der Welt, glaube ich. Dominik schien nicht mehr allzuoft an sie zu denken.

Ich bin bei dir, Alter, sagte ich laut, als ich wieder in der Küche stand, mögen deine Tage weiterhin schön sein. Ich setzte mich mit meiner Tasse an den Tisch, aber es war zu still, nur der Kühlschrank lief, ich stand auf und kramte ein wenig in den Kassetten, fand den Reggae-Mix, den ich vor Jahren einem Jamaikaner in Brixton abgekauft hatte, und während der Baß mich wärmte, dachte ich: Das wird ein guter Tag heute, Anika kommt, Dominik geht es gut, das ganze Jahr war nicht schlecht, ich habe tatsächlich etwas Geld, und wenn wir von dieser Küchenhilfesache mal absehen, habe ich über ein Jahr nicht mehr draußen gearbeitet.

Naja, so einfach war es nicht, aber ich hatte im Augenblick keine Lust, mir Gedanken darüber zu machen.

Später saß ich am Bahnhof, Anikas Zug hatte eine halbe Stunde Verspätung, ich kaufte mir eine Wurst, kaute und fror. Ich freute mich auf Anika, wir hatten uns so lange nicht gesehen, sie hatte mich so lange nicht mehr zum Lachen gebracht, wir hatten es gar nicht auskosten können, daß sie jetzt arbeitslos war, wir hatten keinen einzigen Tag Zeit für uns gehabt. Ich freute mich schon drauf, wieder mit ihr am Frühstückstisch zu sitzen und ihr die Margarine zu reichen, sobald sie wieder Scheiß-Telekinese murmelte. Ich freute mich, aber es hatte mir vieles erleichtert, daß sie in den letzten Tagen nicht da gewesen war. Sie war kein eifersüchtiger Mensch, aber ich hätte ihr wohl kaum vernünftig erklären können, warum ich mich dauernd mit Filiz traf. Gut, es war

Weihnachten gewesen, es hatte sonst fast niemand Zeit gehabt, aber das reichte wohl kaum.

Weihnachten, all diese Jahre, ich konnte mich gut daran erinnern. Als ich klein war, hatte ich es geliebt, an diesen Tagen mit meinen Eltern in dieser winzigen Wohnung zu sein, manchmal waren wir auch zu meiner Tante in den Norden gefahren, so verging die Zeit sehr angenehm. Später, bei den Türkboys, hatten wir in U-Bahnstationen abgehangen oder auf dem Spielplatz, in Cafés oder Spielhallen, im Grunde hatten wir uns über die Feiertage zu Tode gelangweilt, aber im nachhinein wünschte ich mir das manchmal zurück. Es erschien mir schöner, zu mehreren irgendwo völlig sinnlos rumzusitzen, als alleine zu Hause, wie es dann später war. Es gab einfach kaum etwas zu tun, mit einundzwanzig hatte ich an Heiligabend einen völlig verzweifelten Brief an Henry Rollins geschrieben. Er hat mir nie geantwortet.

Es war schön gewesen mit Filiz, man hat sich eine Menge zu erzählen, wenn man sich gerade kennenlernt. Einige Male hatten wir uns ein wenig zu lange in die Augen gesehen, aber was hieß das schon. Mehr als einmal hatte ich ihren Busen unter dem Pulli angeglotzt, wenn sie gerade beschäftigt war. Ich verstand selber nicht so recht, was mich daran reizte, im Grunde hatte ich mich noch nie sonderlich für Oberweiten interessiert. Ich stand mehr auf Hintern, und selbst da war es mir egal, ob sie nun groß und rund waren oder eher klein. Die Schönheit trat in den verschiedensten Formen auf.

Ich wollte keinen Sex, das hätte die Sache irgendwie vereinfacht, aber das war es nicht. Ich wollte meine Zeit mit ihr verbringen, ich wollte Spaß haben und albern sein, ich wollte ihre Nähe spüren und es noch weiter auskosten, daß es mir gutging, wenn ich sie sah.

– Lan, moruk, du schon wieder hier?

Ich kaute gerade auf dem letzten Stück, ich schluckte es runter, wischte mir den Mund ab, gab Celal die Hand, und wir küßten uns. Er sah nicht gut aus.

– Fährst du wieder weg?

– Ne, ich warte auf meine Freundin.

– Du hast Schweinefleisch gegessen, ne?

Er lachte, diesmal schien er guter Dinge zu sein. Diese Lederjacke, die er anhatte, die Handschuhe, das erinnerte mich an Zeiten, die irgendwie besser für ihn gewesen waren. Auch wenn er gerade heiter war, er hatte Ringe unter den Augen, fettige Haare, die Wangen wirkten eingefallen, er sah aus, als hätte er schon zu lange zu wenig geschlafen.

– Du siehst müde aus, abi, was hast du getan?

– Boşver, sagte er, was macht die Schreiberei?

– Ganz gut im Moment.

Er grinste zufrieden.

– Schön, oğlum, schön. Deine Freundin, sieht gut aus?

Ich nickte.

– Früher warst du immer ganz schüchtern mit den Frauen. Ja, lan, und heute … So siehts aus.

Er holte eine Schachtel Marlboro aus der Jacke und bot mir eine an. Ich wollte schon nein sagen, da dachte ich, scheiß drauf, es ist etwas Schönes, mit einem alten Freund eine Zigarette zu rauchen.

Er gab mir Feuer, ich überlegte, ob ich ihm erklären sollte, daß ich eigentlich wirklich nicht rauchte, daß ich ihn letztens nicht angelogen hatte, aber es kam mir lächerlich vor, und ich ließ es bleiben.

Wir setzten uns und rauchten schweigend. Ich fühlte mich wohl, so neben ihm zu sitzen, ich hatte damals aufgeschaut zu ihm, ich hatte nie Angst gehabt, wenn Celal dabei war, egal was wir taten. Immer noch fühlte ich mich als der Kleinere, Schwächere, immer noch hatte ich Respekt vor ihm, immer noch tat es mir weh, zu sehen, was aus ihm geworden war.

Wir redeten ein wenig über die alten Zeiten, wir waren wie alte Männer, die in Nostalgie versanken, meine Güte, früher war das unvorstellbar gewesen, zehn Jahre, das erschien einem wie eine Ewigkeit, und nun waren sie lange vorbei, und wir saßen am Bahnhof und erinnerten uns an unsere Heldentaten.

Weißt du noch, lan, wie wir alle zusammen in *Rambo* waren. Fünfzehn grölende Kanaken im Kino, jeder bereit, die nächsten zehn Jahre bis zum Exzeß mit den Hanteln zu trainieren, eine unglaubliche Energie, als wir rauskamen, waren wir überlebensgroß, wir warteten geradezu darauf, daß uns einer doof kam, damit wir beweisen konnten, was alles in uns steckte.

Ich erkannte Anika von weitem, sie stand am Fuß der Treppe und blickte sich unschlüssig um. Ich verabschiedete mich von Celal, und als ich seine Hand losließ, sagte er:

– Ich bin stolz auf dich, oğlum.

Ich nickte nur, ich hatte Tränen in den Augen, ich drehte mich um und ging auf Anika zu.

Ja, sie sah gut aus, es war schön, daß sie wieder da war, es gab Tage, da wachte man auf und wußte, daß nur eins Sinn machte. Bauch an Bauch den ganzen Tag unter der Bettdecke liegen, ein wenig dem Regen zusehen, essen, dösen, bumsen, die Musik laufen lassen und auf alles andere scheißen.

– Was ist los? Hast du geweint?

– Ich habe Celal gerade getroffen und …

Ich drehte mich um, ich wollte ihr Celal zeigen, Adana'lı Celal, ich hatte Anika schon viel von ihm erzählt, doch ich konnte ihn nirgends entdecken.

Als sie schon schlief, lag ich auf dem Rücken, starrte an die Decke und versuchte nachzudenken. Wir hatten beim Spanier gegessen, wir hatten in ihrer Küche gesessen und geredet, ihrer Mutter ging es gut, sie hatte zum ersten Mal seit Jahren wieder ein vernünftiges Gespräch mit ihrem Vater geführt, fast hatte sie ihm sogar verziehen, daß er immer noch der Meinung war, eine Anosmie sei kaum der Rede wert. Ich hatte von Celal erzählt, von den guten alten Zeiten, die wahrscheinlich gar nicht so gut waren, die ich mir aber manchmal zurückwünschte, weil sie mir heute so unschuldig und unbeschwert erschienen.

Später, als ich ihren Busen in der Hand hatte, fragte ich mich, wie es wohl sein würde, mit Filiz zu schlafen. Doch das verging schnell, und wir zogen uns auf dem Weg ins Bett gegenseitig aus. Der Sex war mit der Zeit immer besser geworden, er war so riesig und gleichzeitig so vertraut, man konnte sich herrlich darin verlieren.

Und nun lag ich da und dachte darüber nach, ob eine noch größere Liebe auf mich wartete. Sollte ich Anika davon erzählen? Was sollte ich überhaupt tun?

Es war so einfach, etwas zu verraten und zu verkaufen, wenn ich mich umblickte, sah ich jede Menge Menschen, die mit nichts anderem beschäftigt waren. Sie verkauften ihre Träume für ein wenig Geld, ein bißchen Luxus, ein Stück Sicherheit und nannten es Reife. Es gab kaum mehr Treue auf der Welt, jeder Mensch hat seinen Preis, sagten sie, jeder Mist war käuflich und kaum jemand bereit, an seinen Ideen festzuhalten, wenn sie nicht auf die eine oder andere Weise Erfolg versprachen. Treue war doch eins der großen Worte, und Liebe auch.

Aber stand denn irgendwo geschrieben, daß man immer nur einen Menschen lieben konnte. Das war doch nur ein Unsinn, den Verliebte erfunden hatten, weil ihrer Selbstsucht keine Grenzen gesetzt waren, man wollte der eine, der einzige sein. Kam es nicht in erster Linie darauf an, daß man sich selbst treu blieb und nicht den anderen.

Noch vor einigen Jahren hätte ich nicht so lange überlegt, damals war alles Neue spannend und aufregend, wert, es auszuprobieren, das Leben war ein wirbelnder Rausch voller Abenteuer, Risiko, Sex und Sehnsucht. Vor allem Sehnsucht.

Ich dachte noch weiter zurück, an die Stunden, die ich in der Videothek vor den Pornos verbracht hatte, unfähig, mich für einen Film zu entscheiden, weil ich immer das Gefühl hatte, der gute wäre letztlich der, den ich stehenlassen würde, egal, ob ich mir nun zwei oder drei auslieh, derjenige, der meine Gier nach Bildern befriedigen würde, wäre wahrscheinlich schon wieder nicht dabei. Vielleicht hieß Leben auch, nicht mehr das Gefühl zu haben, etwas zu verpassen.

Es wurden keine guten Pornos mehr gedreht, hatte ich später festgestellt, die Professionalität und Perfektion killten jede Erotik, die Szenen waren gut ausgeleuchtet und schlecht synchronisiert. Es steckte nicht mal das kleinste bißchen Gefühl darin, das Private war ganz verschwunden.

Manchmal erwischte man einen guten Film aus den Siebzigern oder einen noch älteren, aber was hieß das schon. Etwa, daß die Welt immer schlechter wurde oder daß man das Beste eh immer schon verpaßt hatte. Und was war das überhaupt für ein beschissener Gedanke, man konnte ja kaum mit Menschen so umgehen wie mit Filmen, die man am nächsten Tag zurückbrachte. Oder war es im Grunde doch der gleiche krankhafte Drang, die größtmögliche Befriedigung zu erlangen, der einen ins Unglück stürzte.

Was sollte ich jetzt tun? Manchmal können einen die eigenen Wünsche in die Irre führen.

Frank machte sich nie Gedanken darüber, was richtig und was falsch war, dauernd schleppte er irgendwelche Frauen ab, es schien ihm egal, wer sie waren und was es ihnen bedeutete. Er an meiner Stelle hätte Filiz einfach gevögelt, ohne sich um die Folgen zu scheren.

Patrick, der würde bald ewige Treue schwören, vielleicht war es ja gar nicht wegen des Geldes, vielleicht konnte er einen Schritt tun, zu dem ich nicht fähig war, vielleicht war ich so oft sauer auf ihn, weil ich ihn insgeheim beneidete.

Moritz. Was hätte er gesagt? Seit diesem Abend im Nick ging er etwa alle zwei Wochen mit Estelle aus, und sie endeten im Bett. Sie nahm sich die Freiheit, auch mit anderen Typen zu bumsen, und Moritz versuchte sich damit abzufinden. Aber er hoffte, er hoffte, es würde sich ändern, er hoffte, er könnte ihr das abgewöhnen oder sich so unentbehrlich machen, daß sie es von allein sein ließ. Und bis dahin biß er die Zähne zusammen.

Dominik, was meinst du?

– Es ist immer das gleiche, du machst es dir zu schwer, du bist zu gierig.

– Was soll ich tun?

– Woher soll ich das wissen, ich habe die letzten Jahre keine solchen Probleme gehabt, die Frauen verlassen mich immer vorher.

Er hätte mir wahrscheinlich auch nicht weiterhelfen können. Es dämmerte schon, ich drehte mich auf die Seite und betrachtete Anikas helle, glatte Haut, ganz eben, ganz weich, mein Blick blieb an ihrem Ohr hängen, dieses winzig kleine Ohr, kaum größer als mein Daumen, es sah so süß aus.

Ich beschloß, die Sache einfach laufenzulassen, ich war zu keiner Entscheidung fähig, wahrscheinlich war ich ein Feigling, aber ich entschloß mich, auf einen Fingerzeig des Schicksals zu warten.

11

Es gab ein riesiges Buffet, Sekt, Bier, Wein, Musiker, Girlanden, es wurden Reden gehalten, die mir so langweilig und absurd erschienen, daß ich fast schon versucht war, auch aufzustehen, mit der Gabel ans Glas zu klirren und loszulegen.

– Sehr verehrte Hochzeitsgäste, liebes Brautpaar, an diesem denkwürdigen Tag möchte auch ich ein paar kurze Worte loswerden.

Ich erinnere mich noch genau an den Tag nach den Sommerferien, an dem Patrick in unsere Klasse kam, er suchte sich spontan einen Platz in der letzten Reihe, was ihn mir durchaus sympathisch machte. Im Laufe der folgenden Unterrichtsstunden mußte ich allerdings feststellen, daß er gute Lateinkenntnisse besaß, und schnell hatte ich ihn im Verdacht, ein Streber zu sein.

So vergingen einige Wochen, bis ich das erste Mal das Wort an ihn richtete. Es war im Sportunterricht, und wir saßen beide als Auswechselspieler auf der Bank. Ich fragte ihn nach seiner früheren Schule, und er antwortete in einem charmanten Argot, dessen er sich heute nicht mehr befleißigt. Schon bald wurde mir klar, daß wir auf einer Wellenlänge lagen, wir mochten Horrorfilme, hörten dieselbe Musik, hatten beide eine Vorliebe für Charlie Brown und die Peanuts, und wir kuschten nicht vor den Lehrern. Wir hatten einen aufsässigen, rebellischen Zug in unseren jüngeren, wilden Tagen, einen eigenen Kopf, mit dem wir immerzu durch die Wand wollten.

Es entwickelte sich eine tiefe Freundschaft aus unserer zunächst lockeren Beziehung, dabei war mir Patrick immer ein sehr zuverlässiger und treuer, äh, äh, Freund. In den folgenden Jahren vertiefte sich unsere Beziehung zunehmend, wir teilten Sorgen und Probleme, wir waren immer füreinander da, und ich erinnere mich noch gut an die Telefonate, die wir spätnachts manchmal führten, weil einer von uns gerade völlig deprimiert nach Hause gekommen war, zuweilen hochgradig alkoholisiert, hehe. Freundinnen kamen und gingen, doch wir hielten zusammen. Nun, da Patrick im Begriff ist, sich von diesem Lebensabschnitt zu verabschieden und nachgerade in eine neue Phase einzutreten, möchte auch ich ihm und der Braut meine herzlichsten Glückwünsche aussprechen und mit den besten Wünschen für eine gemeinsame Zukunft verbleiben. Manja und Patrick haben sich in diesen schnelllebigen Zeiten zu einem Schritt entschlossen, der von Verantwortungsgefühl und Treue zeugt. Möge ihre Zukunft ungetrübt sein.

Niemand hätte gelacht oder mich schief angesehen, diese Leute redeten alle so, es wäre ihnen nicht außergewöhnlich, langweilig oder ironisch erschienen. Ich hatte noch nie eine derartige Gesellschaft erlebt, diese einschläfernden Reden der Eltern und Großeltern, der Verwandten, die selbstverfaßten Gedichte, die vorgetragen wurden, die symbolträchtigen Geschenke, das war mir alles neu.

Ich kannte Hochzeiten anders, schon auf dem Standesamt hatte ich mich gewundert. Niemand hatte geklatscht, als die Trauung vollzogen war, und ich hatte die Hände wieder in die Taschen gesteckt.

Cecilia saß zu meiner Linken, und während der Brautvater seine Rede von einem Stoß Blätter ablas, sahen wir uns an. Merken diese Menschen überhaupt nichts, war die Frage, und ich entdeckte kleine Schweißtropfen an Cecilias Haaransatz, ich glaube, sie schämte sich für den Mann. Ich kannte das Gefühl, ich hatte mich früher oft für Wildfremde geschämt. Irgendwann hatte sich das gelegt, ohne daß ich sagen konnte, warum. Vielleicht stumpfte ich ab, gewöhnte mich so sehr daran, daß ich tatsächlich irgendwann schmerzfrei werden würde. Was für eine Horrorvision.

Frank packte während der dritten Rede seine Blättchen aus und drehte sich einen Joint. Eine Sache, die ihm in Fleisch und Blut übergegangen war, er machte kein großes

Brimborium darum, und es fiel auch keinem weiter auf. Leute, die nicht so oft kifften wie er, veranstalteten gerne ein riesiges Ritual. Wenn sie auf alles in ihrem Leben soviel Sorgfalt verwenden würden wie auf das Drehen einer Tüte, hätten sie vieles besser auf die Reihe gekriegt. Frank rauchte soviel und so oft, daß man ihm gar nicht mehr anmerkte, wenn er breit war. Ich trat ihn gegen das Schienbein, als er ein Streichholz anriß.

– Geh wenigstens auf Toilette.

Er zuckte mit den Schultern, stand mitten in einer der zahlreichen Erinnerungen an Wanderungen mit Gummistiefeln auf und ging, was auch nicht gerade höflich war, aber es sah ihm niemand mit hochgezogenen Augenbrauen hinterher.

Nach all den Reden ging man zum fröhlichen Teil über, alle hatten während dieser ausufernden Monologe genug getrunken, die Musiker spielten auf, es wurde getanzt. Außer mir gab es wohl kaum jemand, der noch nie eine Tanzschule besucht hatte, Walzer, Tango, Cha-Cha-Cha, diese Leute konnten viel mehr als nur reden.

Hier und da bildeten sich Grüppchen, Anika, Cecilia und Estelle standen zusammen, Gläser in der Hand, fröhliche Gesichter. Moritz lehnte nicht weit von ihnen an einer Wand, ein seliges Lächeln auf den Lippen, klar, das hatte etwas, mit seiner Angebeteten auf eine Hochzeit zu gehen, und alle Männer sahen ihr hinterher. Besonders Manjas Vater konnte die Augen nicht von ihr wenden. Estelle hatte ein kurzes cremefarbenes Kleidchen an und keinen BH darunter, wenn sie saß, konnte man ihren Slip sehen, es hätte sexy sein können, mir sah es einfach zu billig aus.

Frank schien gerade eine Tante von Patrick vollzuquatschen, die vorhin ein Gedicht vorgetragen hatte. Er redete, die arme Frau nickte nur immer wieder und sah sich ab und zu links und rechts nach Hilfe um. Manchmal machte er das gerne, mit Begeisterung erzählen, daß er früher Bettnässer gewesen war, daß er Weihnachtsgeschenke grundsätzlich im Juli kaufte, daß er in der Pubertät einige Zeit unter einer schmerzhaften Phimose gelitten hatte, was für schöne Dessous seine Mutter besaß, was für eine Unart, ja geradezu Sittenlosigkeit es war, sich mit Schaum aus der Dose zu rasieren, wo doch jeder wußte, daß ein zivilisierter Mann nur Silberdachshaarpinsel benutzte. Er redete ohne Unterlaß, wechselte sprunghaft die Themen und amüsierte sich dabei.

Manja und Patrick saßen händchenhaltend nebeneinander, diesen Labradorwelpen in einem Körbchen zu ihren Füßen, sie sahen wirklich glücklich aus, das kann ich nicht leugnen. Immer wieder setzten sich Leute dazu, um nochmals zu gratulieren und den einen oder anderen Spruch loszuwerden.

Nun war es also soweit, er hatte diese schmallippige Frau geheiratet.

Ich versuchte mich daran zu erinnern, wie es früher gewesen war. Es war sehr weit weg, ich konnte dieses Gefühl nicht mehr zurückholen, ich wußte nur, daß wir aufeinander gezählt hatten. Manchmal kam mir die Vergangenheit so vor, als hätte ich nie darin gelebt.

Wo hatte es angefangen. Ich suchte oft diesen Punkt, ab dem die Sachen schiefgelaufen waren, damit ich dem Ganzen einen Sinn geben konnte, damit ich es verstehen konnte. Aber es gab diesen Punkt nicht.

Eines Abends hatte ich zwei Stunden im Nick auf ihn gewartet, weil er mich einfach vergessen hatte, die Arbeit und der Streß, aber was machte das schon. Er hatte an einem Antidrogenspot mitgearbeitet, na und. War es wirklich so schlimm, daß er sich verpißt hatte, als wir wegen Franks Jähzorn Ärger mit diesen Marokkanern bekommen hatten? Konnte ich ihn verdammen, weil er nichts gesagt hatte, als Manja mich einen pubertären, schwanzfixierten Träumer nannte? Konnte ich ihm vorhalten, daß er es als Gitarrist nicht geschafft hatte? Oder nicht versucht? War er nicht immer darauf bedacht, mir mit Geld und Jobs auszuhelfen, damit es mir besserging? Wieso sollte ich das geringschätzen?

Ich konnte mich sehr gut an das letzte Mal erinnern, daß wir zusammen Spaß gehabt hatten, das war gar nicht so lange her, vielleicht ein Jahr. Es stand damals schon nicht zum besten zwischen uns, aber irgendwie hatten wir uns fürs Kino verabredet und dann einen langweiligen Film über uns ergehen lassen. Ich sah kaum noch etwas im Kino, bei dem ich glaubte, da habe jemand eine Idee gehabt, sie machten fast alle den gleichen Schmonsens, gefühllose Unterhaltung. In seltenen Fällen auch ambitionierte Kunstkacke.

Ich ließ mich gerne unterhalten, aber wenn ich aus dem Kino rauskam, dann bitte mit einem Gefühl in meinem Herzen oder irgendeinem Traum von Größenwahn oder Liebe, mit dem Eindruck, Menschen auf der Leinwand gesehen zu haben, Charaktere.

Mir war es lieber, jemand versuchte etwas und es ging in die Hose, als die Werke dieser Drehbuchautoren und Regisseure zu sehen, die schon ewig und drei Tage den gleichen Müll unters Volk brachten.

Dannach hatten wir im Nick gesessen, und ich hatte einen Wutanfall, einen kleinen ehrlichen Wutanfall, ich hätte wahrscheinlich früher rausgehen sollen, aber da war ja Patrick, und der arbeitete beim Fernsehen, er mußte ja auf dem laufenden bleiben, was den deutschen Film betraf. Wahrscheinlich gingen auch die anderen nur in so etwas rein, um mitreden zu können. Wir tranken Bier, starrten den Mädels hinterher, und dann hatte ich diese Idee.

– Ich würde es ganz anders machen. Lassen wir doch mal einen Film in einer einzigen Nacht auf einer Raststätte spielen ...

Ich entwarf das Szenario, sprach schon die Dialoge, spielte ihm die Anfangssequenz vor, es war eine gute Idee, wirklich, doch irgendwann wechselten wir das Thema.

Als das Nick zumachte, hatten wir das erstemal seit langem und das letztemal überhaupt wirklich miteinander geredet. Wo ist deine Rebellion, hatte ich mich am Ende getraut, ihn zu fragen, aber seine Antwort war viel zu lang gewesen, um einzuleuchten.

Patricks Mutter setzte sich neben mich. Ich war ein wenig verwundert, ich hatte noch nie das Gefühl gehabt, daß sie mich sonderlich gut leiden mochte.

– Eine wunderschöne Feier, nicht wahr?

– Oh, ja, sagte ich, es fehlt an nichts.

– Es ist schön, wenn die Kinder heiraten und eine eigene Familie gründen.

– Hmmm.

– Was machen Sie denn so zur Zeit?

– Schreiben, immer noch.

– Und sonst?

– Nichts.

Sie sah mich an, etwas zu lange, etwas zuviel Sekt, entschied ich.

– Ja, aber kann man denn davon leben, Herr, äh …

Irgendwann hatte sie angefangen, mich zu siezen, als ich so zweiundzwanzig war, aber entweder konnte sie sich meinen Namen nicht merken, oder sie hatte Angst, ihn falsch auszusprechen.

– Meistens geht es irgendwie.

– Und sonst machen Sie nichts?

Ich schüttelte den Kopf. Klar, Schreiben war kein Beruf, schreiben konnte schließlich jeder. Malen oder Musizieren, das war etwas anderes, da brauchte man besondere Fähigkeiten. Aber fast jeder, der nicht Analphabet war, glaubte, er könne schreiben, wenn er nur die Zeit dazu hätte. Vielleicht war Frau Menzel aber auch einfach nur davon überzeugt, daß die Kunst immer brotlos und unsicher ist.

– Wissen Sie, dann können Sie ja mal über diese Hochzeit schreiben, die ist doch zu schön, um in Vergessenheit zu geraten. So etwas muß man für die Nachwelt festhalten. Auf Fotos kann man die Stimmung ja nie so richtig einfangen. Aber wenn Sie mal … Also, das wäre doch eine Idee, oder?

– Ich überlegs mir.

Sie fand nicht sofort ihr Gleichgewicht, als sie aufstand, sie hielt sich an der Tischkante fest, ihre Brillantohrringe glitzerten, sie drehte sich noch mal zu mir.

– Amüsieren Sie sich noch schön.

Ich nickte und hob mein Glas, kurz danach holte ich mir noch ein Lachsschnittchen vom Buffet. Ich lehnte mich mit dem Rücken an eine Wand, kaute und sah mir die Leute an. Manjas Vater hatte Schwierigkeiten, leise zu sprechen, und erzählte Herrenwitze. Überhaupt waren mittlerweile viele Gäste angetrunken, schließlich war es ja umsonst. Ich fand, sie benahmen sich wie die letzten Vollidioten.

Ich wußte nicht genau, wie ich war, wenn ich zuviel getrunken hatte, das weiß man ja nie. Ich wußte nicht, ob ich mich auch so zum Arsch machte, aber ich hoffte in dem Augenblick, ich wäre wenigstens nicht so laut und peinlich.

Dann erinnerte ich mich daran, mit fünfzehn in der letzten Bahn, wahrscheinlich war es St. Patrick's Day und damals war jeder Vorwand gut, um sich zu betrinken, es war voll, ich konnte mich kaum auf den Beinen halten, aber ich war stolz auf meine Unterhose mit den Schildkröten darauf, und kaum einer, dem ich sie nicht zeigte.

Später waren mir solche Sachen nicht mehr passiert, sei es, weil mir im Grunde nichts mehr peinlich war, sei es, weil ich die Haltung nicht mehr verlor, oft trank ich so, wie Frank rauchte, nebenbei, wenn auch nicht mit dem gleichen verzehrenden Verlangen.

Das Schöne am Rausch ist für mich, daß man nicht mehr handelt, sondern daß die Sachen einfach nur noch passieren, daß man die Kontrolle abgibt, aber diese Trinker hier kamen mir allesamt nur dumm und aggressiv vor.

Ich fühlte mich fremd, die Eltern, die Verwandten, die Freunde von Manja und Patrick, ich hatte nicht das Gefühl dazuzugehören, ich hatte noch nicht mal das Gefühl, daß hier irgend jemand ein Leben führte, das ich interessant gefunden hätte.

Früher waren die Grenzen klar gewesen, da waren wir, wir waren jung, und da waren die anderen. Jetzt fand ich mich langsam auf der anderen Seite wieder und wußte nicht, wo hier mein Platz sein sollte.

Ich hätte gerne irgendeiner Gruppe angehört, ich wäre mit Freudenschreien mit den Merry Pranksters losgezogen, aber dafür bin ich zu spät und am falschen Ort geboren worden. Ich hätte gerne noch vier Freunde auf der Welt gehabt, mit denen ich mir die Nächte um die Ohren schlagen konnte, ich hätte mich gerne als Teil einer Gemeinschaft gefühlt, aber es ging nicht, meistens fühlte ich mich fremd. Ich sah mir die Menschen an und mochte sie nicht, die meisten mochte ich einfach nicht. Sie schienen in irgendeinem Wahnsinn zu leben, sie rannten dem Geld hinterher, der Anerkennung, der Schönheit, dem Prestige, den Gesetzen, den leuchtenden Lügen, was weiß denn ich.

Ich versuchte reinen Herzens zu sein und meine Ruhe zu haben, ich wollte mich nicht abhetzen, ich wollte einfach Frieden in meiner Seele, aber dafür drehte sich die Welt manchmal zu schnell.

Moritz knutschte in einer Ecke mit Estelle, ich freute mich und fühlte mich gleichzeitig schlecht, weil ich nicht glaubte, daß die Sache gut ausgehen würde. Moritz war zu schnell bereit, die Fehler der anderen zu entschuldigen. Wahrscheinlich, weil er seine eigenen Schwächen besser kannte als ich meine, aber irgendwo mußte doch der Punkt sein, wo genug war, wo man nicht mehr Barmherzigkeit und Aufopferung üben konnte, wo man nicht mehr einfach nur zuschauen konnte, wen die Frau denn so alles abschleppte.

Als die ersten schon gingen, fand ich mich zusammen mit diesen Filmleuten an einem Tisch. Ich war wohl der einzige, der die großen Schauspieler unserer Zeit nicht persönlich kannte und auch noch nicht mit den angesagten Regisseuren und Produzenten einen trinken war. Schlimmer, die meisten Namen sagten mir nichts, jeder ließ ein paar fallen, erzählte von dem nächsten Projekt. Im Sommer haben wir dann einen Dreh in Spanien, Dingsbums führt Regie, das Skript ist von Schwachkopf, der hat ja jetzt auch einen Deal mit Bringdoof über Vierhunderttausend, ja, und Patrick hat dieses Exposé an Vielmoos verkauft, ein todsicheres Ding, eine klasse Idee.

Sie kamen sich alle toll vor, sie verdienten einen Haufen Geld und kannten jeden, der wichtig war. Ich wußte gar nicht, was sie außer Kohle sonst noch machten, gute Filme wohl kaum, davon hatte ich in den letzten Jahren nichts gesehen. Aber es ging nicht mehr darum, etwas Gutes zu machen, es ging darum, sich eine goldene Nase zu verdienen und dabei noch genug für Koks und Nutten übrig zu haben.

Ich konnte Anika gut verstehen, sie machte ihren Job

gerne. Du gehst in eine Wohnung rein, die runtergekommen aussieht, du gehst wieder raus, und sie ist eindeutig verschönert. Sie nahm einfach in Kauf, daß sie als Frau Schwierigkeiten in diesem Beruf hatte, sie heulte nicht deswegen, dafür war ihr die Sache zuviel wert, es gab ja nichts, was sie lieber getan hätte, um ihren Lebensunterhalt zu verdienen. Wenn sie glattverputzte Wände in zarten Farben streichen konnte, bekam sie einfach gute Laune, und die kann man nicht mit Geld bezahlen.

– Du schreibst also auch? fragte mich eine überkandidelte Blondine mit blauem Lidschatten.

Ich nickte, jetzt sahen mich alle an, ich hatte noch kein Wort gesagt, ich hatte einfach nur dagesessen und am Sekt genippt.

– Was denn so?

– Romane.

Immer noch sahen mich alle an, und ich vermute, sie grübelten, ob sie mich irgendwoher kannten.

– Und wieviel verkaufst du so? fragte der, dessen Handy eben geklingelt hatte.

– So dreitausend, nuschelte ich.

– Dreihunderttausend, Donnerwetter.

– Nein, drei, nicht dreihundert, drei-tausend.

Jeder sah wieder woanders hin, ich trank mein Glas aus und lehnte mich zurück. Irgendein bierbäuchiger Typ quatschte am anderen Ende des Raumes meine Freundin voll, Frank war verschwunden, Estelle und Moritz waren schon vor längerem gegangen, Cecilia schien betrunken zu sein. Sie hing auf einem Stuhl, den Hintern weit vorne auf der Sitzfläche, die Beine leicht gespreizt, das Kleid war hochgerutscht. Auf die Entfernung konnte ich nicht genau sagen, ob das Erbeeren waren oder Kirschen, die ihren Slip zierten, doch es sah hinreißend aus, wie sie so dasaß, so unschuldig, so jung, so sexy. Die Vorstellung, sie zu bumsen, hatte etwas Schmutziges, Unanständiges, Brutales. Ich bekam einen Ständer, mein Blick klebte fest. Das waren nur Phantasien, ich wußte auch nicht, wo sie herkamen, aber ich mußte mich ihrer doch nicht schämen.

Als ich hochblickte, schoß mir das Blut in den Kopf. Cecilia sah mir in die Augen und lächelte ein leises Lächeln, dann richtete sie sich langsam auf. Ich drehte den Kopf weg. Kirschen, entschied ich und griff nach der Flasche im Kühler. Als ich wieder zu Cecilia sah, ging sie gerade in Richtung Toilette. Naja, vielleicht war sie zu betrunken, um sich hinterher daran zu erinnern.

Patrick schien auch betrunken zu sein, Punkrock brüllte er durch den Saal, ich will Punkrock, die Musiker waren schon gegangen, es lief jetzt eine CD, *Die schönsten Schmuselieder aus drei Jahrzehnten* oder so ähnlich. Natürlich kann kein Mensch, der nicht weiße Porzellanschwäne sammelt und himmelblaue Tapeten bevorzugt, so eine Musik auf Dauer ertragen. Patrick wirkte ein wenig verzweifelt in seinem Anzug, mit der Seidenkrawatte, den sauber gescheitelten und gegelten Haaren. Laßt uns feiern, laßt uns noch mal richtig die Sau rauslassen, schien sein Wunsch zu sein, das war doch noch nicht alles, es hat doch jahrelang funktioniert, laute Musik, viel Alkohol, Exzesse, kommt, laßt uns diese Nacht denkwürdig gestalten.

Ich hatte genug, ich sah zu Anika rüber, der Typ hatte seinen Arm um ihre Schulter gelegt und redete, das Bierglas in der freien Hand. Sie machte kein allzu glückliches Gesicht, sie war in solchen Situationen viel zu langmütig. Wenn ihr aber irgendwann doch der Kragen platzte, schrie sie los und vergaß sich völlig, ich hatte es erst drei- oder viermal erlebt, aber die Typen hatten samt und sonders Schiß bekommen.

Ich ging zu den beiden hin, küßte Anika auf die Wange, er hielt sie immer noch im Arm und dachte sich mit seinem Spatzenhirn wahrscheinlich noch ein Kompliment über ihre schönen grünen Augen aus.

– Komm, laß uns raus aus diesem Scheißladen hier.

Sie lächelte und nickte, der Bierbauch ließ den Arm fallen. Ich war kurz versucht, Ärger anzuzetteln, einfach, weil er so schmierig aussah, weil er meine Freundin angefaßt hatte mit diesen dicken, unförmigen Fingern, aber es lohnte sich nicht. Im Grunde lohnt es sich nie, es ist meistens nur ein Zeitvertreib.

Draußen erwischten wir gleich ein Taxi. Ich liebte diesen Luxus, das war so das einzige, was man sich mit überschüssigem Geld kaufen konnte. Besitz interessiert mich kaum, ich will mein Herz nicht an Dinge hängen, ich habe es mit Gefühlen und Erinnerungen. Ohne einen einzigen Gedanken daran zu verschwenden, in einer kalten Februarnacht Geld für ein Taxi auszugeben und sich nach Hause kutschieren zu lassen, das war eine feine Sache.

Wir setzten uns nach hinten, ich sah auf die Uhr im Auto, halb zwei, ich legte den Kopf zurück und schloß die Augen.

Wie es wohl wäre, sein ganzes Leben mit einer Frau zu verbringen. Die Romantik verblaßte nach einiger Zeit, dafür lernte man sich besser kennen, man lernte, Dinge zu sehen, die niemand sonst sehen konnte.

Doch in mir war diese Gier nach Neuem, nach Aufregung, nach Abenteuern, nach Leben. Fremde Haut spüren, Adrenalinkicks, seine Nase in andere Haare graben, seine Hände an einem anderen Arsch haben, andere Titten streicheln. Es ging nicht um größer, kleiner, geiler oder besser. Es sollte einfach nur anders sein, kein Stillstand.

Sollte man diese Regungen unterdrücken? War das nicht ein ärmliches Leben, wenn man seine Impulse verkümmern ließ, wenn man nicht bemüht war, alles bis zur Neige auszukosten? Es war ein vernünftiges Leben, aber ich war nie losgezogen, um vernünftig zu sein.

Und dann, mußte ich Anika nicht erzählen, daß ich so oft an Filiz dachte? Daß ich manchmal glaubte, mit ihr würde alles besser werden? Die Liebe, die man nicht leben kann, währt immer am längsten. Es ist leichter, die Menschen aus der Ferne zu lieben, wenn man ihre Fehler noch nicht deutlich sieht. War ich nicht genauso unehrlich wie alle anderen auch. Bestand wirklich ein Unterschied zwischen den Menschen auf dieser Hochzeitsgesellschaft und mir.

Ich fühlte mich erbärmlich, ich wollte doch aufrichtig sein, ich wollte nicht so sein wie all diese Leute eben, die irgend etwas schon verloren hatten. Mishima hatte Recht, die Menschen wurden älter, aber ihre Seelen starben früher.

Ich wäre gerne ein Held gewesen, aber ich war meilenweit

davon entfernt. Ich hätte gerne jemanden um Rat gefragt. Was hätten die Schriftsteller getan, die ich bewunderte? Miller hat seine Schwiegermutter gefickt, hemmungslos. Er scheint ein Monster gewesen zu sein, hatte aber keine Rechtfertigung dafür. Er konnte mir nicht erklären, warum es nicht niederträchtig ist, die Gefühle der Menschen derart zu verletzen, er konnte sich nur Jahre später gelassen zurücklehnen und sagen: Das war falsch, aber ich habe meine Strafe bekommen.

Celine, Hamsun, Djian, sie wußten alle keine Antwort, sie hatten auch nur rausbekommen, daß solche Sachen eben passierten. Ich wußte nicht, ob man die Wahl hatte. Ein Schwein zu sein oder nicht. Ein guter Mensch oder ein herausragender Schriftsteller. Seine Fehler und Schwächen akzeptieren oder jeden Tag versuchen, sie zu überwinden.

Was hätte der Silver Surfer getan? Ein Mann, der sich für den Tod seiner Geliebten verantwortlich fühlte.

Anika lehnte sich an mich, vorne an der Telefonzelle, sagte ich zu dem Fahrer, meine Stimme krächzte, ich roch Anikas Atem, sie trank gerne Sekt.

– Bumst du mich noch? hauchte sie mir ins Ohr, aber das war keine Frage.

12

In den folgenden Wochen mochte ich mich selbst nicht besonders leiden, ich hätte gerne jemand gehabt, der mir einen Rat gab. Jeden Abend, wenn ich zu Bett ging, bat ich meinen Opa, mir zu erscheinen, doch wenn ich aufwachte, konnte ich mich an keinen einzigen Traum erinnern. Ich schlief unruhig und dumpf, statt Bilder zu sehen, verfing mich in wirren Gedankenketten. Abends merkte ich kaum, daß ich mehr trank, nur beim Aufstehen fiel mir auf, wie verschwommen meine Erinnerung an die letzten wachen Stunden war.

Ich dachte im Kreis, ohne daß ich nur eine Ahnung davon bekam, was falsch und was richtig war. Wie wäre es wohl, wenn ich jemand hätte, dem ich vertraute, der mir eine Hilfe sein würde, ohne mir gleich eine Lösung zu verraten. Sollte eigentlich nicht jeder Mensch so jemand haben im Leben, war es nicht das, was wir alle wollten.

Ich ging in die Bibliothek, das ist wohl eine Sucht, Antworten in Büchern zu suchen, doch meistens kann man sich schon glücklich schätzen, wenn man überhaupt seine eigenen Fragen wiederfindet. Ich sah mir die Bücher zum Thema an, Polygamie, Ehebruch, freie Liebe, Paarungsverhalten bei Primaten, Simenons Biographie, Julian Barnes, aber nichts half mir weiter.

Ich hätte Anika und Filiz alles erzählen können und dann stolz auf meine Ehrlichkeit sein, mit der ich beide verletzte. Wer hatte schon den Mut, so offen zu sein, das ließ einen doch geradezu liebenswürdig wirken, oder etwa nicht.

Oder ich hätte mich damit beruhigen können, daß Menschen nun mal dazu verdammt sind, Schwächen zu haben und Fehler zu machen. Aber wie weit sollte diese Entschuldigung gelten, bis zur Lüge, zur Untreue, zur Verantwortungslosigkeit, zum Verrat?

Höchstwahrscheinlich war es ein genetischer Imperativ, der einen dazu trieb, seinen Samen möglichst weit zu verstreuen, um eine Nachkommenschaft zu sichern, ein Naturgesetz, gegen das man machtlos war. Ja, genau, das war die Erklärung, derselbe Urinstinkt, der mich immer wieder dazu trieb, zu masturbieren und hinterher das Sperma mit einem Taschentuch oder dem Bettlaken abzuwischen oder ins Waschbecken zu wichsen, um mich an Söhnen und Töchtern zu erfreuen, die aus dem Abfluß geboren werden würden. Ein Haufen Hühnerscheiße.

Meine Güte, so viele Menschen vor mir hatten das schon mitgemacht, Männer vögelten meistens einfach drauflos, so wie Frank, wieso wurde ich nicht damit fertig? Wieso verliebte ich mich? Wieso konnte ich nicht einfach von Sex träumen, das hätte alles erheblich vereinfacht. Warum träumte ich immer nur vom Glück.

Nach zwei Tagen in dieser trockenen Büchereiluft sah ich endlich nach. Ich hatte gehofft, er würde nicht da sein, vielleicht wäre mir das wie ein kleiner Trost erschienen, aber da stand mein Roman im Regal. Ich nahm ihn in die Hand, wie eitel man doch ist. Es wäre mir todpeinlich gewesen, wenn mich jemand gesehen und erkannt hätte. Ich versuchte, unsichtbar zu werden, und blätterte ein wenig auf der Suche nach Eselsohren oder Kaffeeflecken. Vielleicht hatte ja jemand die Angewohnheit, schöne Stellen zu unterstreichen, das hätte ich besonders interessant gefunden, doch nichts dergleichen. Ich fand nur einen Kontoauszug, den Frau Eva Stange wohl als Lesezeichen benutzt hatte, viertausend Mark Haben, da hätte sie sich das Buch auch kaufen können, fand ich. Ich nahm den Auszug und steckte ihn in die Tasche, damit er nicht in falsche Hände geriet, ein nettes Souvenir, doch ich fühlte mich immer noch beschissen.

Alles ekelte mich an, ich lehnte Aufträge für Artikel ab, ich hatte genug Geld und vorerst die Schnauze voll von dieser Art der Schreiberei. Der Silver Surfer ist raus aus Dynamo City, aber jetzt fangen die Schwierigkeiten erst richtig an.

– Komm, versuch doch, heute nacht wieder so unruhig zu schlafen und dich hin und her zu wälzen, das Kissen zu zerknautschen und zehnmal aufzustehen, um ein Glas Wasser zu trinken. Meinst du, du kriegst das hin?

Ich mußte lachen, wenn sie so was sagte. Komm, versuch noch mal einen Bullen zu finden, der dir ein Bußgeld aufbrummt, nur weil du bei Rot gegangen bist. Schön, dieses neue Portemonnaie, ich versuch auch das mal innerhalb einer Woche zu verlieren. Es war ihr dann geklaut worden, sie hatte sich nicht mehr eingekriegt vor Lachen.

– Was ist denn los mit dir? Willst du bald wieder einen Roman anfangen?

Ich nickte einfach. Was hätte ich sagen sollen. Ich hatte Filiz nach der Hochzeit nur einmal gesehen, Anika gegenüber hatte ich sie erwähnt, eine Bekanntschaft aus dem Nick eben, ich glaubte nicht, daß sie etwas ahnte, Schlaflosigkeit befiel mich aus verschiedensten Gründen.

– Ich glaube, ich fahr weg, hörte ich mich sagen.

Anika schwieg und sah mich an.

– Ja, ich denke, ich hole mir morgen ein Ticket und fliege in die Türkei, ich muß das alles mal wieder vergessen.

Ich wußte nicht genau, wieso das jetzt so plötzlich über mich gekommen war, aber ich wußte, daß ich dort einige Tage ein ganz anderes Leben führen, mir alles mal von außen ansehen konnte.

Wir waren erst zweimal zusammen in der Türkei gewesen, ich dachte gerne daran zurück. Ich hatte ihr einige Sachen gezeigt, die ich sonst nur erzählen konnte. Es hatte mich gerührt, wie sie kolay gelsin sagte, nachdem sie gelernt hatte, was es heißt. Jedesmal, wenn sie jemanden arbeiten sah, einen Bauarbeiter, Gärtner, Fischer, Schreiner, möge es dir leichtfallen. Das hatte ihr gefallen, es hieß nicht, laß dich nicht stören, sondern: kolay gelsin.

Ich hatte noch vor Augen, wie braun sie vorletzten Sommer geworden war, wie weiß ihre Brüste im Abendlicht schimmerten, wie sehr mich dieser Kontrast erregte, ein großer leuchtender Hintern, der sich mir entgegenreckte.

Es schien, als sei sie noch nackter, auf eine fast obszöne Art entblößt, ich konnte mich kaum satt sehen.

Einmal hatte uns beim Trampen ein Typ mit einem Kleinlaster mitgenommen, es war heiß, wir schwitzten, wir klebten an den Sitzen fest, wir hatten Durst, wir hätten Welten für etwas Kaltes gegeben. Anika konnte es gar nicht mehr lustig finden. Nach einer halben Stunde hielt der Fahrer am Straßenrand an und bedeutete uns, mit ihm auszusteigen. Wir leben in einer grausamen Welt, da gewöhnt man sich schnell ein gewisses Mißtrauen an, mein zerschmolzenes Hirn arbeitete fieberhaft, ich versuchte zu erraten, was dieser Mann mit uns vorhatte, es war kaum jemand unterwegs in der Mittagshitze, er war gut einen Kopf größer als ich und bestimmt nicht so ermattet vom Durst, doch ich würde Anika beschützen, hoffentlich hatte er keine Waffe. Ich versuchte, langsam zu atmen und wachsam zu sein.

Ich sah zwar den Schriftzug auf der Seite des Lasters, aber erst als er die Klappe hinten aufmachte und uns der kühle Dampf entgegenschlug, verstand ich. Wir waren in dieser Affenhitze die ganze Zeit mit ungefähr fünfundzwanzigtausend Eis am Stiel durch die Gegend kutschiert. Er bot uns eins an. Es war mir peinlich, so schlecht von ihm gedacht zu haben, aber man war einfach nichts Gutes gewohnt.

Hatte ich nicht in jenem Sommer schon ab und zu gedacht, es wäre möglich, daß meine Gefühle für Anika erkalten? Hatte ich mir nicht gewünscht, mit dieser Brünetten vom Strand im Bett zu landen, war nicht nach drei Wochen stündlichem Beisammensein mein Hunger nach dieser Frau vorläufig gestillt?

Ja, aber ich wußte nicht mehr, wie stark diese Gefühle gewesen waren, die Erinnerung ist oft eine gute Lügnerin.

Genauso war mir im Gedächtnis geblieben, daß es eine sorglose und wunderschöne Zeit war, daß ich glücklich gewesen war, soviel Neues mit ihr teilen zu können, und für ewig und drei Tage in Hotelzimmern neben ihr aufwachen wollte, in der Sonne frühstücken, während sie mir ihre Träume der vergangene Nacht erzählte, mir ansehen, wie sie alle drei Tage ein neues Katzenjunges adoptierte und ein anderes Kind fand, mit dem sie Sandburgen baute und sich mit Händen und Füßen verständigte.

Ich kann immer noch nicht glauben, wie alles sich ergab. Ich kaufte mir ein Ticket, ein paar Tage später bekam Anika von einem alten Kollegen das Angebot, mit ihm zusammen eine Villa zu renovieren, ich erzählte Filiz am Telefon, daß ich in die Türkei fliegen würde, und sie bat mich, ein Paket für ihre Schwester mitzunehmen. Der Flieger ging am frühen Abend.

Ich stand morgens mit Anika auf, wir frühstückten, sie hatte die Latzhose an, ich fand, sie sah sehr sexy aus darin, sie hatte die Haare im Nacken mit einem Gummi festgemacht, damit sie ihr bei der Arbeit nicht ins Gesicht fielen. Sie sprach nicht viel, sie aß auch nicht besonders, so war sie immer, wenn wir uns verabschiedeten. Sie tat fast, als sei sie gar nicht da, weil sie dann besser ihre Gefühle zurückhalten konnte. Gleich würde sie ein paar Tränen vergießen, was ich nie richtig verstand. Ich fand nicht den Moment des Abschieds schwer, nur das, was hinterherkam.

– Nicht weinen, meine Süße, es ist gar nicht so lange, Anika, Baby …

– Ich weiß.

Sie hatte nichts dagegen, daß ich fuhr, egal, was es war, nie versuchte sie, mich von etwas abzubringen, das ich für richtig hielt. Es gibt nicht viele, die einen einfach sein lassen können, wie man ist, mit Fehlern und Vorzügen, ohne Vorwürfe und Besserungsvorschläge, die Respekt haben vor dem Menschen. Ich wußte das sehr zu schätzen, es war im Grunde das erste Mal, daß ich so etwas mit einer Frau erlebte. Und ich selbst war oft genug nicht in der Lage, auch so zu sein.

Ihr Kollege hupte, wir küßten uns, ich wischte ihr eine Träne weg, und sie stieg ein. Sie winkte mir noch, die schönen Augen ein wenig verquollen, ich winkte zurück, die Sonne schien an diesem Morgen, ich stand da, und vielleicht hätte ich gerne eine Zigarette gehabt.

Ich fuhr nach Hause und machte mich daran, meine Tasche zu packen, rief meinen Vater an, damit er mich vom Flughafen abholte, trödelte ein wenig rum, brachte die Wohnung in Ordnung und dann setzte ich mich in die Bahn und fuhr zu Filiz. Wir wollten noch in Ruhe einen Kaffee trinken, bevor ich dann mit ihrem Paket zum Flughafen fahren würde.

Ihre Brüste waren etwas kleiner, als ich sie mir vorgestellt hatte. Nachdem ich sie endlich von diesem BH befreit hatte, lagen sie schwer in meinen Händen, ich beugte mich runter und küßte die dunkelbraunen, großen Nippel, saugte daran, vergrub mein Gesicht zwischen den Titten, atmete den Duft ein, legte meine Hände auf ihre Hüften, während sie ihre Hände unter mein T-Shirt schob und mich streichelte. Ich knöpfte ihre Hose auf und zog sie gleich mitsamt dem Slip runter bis zu ihren Knien, hielt ihren Po fest und lehnte mich ein wenig zurück. Wir sahen uns in die Augen, eine kleine, warme Pause, in die man hineinfallen konnte wie in einen Schlaf, der einen vergessen läßt, wer und wo man ist. Dieser weiche Blick, immer noch der gleiche wie eben, als sie mir das Paket geben wollte. Ich hatte hinter ihr gestanden, sie hatte sich mit dem Ding in der Hand zu mir gedreht, unsere Gesichter waren nah beieinander gewesen. Eine halbe Sekunde hatten wir so dagestanden, als würden wir beide Ja brüllen, danach berührten sich unsere Lippen, die Kaffeemaschine blubberte noch.

Fast drei Jahre lang hatte ich keine andere Frau mehr geküßt, ihr Mund schmeckte herrlich, er versprach soviel, das war ja noch keine Liebe, das war die verzehrende Sehnsucht, die erfüllt werden konnte.

Eine Stunde später lagen wir da, ich ließ meine Hand über ihren Körper gleiten, sah mir die Rundungen und Linien an, die Muskeln, den Bauch, das Sperma, das darauf glitzerte. Wir hatten kein Kondom benutzt, und ich hatte meinen Schwanz rausgezogen, bevor ich kam. Es gibt Momente, da ist einem einfach alles egal, es gibt Sekunden, in denen man sein ganzes Leben wegwerfen kann, und wahrscheinlich sind sie es sogar wert.

Als wir uns wieder in die Augen sahen, merkte ich, wie ich verlegen wurde, jetzt wo der Rausch vorbei war. Ich weiß nicht, was sie empfand, aber es war seltsam, einem Menschen so viel auf einmal von sich zu geben, man ließ sich fallen und wußte nicht, wohin, man vertraute. Hinterher fühlte man sich verletzlich und schämte sich, vielleicht hatte man auch einen Fehler gemacht.

Mein Puls beruhigte sich, ich drehte mich auf den Rücken und schloß die Augen, sie streichelte meine Brust. Nach einer Weile drehte ich den Kopf zum Nachttisch, Viertel nach vier, ich mußte langsam los.

– Du mußt dich bald anziehen, sagte sie, und ich war ihr dankbar, daß ich das nicht sagen mußte.

Ich stand auf und sah sie an, wie sie so dalag, sie schien viel entspannter zu sein als ich. Was ging wohl in ihrem Kopf vor? War das eine Bettgeschichte, oder war ich ihr Prinz? Sollte ich ihr sagen, daß ich eine Freundin hatte? Nein, das war nicht der richtige Zeitpunkt. Den richtigen Zeitpunkt hatte ich längst verpaßt. Ich konnte ihr nicht mehr die Wahrheit sagen, aber es war auch schon viel zu spät zum Lügen.

Fehler, sagte ich mir, Fehler, du spielst mit den Gefühlen anderer Menschen, du bist niederträchtig und feige. War ich vielleicht seit jeher so gewesen, und es war mir nie aufgefallen. Oder wurde man immer mehr zum Monster und Lügner, je älter man wurde.

Filiz sah mir in die Augen, und ich drehte mich um und suchte meine Unterhose, ich zog sie umständlich an und setzte mich aufs Bett, mit dem Rücken zu ihr, die Socken, die Hose, die Schuhe. Dieser Cartoon kam mir in den Sinn, wo er sagt: Tut mir leid, Doris, ich muß zur Arbeit. Sie antwortet: Ich heiße Katrin, und heute ist Sonntag.

– Ich würde am liebsten mitkommen, sagte Filiz und streichelte kurz meinen Rücken.

Ich stand auf und drehte mich um.

– So, wie du bist?

Ich versuchte es mit einem Lächeln, und es klappte ganz gut.

Sie setzte sich hin, die Füße auf dem Boden, die Hände auf die Bettkante gestützt, ihre Brüste hingen nach unten, sie wurden zu den Nippeln hin immer runder und größer, wie ich so etwas liebe. Diese ganzen Models und Schönheiten mit ihren straffen und festen Busen können mir gestohlen bleiben, samt ihren langweiligen ebenmäßigen Gesichtern, flachen Bäuchen und cellulitefreien Hintern. Ich mag es, wenn es lebendig wirkt.

– Dann ziehe ich mir eben was über, sagte sie.

Ich bekam schon wieder einen Harten, als sie aufstand, sie nahm sich den Morgenmantel, der hinter der Tür hing, das Ding reichte ihr kaum über den Hintern.

– So besser? fragte sie.

– Ne, eben war besser, sagte ich, irgendeinen Unsinn mußten wir ja reden.

Ich ging in die Küche, hob mein T-Shirt auf, die Tassen standen unbenutzt auf dem Tisch, das Paket lag auf dem Herd, ich hörte Filiz im Badezimmer hantieren, sah auf die Uhr, ich war spät dran, die Spülung der Toilette ging, Filiz kam in die Küche, ich nahm alles wahr, aber mein Hirn war irgendwie blockiert, ich konnte nicht richtig denken, ich wußte noch nicht mal, was ich fühlte, außer dieser leisen Geilheit, wenn ich ihre Beine betrachtete.

– İyi yolculuklar, sagte sie an der Tür, und grüß mir das Meer.

Ich beugte mich vor, ich konnte mich nicht entscheiden, wohin, und auch sie schien ein wenig unsicher, ich küßte sie dann auf den Mundwinkel. Sie drehte sich um, lief in die Küche und kam mit einer kleinen Schüssel Wasser wieder, ihr Bademantel war aufgegangen. Ich stieg langsam rückwärts die Stufen runter, sie kippte das Wasser in meine Richtung aus, als ich weit genug war, um nichts abzubekommen. Ein alter Brauch, einem eine leichte, angenehme Reise zu wünschen. Wir lachten. Draußen nahm ich mir ein Taxi.

Nachdem ich das Gepäck aufgegeben hatte, blieb mir noch ein wenig Zeit, vielleicht hätte ich mir das Taxi sparen können, aber ich wurde schnell nervös bei so etwas. Ich hatte noch nie einen Flieger, Bus oder Zug verpaßt, aber immer wieder befürchtet, es könnte passieren, oder ich könnte in einem Gefährt gefangen sein mit einem falschen Zielort. Ich stellte es mir schrecklich vor, manchmal habe ich solche Ängste, die ich mir kaum erklären kann.

Unruhig schlenderte ich hin und her, blätterte am Zeitschriftenstand in ein paar Magazinen herum, ohne wirklich etwas zu registrieren, kaufte mir wahllos ein paar, dann setzte ich mich und nahm mein Buch in die Hand und fing an zu lesen: In Istanbul lebte ich meistens im Stadtteil Cağaloğlu, etwas oberhalb der blauen Moschee. Das Hotel war ein fünfstöckiger Altbau in einer Seitenstraße …

Ich hatte es vier- oder fünfmal gelesen, es gab nicht viele Bücher auf der Welt, die mir gefielen, und diese wenigen las ich immer wieder. Ich mochte es, mich in ihnen auszukennen, eine Zeitlang in ihnen zu leben, mir in aller Ruhe die Feinheiten anzusehen, in einem schönen Kapitel rumzutrödeln. Das erschien mir zudem sinnvoller, als immer mehr zu lesen, immer mehr Eindrücke anzuhäufen, die meistens sowieso viel zu schnell verblaßten.

Aber heute sprach das Buch nicht zu mir, heute erschienen mir die Worte tot und leer, als könne man mit ihnen nichts ausrichten. Ich bekam Lust, mich zu berauschen, sah rüber zur Bar, aber Alkohol schien mir gerade nicht das richtige. Es dauerte einfach zu lange, bis einem alles gleichgültig wurde, wenn man nicht sogar in eine tiefschwarze, ausweglose Melancholie verfiel und anfing zu heulen.

Vielleicht würden die Zeiten sich mal ändern, und so wie man jetzt aus den Automaten Kaugummi, Schokolade, Chips, Riegel und zuckerhaltige Getränke ziehen konnte, würde man wählen können zwischen Rohopium, Kokapaste, Ecstasy, LSD, Meskalin, DMT, Psilocybin und Iboga. Alle Zwischenlandungen und stundenlangen Aufenthalte an Flughäfen würden zu einem einzigen Vergnügen werden. Man würde vielleicht anfangen sich zu fragen, ob sie die Flüge nur simulierten, ob man nicht in Wirklichkeit am selben Fleck blieb, während eine Schar von Arbeitern um einen herum eine neue Kulisse aufzog.

Man konnte nicht leben ohne ein billiges Vergnügen, das einen ablenkte, man mußte sich amüsieren in diesem Leben, weil die Langeweile einen sonst auffraß, die Vertracktheit der Dinge, die Bosheit der Menschen, vor allem die eigene. Dieses ganze Hin- und Hergerenne, von dem man nicht wußte, was es sollte. Diese Familien, die dumm genug waren, mit fünf Kindern in den Urlaub zu fahren, die zu stark parfümierten Frauen mit vierzehn Lederkoffern, die Globetrotter mit ihrem kleinlichen Haß auf die Heimat, diese Geschäftsreisenden in knitterfreien Anzügen, mit ihren Mobiltelefonen, die dickbäuchigen Sextouristen, all diese Leute mit grünlicher Gesichtsfarbe, schlechtem Atem oder offenen Beinen, schuppiger Haut, fettigen Haaren, rasierten Augenbrauen, Warzen, Pusteln, Schweißfüßen, Eiterbeulen, mit gelbschwarzen Zahnstummeln, sabbernd, fettleibig, schweinsnasig, asthmatisch, es gibt kaum etwas Häßlicheres als Menschen, es gibt nichts Grausameres.

Noch eine Viertelstunde, ich packte das Buch ein, ging auf Toilette, zwängte mich in eine dieser engen Kabinen, machte die Augen zu, roch an meinen Fingern, holte meinen Schwanz raus und fing an zu wichsen.

13

Als ich meinen Rucksack aufmachte und anfing, darin zu kramen, sagte mein Vater gleich:

– Das Kassettenteil ist kaputtgegangen.

Ich schmiß den Rucksack auf den Rücksitz, machte das Radio an und spielte ein wenig an dem Knopf. Wir hatten fast zwei Stunden Fahrt vor uns, es war dunkel, und ich erwischte einen Sender, der gerade *Holding back the years* spielte, das hatte ich jahrelang nicht mehr gehört, ich lehnte mich zurück, und mein Vater lenkte den Wagen durch einen Verkehr, der mich an Krieg erinnerte.

Wir kamen gut miteinander aus, mein Vater und ich, er war ein ehrlicher Mensch, wahrscheinlich hatte er niemals eine böse Absicht gehabt, hatte nie auf Kosten anderer gelebt, noch immer versuchte er, aus seinen Fehlern etwas zu lernen. Er hatte sich mit meiner Mutter ein schönes Fleckchen ausgesucht, direkt am Meer, fernab von allem, was einem auf die Nerven gehen konnte. Sie lasen Zeitung, hantierten im Garten herum, gingen schwimmen, tranken Tee, es schien mir ein schönes Leben.

Nur eins hatte mich an meinem Vater schon immer gestört, seine Rationalität, sein blindes Vertrauen in den Verstand. Es fehlte ihm jeglicher Aberglaube, jeglicher Wunsch, sich an etwas festzuhalten, das man nicht genau wußte, das Zweifel zuließ. Er glaubte, die Wissenschaft würde uns eines Tages beweisen, daß es keinen Gott gab, keine Seele, die weiterliebte. Da konnte man ihm noch soviel von Capra und den Erkenntnissen der modernen Physik erzählen.

In seiner Jugend war er Sozialist gewesen, aber im Laufe der Zeit verliert man wahrscheinlich noch ganz andere Illusionen. Man hatte ihn wegen seiner Gesinnung nicht zu Ende studieren lassen, und nach Jahren der Armut, einigen sinnlosen Semestern in billigen Bruchbuden und Spott von reichen Verwandten hatte er sich gesagt: Scheiß auf dieses Land.

Ich wußte nicht, wieviel Wut und wie viele zerbrochene Träume es brauchte, alle Brücken hinter sich abzubrechen und sich in der festen Überzeugung, nie mehr zurückzukehren, in einen Zug zu setzen mit nichts als einem Arbeitsvertrag in der Hand.

Er hatte mir immer vertraut, er war gut zu mir gewesen, ich verdankte ihm viel, er hatte mir stets das Gefühl gegeben, daß er hinter mir stand, egal, was passierte. Schon oft hatte ich ihm das sagen wollen, aber ich wußte nicht, wie. Und seine kühle Art hemmte mich zusätzlich. Ein Satz, einfach in die Nacht hineingesprochen. Du warst ein sehr guter Vater. Klang das nicht umständlich und seltsam.

Ich machte die Augen zu, bald waren wir aus der Stadt raus. Ich erinnerte mich an dieses wohlige Gefühl vorhin, diese weiche, feuchte Luft, die mich umfangen hatte, als ich aus dem Flieger stieg. Hier würde ich mich eine Weile in Sicherheit fühlen. Vieles war austauschbar, aber eine Familie zu haben war nicht zu ersetzen, ich hatte Glück gehabt, das war mir klar, ich brauchte nur an Dominik zu denken.

Wir fuhren auf der Landstraße, die Scheinwerfer der entgegenkommenden Fahrzeuge blendeten uns, dann hing sich mein Vater hinter einen Laster, der neunzig fuhr, und wir tuckerten gemütlich dahin. Ich saß da und versuchte die Dörfer wiederzuerkennen, durch die wir fuhren, und tausend Sachen gingen mir durch den Kopf. Das hier war doch eine gute Situation, um zu reden, nachts fühlte man sich sicherer, die Stimmen bekamen einen anderen Klang, die Geschwindigkeit war hervorragend, niemand konnte uns stören, ich mußte nur irgendwo anfangen, der Rest würde sich ergeben.

Wir kamen aus der Reichweite des Senders, das Radio knisterte, ich drehte am Knopf, bekam ein paar griechische Sender rein, dann fand ich einen, der diese traurigen Stücke brachte, mit dieser orientalischen Trägheit und dem koketten Weltschmerz, dem man sich hingeben konnte. Was soll ich schon tun, die Melancholie steht mir halt immer noch am besten. Und dann aus Trotz genießen. Dieses Leben währt nicht lange, drum laßt uns essen und trinken und zusehen, daß es uns gutgeht auf dieser Welt, die kaum drei Pfennig wert ist.

Vielleicht hatte ich das von meinen Ahnen, vielleicht hatten mich diese Lieder von Kindesbeinen an verdorben. Die Geigen weinten, eine Frau sang von einem falschen Frühling, eine andere davon, daß die Sehnsucht nach einem Gefährten schwer zu ertragen ist. Und wenn sie auch ab und an lachte, es ging ihr einfach nicht gut.

Ich hatte den Mund noch nicht aufbekommen. Wir fuhren jetzt an der Olivenölfabrik vorbei, ich konnte sie nicht sehen, aber der Geruch war unverkennbar. Man kann Gesichter vergessen, Bücher, Zahlen und Bilder, aber Gerüche und Gefühle brennen sich unvergeßlich ins Gedächtnis, da war Anika tatsächlich einiges entgangen.

Ich konnte mich dafür begeistern, morgens, wenn wir ausschlafen konnten und nachts Sex gehabt hatten, meine Nase unter die Decke zu stecken und diesen Geruch einzuatmen, es roch nach Erlebtem, nach Geilheit, nach Schweiß, nach Befriedigung, ich war nahezu glücklich, wenn ich das riechen konnte.

Sie spielten das nächste Stück, ich legte mir den ersten Satz zurecht.

– Wieso hast du eigentlich so spät geheiratet?

Er war fünfunddreißig gewesen, und er soll in seinen jungen Jahren auch immer getönt haben, die Ehe sei nichts für einen Mann. Was hatte er wohl dazugelernt, was hatte ihn dazu getrieben, seine Überzeugung aufzugeben?

– Es ist schwer, alleine zu leben.

Ich wartete. Ich wartete, daß er mehr sagte, von seinen Liebschaften erzählte, von Eskapaden, die sich erschöpft hatten, von der Sehnsucht nach Kindern, von Kochkünsten, wie gut meine Mutter ausgesehen hatte, von der Liebe. Aber es kam nichts mehr. Alleine war es schwer, ja, aber Einsamkeit war ein Preis, den ich für viele Dinge in meinem Leben gezahlt hatte.

Das Stück war schon zu Ende, als ich noch eine Frage stellte.

– Und warum gerade sie?

Er sah kurz zu mir rüber, dann wieder auf die Rücklichter des Lasters, er lächelte.

– Sie schien ein guter Mensch zu sein, sie war schön, sie war jung, aber wahrscheinlich war es einfach nur Liebe.

Klasse. Sollte ich ihm von Filiz erzählen? Oder von der Liebe, wie ich sie mir vorstellte? Sollte ich ihm erzählen, daß Dominik mir fehlte, daß es mich manchmal ankotzte, diese Artikel zu schreiben, daß ich immer weniger wußte, was richtig und was falsch war, daß die Formen der Erniedrigung in den letzten Jahren subtiler wurden, daß Celal jetzt am Bahnhof abhing, daß ich mir manchmal wünschte, das Land, in dem ich lebte, einfach zu verlassen wie er damals, daß Orhan Veli immer noch mein Lieblingsdichter war, daß ich ihn mochte, den abscheulichen Gestank der Fabrik eben, daß ich immer noch Drogen nahm, obwohl er gehofft hatte, das würde sich mal geben, daß mir zu viele Schlangen im Garten waren?

Ich fing irgendwo an, redete, versuchte, etwas zu erzählen, das nicht zu erzählen ist, und war mir fast sicher, daß er mich verstand. Es tat gut, die Worte in die Nacht hineinzusprechen, es tat gut, sich für ein paar Momente frei zu fühlen.

Lange nachdem ich aufgehört hatte, bogen wir links ab, noch zehn Minuten, es ging auf Mitternacht zu, ich hatte Hunger, ich war müde, ich roch an meinen Fingern, aber der Geruch war nur noch schwach, er hatte auch fast dreitausend Kilometer hinter sich. Ich fühlte mich gut.

Meine Mutter hatte Linsensuppe gemacht. Ein Stück Brot, ein paar Neuigkeiten aus der Nachbarschaft, mein voller Magen, dieser lange Tag, mein Kopf war ganz leer, als ich mich hinlegte.

Ich wachte spät auf, die Sonne schien durchs Fenster, ich konnte mich nicht erinnern, geträumt zu haben, es roch nach Kaffee, ich stand auf und sah raus. Das Meer war unruhig, weiße Schaumkronen leuchteten auf der Oberfläche, man sah jede Menge Grün, das es im Sommer nicht gab, und man konnte herrlich weit blicken. Ich fühlte mich frei und sicher, wenn ich in jede Richtung den Horizont sah, die Stadt und der Urwald, davon habe ich nie geträumt.

Es ging auf Frühling zu, es gab im Garten jede Menge zu tun, nach dem Frühstück half ich meinem Vater. Ich mochte das, meiner Hände Arbeit, es befriedigte mich, und ich sah, was ich tat und wofür. Meistens arbeitete man ja für Geld, um sich damit Sachen zu kaufen, die einem auch nicht die Befriedigung verschafften, die man schon bei der Arbeit vermißt hatte.

Die meisten Menschen wollten nichts mehr produzieren, sie wollten nur kaufen, das war bequemer und barg auch nicht das Risiko von Blasen an den Händen, Blattläusen und Maulwürfen. Ging der Toaster kaputt, rannte man mit dem Garantieschein in den Laden. Und wieso Gemüse anpflanzen, wenn man es das ganze Jahr über kaufen konnte.

Ich sah mir den San-Pedro-Kaktus an, den ich vor drei Jahren gepflanzt hatte, damals war er ein Steckling von zehn Zentimetern gewesen, jetzt reichte er mir fast bis zur Hüfte. Vielleicht ließen sich ja doch irgendwo Peyotesamen auftreiben.

– Das Haus könnte mal einen neuen Anstrich gebrauchen, sagte meine Mutter beim Abendessen.

Ich fischte mir eine Gräte aus dem Mund und war im ersten Moment verärgert, meiner Hände Arbeit, ja, aber doch nicht soviel. Aber dann dachte ich, was solls, eh mein Vater sich damit abmüht oder sie am Ende noch jemand dafür bezahlen, mach ich es eben. Ich schwieg, mein Vater auch, ihm wäre es egal gewesen, wenn ich nein gesagt hätte, aber meine Mutter war anders, sie gab mir immer das Gefühl, ihr etwas schuldig zu sein.

So stand ich die nächsten paar Tage in den Hosen meines Vaters auf der Leiter und bekleckerte mich mit Farbe. Ich ließ es langsam angehen, nachmittags ging ich oft an den Strand und sah den Wellen zu. Es war noch zu kalt zum Schwimmen, ich nahm mir meistens ein Bier mit, eine Tüte Maischips, ein Buch und vertrödelte meine Zeit.

Ich mochte das Wasser, man sagte, es sei Leben, aber es war noch viel mehr. Es war Geduld, unbezwingbare Macht, es war Musik, Treue. Es waren ja die Regenfälle im Winter gewesen, die die Farbe von den Wänden des Hauses gewaschen hatten.

Schon als Kind hatte ich fasziniert vor dem Fernseher gesessen, wenn sie von Flutkatastrophen berichteten. Das Wasser hatte die Macht, so mußte man sein, weich und stark.

Eines Morgens, meine Eltern waren auf den Markt gefahren, ich hatte gefrühstückt und den Pinsel schon in der Hand, da ging ich noch mal rein, stellte den Tisch ans Fenster und packte meine Kladde aus. Ich schrieb den Satz, den, der mir damals in der Nacht mit Filiz eingefallen war. Lange genug hatte ich darüber nachgedacht, irgendwo in einer anderen Welt existierte das Ding schon, ich mußte es nur noch so gut wie möglich hier rüberholen. Ich schrieb den Satz und noch einen und noch einen, ich schrieb, bis ich zwei Seiten voll hatte. Dann sah ich nach draußen, es ging mir prächtig, es gab nicht viele Sachen, die mich so gut fühlen ließen.

Ich nahm die Rolle in die Hand, nur noch eine Wand, aber wenn die fertig wäre, könnte ich das Dach ausbessern, da hatte man eine herrliche Aussicht bei der Arbeit.

Ich bekam einen guten Rhythmus rein, ich stand so gegen neun auf, frühstückte, schrieb, hantierte auf dem Flachdach rum und setzte mich hinterher ans Meer. Abends saßen wir auf der Terrasse, ich trank Bloody Marys, von denen mein Vater behauptete, sie würden Magengeschwüre verursachen, manchmal kamen die Füchse bis in den Garten, dann wurden wir ganz still und bewegten uns kaum. Es war fast magisch, wenn wir zu dritt versuchten, einen Fuchs zu hypnotisieren. Manchmal hing ich einfach vor dem Fernseher, träge, blind für die Schönheiten da draußen.

Man müßte immer so leben, dachte ich, oder zumindest bis es langweilig würde. Die Nachrichten kamen mir vor, als gingen sie mich tatsächlich nichts mehr an. Ich hatte meinen Arsch für eine kurze Weile gerettet, das mochte egoistisch sein, aber ich hatte oft das Gefühl, die Menschen wollten gar nicht glücklich werden. Hier waren die Leute auch nicht anders als überall, aber die Sonne, die Sonne zählt, und sie hatten wenigstens bessere Laune.

Drei- oder viermal fuhr ich, wenn die Dämmerung einsetzte, einfach nur die Küstenstraße lang, ließ meine Gedanken schweifen, dachte an meinen Roman, an Anika und Filiz, an Dominik. Ich drehte ein wenig am Radio herum, erwischte zweimal ein Stück von Sezen Aksu, sah mir die Olivenbäume an, das Meer, die Kühe, die Ziegen und Esel, die kiefernbewachsenen Hügel.

Einmal fuhr ich an den Strand, an dem ich mich vor Jahren in eine Norwegerin verliebt hatte, deren Mutter sich oben ohne sonnte. Dort saß ich ohne Zigarette, ohne Bier, keine Mensch weit und breit, nur die Wellen und die Erinnerung an dieses Mädchen. Mir rollten zwei Tränen die Wangen runter, ich wußte nicht, ob vor Glück oder vor Wehmut, ich paßte nicht recht in mich hinein.

Ich dachte daran, mich auszuziehen und in die kalten Fluten zu stürzen, es war ein gutes Gefühl, eine Stunde lang ins offene Meer hinauszuschwimmen, im Wasser zu verschwinden, sich als einen Teil der Natur zu fühlen, aufzuhören zu existieren, sich in der Weite zu verlieren. Es war mir nie in den Sinn gekommen, ich könne es nicht zurückschaffen. Jack London hatte es auch immer geschafft.

Doch irgendwann stand ich auf und ging zum Auto, setzte mich rein, kurbelte das Fenster runter, machte das Radio an, dieser Blues, dieser anatolische Blues. Was haben wir schon gesehen und was getan auf dieser vergänglichen Welt.

Die Farben am Himmel veränderten sich, da der Polarstern, da der Mond und all diese Sterne, was trieb wohl jetzt die sommersprossige Süße mit den vollen Lippen, die ich so gerne geküßt hätte. Was war ihr alles widerfahren in diesen zehn Jahren, war sie glücklich, verheiratet, hatte sie Kinder?

Ich ließ den Wagen an, mir war kalt, zu Hause wartete eine Bloody Mary auf mich, doch ich kurvte noch ein wenig rum, wischte mir noch eine Träne weg, und noch eine. Ich konnte mich nicht entscheiden, ob es wunderbar oder beschissen war, aber ich war am Leben, und das war schon ziemlich viel.

Am nächsten Tag besserte ich die letzte Stelle am Dach

aus. Von da oben beobachtete ich meinen Vater im Garten, vielleicht würde er so seinen Infarkt bekommen, mit dem Schlauch oder der Schaufel in der Hand, aber ich verscheuchte den Gedanken.

Später kaufte ich mir eine Karte für den Abendbus, sechzehn Stunden, das würde eine Tortur werden, aber schließlich saß ich drin, meine Eltern standen draußen, wir hatten uns geküßt und umarmt, ich hatte in mich hineingehorcht, ob eine Stimme mir sagte, daß ich meinen Vater zum letzten Mal sähe, wie damals meinen Opa, aber ich fühlte mich nur vage unwohl.

Nach zehn Kilometern döste ich ein, die Gedanken flirrten lose in meinem Kopf umher. Die Platten, die ich heute nicht mehr höre, die mir aber immer heilig bleiben werden. Die Kämpfe in der Patronenstadt, eine verkrampfte Besessenheit. Wie man beim Kotzen das letzte aus seinen Eingeweiden herausholt und sich der Brustkorb zusammenzieht, dieser Schmerz. Hätte er eine Hilfe sein können im Leben ohne Helden. Hätte er König werden können im Land der Blinden. Wo waren die heiteren Tage. Alles hat sich abgenutzt, nur die Sehnsucht ist geblieben. Wie sehr konnte man seine Vergangenheit glorifizieren. Die Freude, sein Leben als Fisch in einer Wodkaflasche zu fristen. Woher das Mißtrauen gegen die Wissenschaft, woher der Aberglaube und der Vorsatz, einen Roman stets an einem Sonntag zu beginnen. Diesmal gibt es kein Entkommen. Der Silver Surfer hatte wenigstens sein Brett. Ich vertraue den Bergen, dem Meer, den Sternen, wem soll man auch sonst vertrauen. Ach, es war nur Büchersprache, sogar mitten in meinem Elend war es nur Geschwätz. Wie schön ist es, Schwarz zu tragen in den ersten Frühlingstagen, damit die Sonne einen wärmt. Du darfst ruhig das Ruder sein, solange ich nur das Wasser bin. Wo waren meine Visionen, was sangen die Vögel. Ich aber werde dasitzen und Texte schreiben zur Musik der alten Götter. Beuge dich niemals. Und wenn es nur galt, draufloszugehen, dann war ich der Mann dazu.

Wenn nur die schlechten Träume Lügen sein könnten und die guten wahr werden. Sela.

14

Es war ein herrliches Wetter, keine Wolke am Himmel, ein ganz sachter Wind, ich saß auf dem Balkon, die Füße auf der Brüstung, und diese cremefarbenen Häuser sahen in dem grellen Sonnenlicht sehr freundlich und schön aus, auch wenn sie manchmal zehn Stockwerke hatten. Die Bäume grünten, und von hier oben konnte man sich einbilden, die ganze Stadt zu übersehen. Ich merkte, wie ich leicht unter den Armen schwitzte, na, das war doch mal was, hier konnte ich es aushalten, ich schloß die Augen und legte den Kopf zurück, sah mir das Orange hinter meinen Lidern an, spürte die Wärme und verscheuchte jeglichen Gedanken.

Als die Sonne ihren Zenit eine Weile überschritten hatte, stand ich auf und ging in die Küche. Ich stellte das Radio an und begann Zwiebeln zu schälen.

Als ich gerade nach dem Olivenöl suchte, hörte ich den Schlüssel in der Tür. Dilek kam rein, schleuderte ihre Tasche in die Ecke, sagte Hallo, zog sich die Schuhe aus und schnappte sich gleich die Fernbedienung.

– Wie wars in der Schule?

– Ziemlich anstrengend, ich bin total geschafft, sagte sie und versuchte wie eine Erwachsene zu klingen.

Sie hatte eine japanische Zeichentrickserie erwischt, die mochte ich auch, weil fast alle Figuren riesige Augen hatten. Ein Schulmädchen in Uniform schlief gerade im Unterricht ein.

– Erzähl mir nichts, du hast doch auch die ganze Zeit so dagehangen.

Sie drehte den Kopf zu mir. Die Augenbrauen hatte sie von ihrem Vater, dichte, tiefschwarze, fast schnurgerade Augenbrauen. Dann sah sie wieder zum Fernseher, das war keiner Antwort würdig.

– Wo habt ihr Olivenöl?

– Weiß ich nicht, mußt du suchen.

Sie stellte den Ton etwas lauter, ich ließ sie in Ruhe und ging wieder in die Küche. Als Duygu kam, war das Essen fertig, wir setzten uns an den Tisch, Dilek zählte alle Serien auf, die sie heute noch sehen wollte, es nahm gar kein Ende, Duygu sagte:

– Natürlich ...

Dilek schaute von ihrem Teller auf.

– Ja, was dachtest du denn, natürlich nachdem ich meine Hausaufgaben gemacht habe.

Gestern abend hatten wir dagesessen, Duygu auf dem einen Sofa, ich auf dem anderen mit einer Dose Bier in der Hand, wir hatten geredet, es gab nichts, das wir uns nicht erzählt hatten, wir sahen uns nicht oft, aber wenn, dann redeten wir die Nächte durch. Nach zwei oder drei Uhr passierte es mir in dieser Wohnung immer, daß ich die Konturen schärfer sah, daß die Gegenstände sich stärker abzuheben schienen, gerade so, als würde eine psychedelische Droge anfangen zu wirken.

Dilek hatte rumgehampelt, ich hatte es nicht nervig gefunden, aber sie war halt im Zimmer und hatte alles mit einer unregelmäßigen Geräuschkulisse untermalt, und Duygu hatte irgendwann gesagt:

– Dilek, nimms mir nicht übel, ich bin deine Mutter, du weißt, ich liebe dich, aber ich kann dich im Moment einfach nicht mehr sehen. Würdest du bitte in dein Zimmer gehen?

– Ja, Mama, hatte sie mit ihren neun Jahren gesagt, sie war nicht im geringsten beleidigt gewesen, das hatte mich beeindruckt. So ein Verhältnis hätte ich später auch gerne zu meinen Kindern. Ich hatte oft den Verdacht, daß sogar in den meisten Ehen die Leute zwanzig Jahre lang zusammenlebten, ohne daß sie gelernt hätten, miteinander zu sprechen.

Nach dem Essen setzte sich Dilek an ihre Hausaufgaben, die Fernbedienung schön neben ihrem Heft deponiert, Duygu und ich beschlossen spazierenzugehen. Die Luft war mild, ein wenig trocken vielleicht, wir gingen ziellos durch die Straßen und schwiegen.

– Schreibst du wieder? fragte sie nach einer Weile, sie hatte wohl meine Kladde auf dem Balkon gesehen.

– Hmm.

– Hast du den Stift noch, den ich dir damals geschenkt habe?

Den hatte ich nicht mehr, es war ja auch Jahre her, er war halt irgendwann kaputtgegangen, und ich hatte mich ein paar Stunden schlecht gefühlt deswegen. Manchmal kam ich nicht umhin, mein Herz an Dinge zu hängen.

– Darf ich dir einen neuen kaufen?

Ein paar Minuten später hatte ich zwei neue Druckbleistifte, die gut in der Hand lagen, und genug Minen in Stärke B, um ein Jahr lang jeden Tag zwei Seiten schreiben zu können. Ich mochte, wie sich Bleistifte auf dem Papier anfühlten, so weich, geschmeidig, und ich konnte damit schneller schreiben als mit einem Kuli oder Füller. Meine Tränen aus Tinte, das hörte sich vielleicht schön an, aber ich hielt es so wie Hunter S. Thompson, der sich immer die schnellste Schreibmaschine besorgte, die es gab, um mit dem Rausch mithalten zu können. Nur ich, ich mochte keine Maschinen, weil man damit die wütenden Stellen nicht ins Papier hineindrücken konnte.

Wir gingen weiter, die Sonne neigte sich, wir sprachen übers Älterwerden, und Duygu sagte, sie würde sich nicht mehr so gut amüsieren wie früher.

– Als ich jünger war, meinte sie, war ich verrückter, voller, heißblütiger, ich konnte mich schneller begeistern, manchmal glaube ich, ich habe mehr gefühlt.

Immerhin war sie sechs Jahre älter als ich, und man mußte sich nur umblicken, um zu sehen, wie eine Menge Menschen immer weniger wurden, weniger lebendig, weniger anspruchsvoll, weniger rebellisch und weniger verträumt. Vielleicht wurden sie reifer oder machten sich einfach weniger vor.

Ich mochte fremde Städte, fremde Landschaften, Angewohnheiten. Das ließ einem Platz zum Träumen, man konnte sich alles auf eine wunderbare Art und Weise erklären, man konnte glauben, den Sachen wohne ein Zauber inne, man wußte so wenig, man konnte sich einbilden, daß es wirklich gut war, so wie es war.

Je länger man aber irgendwo blieb, desto eher sah man die Dinge trostlos, man machte sich nichts mehr vor. Möglich, daß es im Leben auch so war, die Illusionen, die Magie und die Vorstellungen würden Stück für Stück verschwinden, bis eines Tages nichts mehr übrigblieb. Man würde feststellen, daß die Wahrheit nichts war, leer und hohl.

Das war es vielleicht, was die Mystiker unter Erleuchtung verstanden. Sich von allem lösen, von seinen Gedanken und Vorstellungen, von den Bildern, die man sich von der Welt macht, von seinen Wünschen und Ängsten. Vielleicht war das ja auch ein Weg, man mußte nur bereit sein, ihn bis zum Ende zu gehen.

Vielleicht. Ich wußte es nicht, es wurde nur immer schwerer, etwas zu finden, das die Mühe wert war, etwas, woran man glauben konnte, es wurde immer schwerer, sich im Herzen ein Gefühl für das Unerreichbare zu bewahren.

Wir waren mittlerweile am Stadtrand, ich kannte diese breite Straße hier gut, den unbefestigten Weg da vorne, der zum Bach führte, diesen Hügel, den die Kinder auf selbstgebastelten Gefährten runterdonnerten, die freie Fläche, wo ein Esel graste.

Als ein alter Mann an uns vorbeiging, ungewaschen, unrasiert, erinnerte ich mich daran, wie die Kappe meines Opas gerochen hatte. Wenn er sie früher irgendwo vergaß, nahm ich sie und hielt sie an meine Nase. Es war ein ganz eigener Geruch, mit nichts zu vergleichen. Viel später hatte ich einen ganzen Sommer lang eine Mütze getragen und nie gewaschen, weil ich wollte, daß sie auch so roch, ein wenig säuerlich, muffig, ein wenig nach Talg und Haaren, die zu lange nicht gewaschen worden sind, aber es ging nicht.

Es war nicht mehr weit zu dem Tor weiter hinten.

– Komm, laß uns auf den Friedhof gehen.

Am Eingang sah Duygu mich kurz an, dann bogen wir rechts ab, da hinten irgendwo war das Grab ihres Mannes, ich hätte es alleine wahrscheinlich nicht gefunden.

Fatih Akgöz, Friede seiner Seele. Der Busfahrer war eingeschlafen und von der Straße abgekommen. Duygu hatte über ein Jahr lang zu Hause gesessen und die Wände angestarrt.

Manchmal saß ich da, hatte sie erzählt, und habe mich stundenlang nicht bewegt, keine Musik, kein Radio, nichts, selbst wenn ich auf die Toilette mußte, bin ich erst aufgestanden, wenn ich es nicht mehr aushielt. Wenn du so lange nachdenkst, weißt du irgendwann gar nicht mehr, wer du bist.

Ich hatte keine Ahnung von ihrem Schmerz. Sie hätte gerne gewußt, ob es eine Liebe fürs Leben gab, aber nun würde sie es nie herausfinden. Der erste Mann, den sie geliebt hatte.

Doch das Leben ging weiter, es geht immer weiter, die Welt hält nicht an, nur weil du in ein Loch fällst, wo Zeit nicht mehr existiert. Da war Dilek, und sie mußte sich um sie kümmern, da war ihre Schwägerin, mit der sie so oft zusammen geweint hatte, daß nichts mehr das Band zwischen ihnen zerreißen konnte.

Man gewöhnt sich an alles, schließlich hatte sie angefangen, in einer Boutique zu arbeiten. Man lebt jeden Tag ein bißchen, man wird jeden Tag ein klein wenig jemand anders, und nach Jahren schaut man zurück, und es kommt einem so vor, als wäre die ganze Scheiße jemand anders passiert.

Duygu ging in die Hocke, es kam mir falsch vor, so daneben zu stehen, mit den Händen in den Taschen, ich fühlte mich nicht unwohl, aber trotzdem. Ich hockte mich neben sie. Es war still. Still. Die Minuten vergingen, ich dachte an das Buch, das er mir geschenkt hatte, *Yaşamak güzel şey be kardeşim*, ein gutes Buch, ich hatte es gerne gelesen. Ich hörte seine Stimme, hörte ihn noch mal sagen: Meine Jugend ist manchmal so müde.

Ihr Rücken zuckte nicht, auch ihr Atem ging nicht anders, aber ich wußte, daß Duygu jetzt weinte. Ich erinnerte mich daran, wie sie mir in den Ferien Räubergeschichten erzählt hatte, da mußte ich so vier oder fünf gewesen sein. Sie hatte sich abends zu mir ins Bett gelegt und angefangen, etwas zu erfinden, ich konnte mich an keine einzige Geschichte mehr erinnern, aber ich wußte noch, daß jedesmal

Räuber und Diebe darin vorkamen, und wie sehr es mich faszinierte, daß sie jeden Abend eine neue zu erzählen wußte, nachdem ich schon geglaubt hatte, alle Märchen und Geschichten zu kennen.

Ich sah zu ihr hinüber, sie legte die Hände übers Gesicht. Es verstrichen ein, zwei Minuten, sie kam nicht mehr oft hierher, soweit ich wußte, irgendwann stand ich auf, hockte mich hinter sie und hielt sie fest. Sie hörte auf zu weinen, drehte den Kopf zu mir und lächelte leise, ich lächelte zurück, man muß sein Herz nicht immer wieder mit Gram füllen. Sie stand auf, hielt die Hände mit den Handflächen nach oben und betete. Ich blieb auf den Fersen sitzen, die Hände über den Knien verschränkt, ihr Götter, seid gut zu meiner Cousine.

Ich hätte den Weg im Halbdunkel wohl nicht mehr alleine gefunden, ich war erst zum vierten Mal hier, im Grunde hatte ich nicht viel für Friedhöfe übrig, der Ort des Gedenkens war mir egal. Ich konnte genausogut auf einer Sommerwiese sitzen und dem Geist meines Opas nahe sein, oder morgens im Bett, wenn ich von ihm geträumt hatte, aber jetzt hatte es mich doch hierhergezogen und ich sah auf den Grabstein mit dem Geburtsjahr, das noch aus einer anderen Zeitrechnung stammte. Sechs Jahre war er nun tot.

Duygu hatte recht, sie waren immer noch da, oder vielleicht mußte man einfach nur genug lieben, das war stärker als ein Herz, das schlug.

Wir hockten uns beide wieder auf die Fersen, ich hatte ihn genau vor Augen in seinem abgewetzten dunkelblauen Dreiteiler, die Uhr in der Westentasche, die Hose zum Knöpfen, weil Reißverschlüsse neumodischer Unsinn waren, ein Wollhemd, oft diese billigen Plastikschuhe an den Füßen, die Kappe auf dem Kopf, die großen Ohren, die Runzeln und Falten. Ich sah ihn vor mir, wie er seinen Tee mit viel Zitrone trank, ich erinnerte mich an die Flecken auf dem Anzug, als er sich mit dem Moped hingelegt hatte, weil seine Koordinationsfähigkeit langsam nachließ. Eine Woche war er nicht mehr gefahren, dann war es ihm zu blöd geworden, auf seine Kinder und Enkel zu hören.

Ich dachte an die Weisheiten, die er manchmal von sich gab. Wer keine Geduld hat, einen Knoten zu lösen, wird es nie weit bringen. Zuviel von einer Sache ist zu nichts gut. Oder wie er sagte: Nach meinem Sechzigsten sind meine Augen geizig geworden, ich weine nicht mehr.

Einmal hatte er uns in Deutschland besucht, ich war damals sieben oder acht. Vormittags, wenn keiner zu Hause war, ging er spazieren, und beim Essen erzählte er mir, wo er überall gewesen war, er kam ganz schön rum. Zuerst wollte ich ihm nicht glauben, doch er beschrieb mir die Geschäfte, die Brücken, die Flußbiegung, die Parks und die Viertel. Je älter ich wurde, desto mehr faszinierte mich das. Dieser Mann, der sich noch nie länger als zwei Wochen in einer Großstadt aufgehalten hatte, der ganz andere Straßen und Häuser gewohnt war, dieser Mann erkundete in aller Seelenruhe zu Fuß die Stadt, ohne sich ein einziges Mal zu verlaufen.

Und ich erinnerte mich, wie ich einen Brief von meiner Tante aus dem Kasten gefischt hatte, ich wollte, daß mein Opa ihn mir vorlas, er würde sich bestimmt freuen. Ich gab ihm den Brief, und er sagte: Ich kann das nicht lesen. Aber er ist doch türkisch, er ist von meiner Tante. Er lächelte und schüttelte den Kopf, ich hatte lange gebraucht, um das zu verstehen.

Der Schmied, ein großer Mann, der mit fünfzig aufgehört hatte, zu trinken und zu rauchen, ich hatte viel von ihm gelernt, indem ich einfach nur zusah. Wie er sich zurücklehnte, wie er mit der Schubkarre Dünger ausfuhr, wie er im Schatten saß, wie er Backgammon spielte, wie er Gott für so viele Enkel dankte, wie er seine Narben an den Beinen kratzte. Gewinn und Verlust sind Brüder, sagte er, sinnlos, einem hinterherzulaufen, sie treffen sich sowieso immer wieder.

Er lebte, er lebte mit den einfachen Dingen, er war in Frieden. Manchmal wurde er zornig wegen Nichtigkeiten, dann zerstörte er etwas mit unerwarteter Brutalität, reagierte sich an den Holzwänden des Schuppens ab oder sprach tagelang kein Wort mehr, aber das gehörte wohl dazu. Ich hoffte, man könnte seinen Eigensinn immer mehr ausleben, je älter man wurde. Aber vielleicht war das nur früher so.

Dieses Bild, er auf den Treppenstufen in den weiten Hosen, wie sie die Leute auf den Dörfern trugen, Hemd und Strickweste, ohne seine Mütze, fast schon tot, aber mit mehr Würde, als ich mir jemals erhoffte.

Vielleicht wollte ich auch so ein Leben. Ich richtete mich auf. Mir wurde schwarz vor Augen. In der Viertelsekunde, die mir blieb, erkannte ich mit einer erstaunlichen Klarheit, daß ich das Bewußtsein verlieren würde.

Wenn man zu sich kommt, gibt es diese Augenblicke voller Zweifel, in denen man nicht weiß, wann die Zeit und wo der Ort und ob man wirklich ist. Ich hörte Duygu aufgeregt reden, es war weit weg, ich wußte nicht, was sie sagte, ich wünschte, sie würde still sein und mich einen Moment in Ruhe lassen. Ich mußte erst herausfinden, wer ich war und wie ich hierhergekommen war.

– Gut, brachte ich heraus, nachdem sie ein wenig an meiner Schulter gerüttelt hatte, mit noch mehr Anstrengung: Nichts passiert.

Das schien sie ein wenig zu beruhigen, aber sie wollte wohl, daß ich aufstand, ich hatte kaum Kraft genug dazu, nur noch wenige Sekunden, ach ja, ich erinnerte mich jetzt, mir war schwarz vor den Augen geworden, das war schon lange her, ich hatte es gewußt, und dann mußte ich der Länge nach hingeschlagen sein, auf das Grab, Erde im Mund und ein seltsamer Geschmack, keine Schmerzen. Ich rappelte mich langsam auf, Knie, Ellenbogen in Ordnung, Duygu plapperte immer noch aufgeregt, ich beugte mich vor und spuckte die Erde aus, sie war rot. Blut, das war Blut, ich hatte mir auf die Zunge gebissen. Duygu legte eine Hand auf meine Schulter und eine auf meinen Rücken, es fühlte sich gut an, ich drehte mich zu ihr und versuchte zu lächeln. Nichts passiert, keine Sorge.

– Du blutest, schrie sie.

– Ich glaube, ich habe mir auf die Zunge gebissen.

Jetzt wird sie gleich komplett hysterisch, dachte ich, ihre Augen sahen so anders aus, ungläubig, entsetzt, panisch. Ich hatte sie noch nie so gesehen.

Und dann merkte auch ich, wie es mir vom Kinn tropfte, ich wischte es mit einer Hand weg und wollte herausfinden, was genau los war. Duygu verstummte. Ja, ich hatte mir auf die Zunge gebissen, ich fuhr ein wenig im Mund herum, die Zähne waren noch alle da und ... und ich hatte ein Loch in der Unterlippe, kurz unter den Zähnen, ich konnte fast meine Zunge durchstecken. Mir wurde heiß und schlecht. Duygu hatte sich wieder im Griff.

– Alles klar, mein Schatz? fragte sie, ich nickte langsam, mit einem Taxi rasten wir ins Krankenhaus.

Dilek wollte es ganz genau wissen, und ich versuchte ihr zu erklären, wie es ist, wenn der Kreislauf zusammenbricht, aber sie konnte es sich einfach nicht vorstellen. Daß sie mit Nadel und Faden genäht hatten, daß leuchtete ihr ja noch ein, sie ließ es sich haarklein erzählen, aber bewußtlos wurden Leute nur im Fernsehen.

– Komm her, sagte ich schließlich, hock dich hin, atme ganz tief ein und aus, ganz tief, schneller, ja, gut, jetzt steh auf, steck deinen Daumen in den Mund und blas kräftig.

Ich fing sie auf.

– Und mach das nie alleine.

Sie strahlte, als sie wieder ganz bei sich war, sie lief in die Küche.

– Mami, Mami, ich bin auch ohnmächtig geworden.

Ich hatte das Gefühl, etwas falsch gemacht zu haben, doch ich erinnerte mich, wie mich schon als Kind fremdartige Zustände fasziniert hatten. Ich hatte mich im Kreis gedreht und war dann abrupt stehengeblieben, ich mochte diesen Schwindel, das schwankende Zimmer, die Gleichgewichtsstörungen, manchmal war ich auch hingefallen.

Nach dem Essen sahen wir uns einen Film an, eine Komödie, Dilek legte ihren Kopf in meinen Schoß und ließ sich die Haare kraulen und den Rücken streicheln, das durfte sonst nur ihre Mutter, es war fast so, als wolle Dilek mir Trost spenden für das Unglück, das mich heute ereilt hatte.

Die Pointen waren flach, das Bier war alle, aber auch das war mir egal, Dilek schlief ein, ich fuhr mit den Fingern über ihre Augenbrauen, ich hörte nun auch Duygu leise schnarchen. Ich hatte noch sieben Tage.

Ich träumte schlecht. Ich erlebte am Anfang noch einmal, was ich schon in der wachen Welt erlebt hatte, fast haargenau das gleiche. Die Stimme am Telefon sagte: Wir nehmen Ihr Manuskript. Es sammelten sich Tränen in meinen Augen, mit zittriger Stimme machte ich noch ein wenig Konversation. Duygu stand da und sah mich an. Ich legte auf. Eine Zigarette, sagte ich, sie gab mir auch Feuer, ich rauchte und weinte leise.

– Was ist passiert?

Ich brauchte vier oder fünf Atemzüge, bis ich meine Stimme fand.

– Sie nehmen mein Manuskript.

– Und ich dachte schon, es ist etwas Schlimmes.

Es war etwas Schlimmes, auf seine Art. Das waren keine Freudentränen, es tat weh. Es tat so weh. Wie lange war ich jetzt herumgelaufen, wieviel Absagen hatte ich eingesteckt im Laufe der Jahre, wie viele Zweifel war da gewesen, wieviel Hoffnung, wieviel Dunkelheit und jetzt zum ersten Mal das. Ich konnte mich nicht freuen, ich war sogar ein wenig wütend, es hatte zu lange gedauert, ich fühlte mich betrogen, und da war dieser Schmerz, den ich noch gar nicht kannte. Ich konnte es ihr zuerst nicht erklären. Weißt du, wenn du als Kind um etwas gebettelt hast, lange, immer wieder, und es am Ende bekommst, dann hat es keinen Wert mehr.

Duygu verschwand, und auf einmal war mein Opa da.

– Du suchst an den falschen Stellen, sagte er, du suchst nach Antworten bei Menschen mit Größenwahn. Aber der Mensch erhebt sich nicht, nur die Kakerlake erhebt sich. Du hast dich selbst noch nicht kennengelernt, der einzige Vorteil, auf dem Weg noch andere kennenzulernen, ist, daß einer von ihnen dich zwingen könnte, dich selbst zu sehen.

Er verwandelte sich in eine riesige Mücke, das Sirren erfüllte das Zimmer, das Geräusch verursachte mir eine Gänsehaut, ich ekelte mich, ich wollte schreien, aber es ging nicht. Die Mücke kam auf mich zu, ich wußte, sie würde mich aussaugen und nur einen Haufen Haut und Knochen zurücklassen, ich wollte weglaufen, doch meine Beine ließen sich nicht bewegen, die Mücke kam ganz langsam näher, ich strengte mich an, aber ich hatte gar kein Gefühl mehr von der Hüfte abwärts. Einen Ausweg, ich dachte nach, wie ich nur fliehen konnte. Es mußte eine Möglichkeit geben. Die Mücke kam noch näher, sie setzte sich auf meinen Kopf, ich konnte sie genau spüren, ein Tier so groß wie ein kleiner Hund, o Gott, sie will mir das Gehirn aussaugen, o bitte nicht, nein, nein …

– Ruhig, mein Schatz, ruhig …

Ich schlug die Augen auf, gerettet. Es war bereits hell, Duygu saß auf der Bettkante, eine Hand auf meinem Kopf.

– Ich wollte mir nur mein Kleid aus dem Schrank holen, und du sahst aus, als würdest du gerade schlecht träumen.

Sie fuhr mir durch die Haare, wie liebevoll und fürsorglich sie doch war. Dann stand sie auf, holte ein dickes Buch aus einer Schublade und legte es mir neben das Kopfkissen, sie gab mir noch einen Kuß auf die Stirn und ging aus dem Zimmer, sie mußte bald zur Arbeit.

Auf dem Buchdeckel waren fliegende Fische, Wellen und Seifenblasen, Traumdeutungen stand drauf, es war von einer alten Zigeunerin geschrieben, die sich auf jahrhundertealte Überlieferungen berief, wenn man dem Klappentext glauben wollte.

Ich schlug nach. *Mücken symbolisieren meistens hinterhältige, skrupellose Menschen, die Gelegenheiten abpassen, um einem weh zu tun. Wer in seinem Traum von einer Mücke angegriffen oder gestochen wird, dem wird von einem solchen Menschen Schaden zugefügt werden.*

Na klasse, ich stand auf und ging auf Toilette, ich hatte keine Lust, noch mal einzuschlafen, auch wenn ich nicht unbedingt an diese Deutung glaubte. Aber manchmal ist man ja sogar versucht, seinem Horoskop in der Zeitung Bedeutung beizumessen. Mein Opa, jetzt war er in meinen Traum gekommen. Aber was hatte er mir sagen wollen, wieso hatte er nicht von der Liebe gesprochen, von den Frauen und der Macht der Gefühle.

Ich pinkelte und sah mir danach mein Gesicht im Spiegel

an. Ich hatte die Wahl, ich konnte mir so einen Ziegenbart stehenlassen, oder ich rasierte mich die nächsten zehn Tage gar nicht mehr. Die Entscheidung fiel mir nicht schwer.

Dilek und Duygu mußten los, ich setzte mich an den Frühstückstisch, es war noch genug Kaffee da, ich aß in Ruhe und sah mir durch das Fenster das Treiben unten auf der Straße an. Nach der dritten Tasse stand ich auf, stellte einen Tisch auf den Balkon, einen Stuhl, holte meine Kladde, die neuen Stifte, es gab Tage, da ritt ich stundenlang auf einem Satz rum, und es gab Tage, da war ich nach einer Stunde fertig, und heute war ein guter Tag. Als ich den Stift weglegte, seufzte ich zufrieden, die Sonne schien warm, wieder drinnen, brauchten meine Augen einige Zeit, bis sie sich an das Dunkel gewöhnten, ich stieß mit dem kleinen Zeh gegen das Tischbein, aber ich lächelte wie ein Idiot.

Ich legte meine Reggaekassette ein, Punani Addict Mix, und machte mich daran, das Geschirr zu spülen. Das war wunderbare Musik, zumal bei dem Wetter, Bounty Killer, Buju Banton, Lady Saw, Garnett Silk, Beenie Man, Junior Reid, das hier war beschwingt, voller Liebe, tanzbar, baßlastig, wise up, rise up and keep your heads up.

Später saß ich wieder auf dem Balkon und cremte mir die Hände ein, die B-Seite lief, man brauchte nicht so viel, auf das meiste konnte ich verzichten. Zeitvertreib, das meiste, was ich trieb, war Zeitvertreib.

Kein Mensch brauchte Kinos, fünf Abende die Woche in der Kneipe, eine Playstation, Ausflüge nach Amsterdam, Luftpistolen, eine neue Hose, bevor die alte zerschlissen war, alle zwei Jahre eine neue Winterjacke, Essen in Restaurants, nein, ich brauchte nicht mehr als eine Handvoll Bücher und gute Musik, ich brauchte all diese käuflichen Dinge nicht zu meinem Glück, auch kein Papier und keinen Stift, hepsi fasafiso. Man vertrödelte nur so angenehm wie möglich die Zeit zwischen den großen Augenblicken, die eh kamen und gingen, wie sie wollten, ab und zu blieben Bilder und Gefühle hängen, und die waren meistens noch nicht mal aus Nächten in den Armen einer Frau.

Ich sah der Sonne zu, wie sie wanderte, später ging ich ein

wenig spazieren, es ging mir doch gut hier. Oder war das nur Urlaub. Mein Kopf war angenehm leer. Was ich in meiner Freizeit tue? Frei sein, was sonst.

Ich kaufte Hähnchenbrust und eine Kokosnuß, Mandeln, Paprika, Karotten und Wein, ich aß gerne, ich kochte auch gerne, die einfachen Sachen, die befriedigen, wieder die A-Seite, nice, fat and sexy, es würde ein köstliches Abendessen werden. Es war schon sehr viel, jemanden zu haben, den man gerne bekochte.

Dilek ging früh zu Bett, keine Ahnung warum, doch sie wurde nicht müde, mich für dieses Mahl zu loben. Duygu und ich holten uns noch ein Eis an der Ecke, und auf einmal war es ganz leicht. Ich erzählte ihr alles über Filiz, ich erzählte ihr, was ich getan hatte, wie verwirrt ich war, wie sehr mich das alles bedrückte, auch wenn es im Moment herrlich weit weg war. Ich konnte noch nicht mal jemandem wie Patrick mit Liebe begegnen. Ich ertappte mich dabei, wie seine Mißerfolge, geplatzten Deals und dergleichen mich freuten, daß ich dachte, siehst du, ich wußte es ja, so kann man die Dinge nicht angehen, natürlich läuft es schief, wenn man nicht mit dem Herzen bei der Sache ist. Und ich schämte mich dessen.

Möglich, ich war früher verliebt in mich und habe mich mir nur von meiner besten Seite gezeigt, weil ich mir gefallen wollte, nun war der Rausch verflogen, und ich sah mich, wie ich wirklich war, und konnte die Faszination, die ich früher auf mich ausgeübt hatte, nicht mehr verstehen.

– Zwei Sachen, sagte sie, ich glaube, man vertraut jemandem vom anderen Geschlecht immer mehr an, es ist irgendwie leichter, das könnten die besten Freundschaften sein. Und es gibt keine enge Freundschaft zwischen Männern und Frauen, bei der es nicht auf die eine oder andere Weise auf Sex hinausläuft.

Vielleicht hatte ich mich mal wieder schlecht ausgedrückt.

– Ich wollte gar keine Freundschaft mit Filiz, ich wollte mit ihr ins Bett, ich wollte mit ihr glücklicher werden, als ich es mit Anika je war, ich wollte die Erlösung, ich wollte Sex, ich wollte leben, alles …

– Du weißt, was unser Opa immer gesagt hat.

Ich nickte.

– Ich hatte noch nie das Problem. Als ich das erste Mal nach Fatihs Tod …

Sie wischte es mit einer Handbewegung beiseite.

– Ich habe mich auch nicht gut gefühlt, ich dachte, es ginge nie wieder … Ich glaube nicht, daß du ein schlechter Mensch bist. Nein, das bist du nicht.

Ich seufzte zum zweiten Mal an diesem Tag.

15

Zur Halbzeit lagen sie 29:42 zurück, das hier war ein Pokalfinale, der Trainer schrie und tobte. In Sonays Mannschaft waren zwei Frauen, die ich noch nicht kannte. Die eine spielte Shooting guard, eine muskulöse Frau, nicht breit oder gar stämmig, aber mit Schultermuskeln, die mich beeindruckten. Und einer Ausstrahlung, als sei sie sich sicher, daß sie die Trophäe am Ende holen würden.

Es war ein Auswärtsspiel, ich hatte Sonay sowieso noch sehen wollen, und nun war sie hier. Wir hatten uns am Abend zuvor im Hotel getroffen und ein wenig in der Lobby rumgelungert und erzählt. Sie durfte nicht raus und sagte, im Grunde habe sie gar keine Lust, morgen zu spielen. Es war ihr zu anstrengend, sie machte es nicht mehr für Ruhm oder Ehre oder für den Sieg, sie spielte nur noch, um ihren Platz in der Mannschaft behaupten zu können und das Geld einzustreichen. Es war ein Geschäft wie jedes andere auch, alles mögliche wurde heutzutage zum Geschäft. Sein Hobby zum Beruf machen, so was gab es nicht, sein Hobby vermarkten, mußte es heißen. Es gab kaum noch Möglichkeiten, die Dinge um ihrer selbst willen zu tun.

Sonay verdiente in einem Jahr mehr als ich bisher in meinem ganzen Leben, was auch daran lag, daß ich noch nie viel verdient hatte.

Wir wußten beide nicht, wie es war, jeden Morgen um die gleiche Zeit aufstehen und einer Arbeit nachgehen zu müssen, bei der man einen Vorgesetzten hatte, einer Arbeit, die acht Stunden am Tag dauerte und nicht die Möglichkeiten zu reisen in sich barg. Wir hatten beide ein Geschenk bekommen, das wir vielleicht nicht richtig zu schätzen wußten, und sie machte einfach möglichst viel Geld damit, ließ sich den Spaß bezahlen, der ihr vergangen war.

Ich ließ noch eine Bloody Mary auf ihre Rechnung setzen, hörte zu, wie einer der Hotelangestellten mit ihrem Trainer fachsimpelte, die halbe Welt lief jetzt irgendeinem Ball hinterher oder schaute dabei zu, es hatte kaum mehr was mit Sport zu tun. Selbst Silbermedaillen waren Mißerfolge. Woran hats gelegen, war die Frage, warum nicht Erster? Daran, daß ich so gut bin, sonst hätte ich es nie bis hierher geschafft.

In den ersten drei Minuten der zweiten Halbzeit machte Sonays Mannschaft keinen einzigen Punkt, sie nahmen eine Auszeit, der Trainer schrie da unten rum, er hatte einen roten Kopf, von meinem Platz aus konnte ich sehen, wie die Adern an seinen Schläfen schwollen. Ich betrachtete diese Frau genau, die Nummer zwölf, sie wirkte sehr maskulin, sie hatte etwas, das mich ansprach, auch wenn ich nicht den Finger drauflegen konnte. Sie stand da und lächelte verächtlich, der Trainer konnte sie mal mit dieser neuen Taktik.

– Sie gewinnen, sagte ich zu Duygu.

– Glaubst du?

– Ich weiß es.

Der Trainer würde morgen heiser sein. Duygu sah mich an und schüttelte den Kopf. Ich wußte, daß sie gewinnen würden, ich fühlte es, manchmal geht so etwas, ich konnte mich gut an das letzte Mal erinnern. Ich hatte auf die Sechsundzwanzig gesetzt und auch noch angekündigt, daß ich gewinne, jemand hatte gesagt, daß Menschen mit Zahnlücken Glück im Leben haben, es hatte ewig gedauert bis zur Ziehung, es war mir schon peinlich gewesen, weil ich wußte, daß mich gleich alle ansehen würden. Dann hatte dieser Typ meine Nummer aus dem Säckchen gezogen, Erlebnisgastronomie, ich bekam eine Flasche Sekt, Zigarren, Schokolade, Erdbeerwein und ein Feuerzeug, Hauptgewinn. Ich hatte alles verschenkt.

Manchmal geht irgendwo eine Tür auf, und man weiß es einfach, als wäre die Zukunft schon festgeschrieben. Ich hätte mein Leben gesetzt, obwohl ich kein Spieler bin. Sonay erwischte einen guten Lauf, sie machte neun Punkte in Folge, jetzt lief es auf einmal bei allen.

Doch sechs Sekunden vor Schluß lagen sie immer noch mit zwei Punkten zurück, die Nummer zwölf hatte den Ball, sie dribbelte ihn vom Korb weg zur Dreierlinie, drehte sich um, sah ihrer Gegenspielerin ins Gesicht, es war mir ein Rätsel, wieso der Trainer der Gegenmannschaft nicht ein taktisches Foul begehen ließ, glaubte er etwa schon an den Sieg. Die Zwölf täuschte einen Wurf an, nahm den Ball runter, lächelte und setzte ihn dann völlig gelassen rein. Der Jubel war groß, jetzt hatte der andere Trainer einen Tobsuchtsanfall, das schien ein guter Job zu sein, wenn man Krebs bekommen wollte, Magengeschwüre oder einen Herzinfarkt.

– Hab ichs nicht gesagt?

– Sie hatten Glück.

– Aber ich wußte schon vorher, daß sie Glück haben würden.

Es gab noch eine Zeremonie, die Spielerinnen hielten reihum den Pokal hoch, Sonay mit einer eher gleichgültigen Miene, meine Güte, sie war seit fast sechs Jahren dabei, vielleicht wurde man dann so.

Die Mädels hatten Ausgang heute abend, sie durften ihren Sieg feiern, über anderthalb Stunden hatten sie gebraucht, um von ihren Zimmern runterzukommen, es war mittlerweile elf, ihr Flieger ging morgen um neun, aber das schien niemand mehr zu interessieren. Wir standen in einem Laden, vorne spielte eine Band, Jazz nehme ich an, ich kenne mich da nicht aus. Es war seltsam als einziger Mann unter neun Frauen, von denen man nur eine richtig kannte. Ich fühlte mich nicht ganz wohl, war schüchtern und verunsichert, die ersten Biere trank ich hintereinander weg und sah zu, wie sie alle aufgeregt und atemlos redeten, als würden sie nicht jeden Tag zwei Trainingseinheiten zusammen absolvieren.

Deniz, die Nummer zwölf, hatte eine hellblaue Jeans an, ihr weißes T-Shirt war nicht bauchfrei, aber als sie die Arme hob, fragte ich mich, ob sie überhaupt einen Slip anhatte, so niedrig hing die Hose auf ihren Hüften. Sie faszinierte mich, nichts an ihr schien ausgesprochen weiblich, aber sie sah auch nicht aus wie eine von diesen verhärmten Lesben oder wie eine Theologiestudentin im siebzehnten Semester. Nein, ich fand sie ausgesprochen sexy, genauso wie mich auch androgyne Männer anmachten.

Man kann möglicherweise nichts für seine Vorlieben und Abneigungen, ich hatte keine Ahnung, woher sie kamen, aber ich versuchte ihnen immer nachzugeben. Es macht auf Dauer wahrscheinlich krank, wenn man andere entscheiden läßt, was gut und was richtig ist. Und es macht wahrscheinlich genauso krank, wenn man sich auf nichts verlassen kann und es immer selber rausfinden muß.

Die Band war langweilig, aber an der lag es wohl nicht, daß nach einer halben Stunde oder so die Stimmung sank, das Spiel hatte sich als Thema erschöpft, die Schminktips und die gegenseitigen Komplimente. Es ist überall dasselbe, dachte ich. Hier hast du alles, was du willst, einen Haufen lebenslustiger Menschen, etwas zu feiern, Geld, die Jungs machen den Mädels den Hof, alle wollen das gleiche, das Coca-Cola-Leben, Freundschaft, Spaß, Abenteuer, zumindest die Aussicht auf Glück. Duygu war gar nicht erst mitgekommen, ich amüsier mich da eh nicht, hatte sie gesagt, aber das taten wir in Wirklichkeit auch nicht. Der Ort und die Umstände machten kaum einen Unterschied, ein guter Abend kam immer aus dem Nichts. Man beschloß, woanders hinzufahren.

Hier war es voller, es gab keine Liveband, dafür aber eine Tanzfläche, hier war mal was los, man beglückwünschte sich gegenseitig zu dieser Entscheidung. Es war eine kleine Disco, wie man sie wahrscheinlich überall auf der Welt finden konnte, gleiche Musik, gleiche Getränke, gleiche Bewegungen und die gleichen Vorstellungen davon, wie eine tolle Nacht zu sein hat. Das vereinfachte die Sache womöglich, machte sie aber gleichzeitig auch sehr langweilig. Die jüngeren Spielerinnen hatten vielleicht etwas mehr Feuer, doch ich hakte den Abend schon ab.

Sonay stellte mich irgendwann einem Typen vor, der sie vorhin angesprochen hatte, mein Cousin, er ist Schriftsteller und lebt in Deutschland. Wir nickten uns zu, er hatte Jeans an, Boots und ein weißes Hemd, die blonden Haare ordentlich gegelt, es stand ihm ins Gesicht geschrieben, daß er noch nie Geldprobleme gehabt hatte. Es gibt solche Leute, Frank war auch so einer, man kann ihnen noch nicht mal böse sein, sie kennen es einfach nicht anders, sie machen den Mund auf, und in jedem Satz schwingen ihre elektrischen Spielsachen mit, ihre Urlaube, ihr Swimmingpool, ihre Kreditkarten, Sportwagen und Kreuzfahrten. Was solls?

Aber er fing gleich ein Gespräch mit mir an, natürlich meinte er es nicht schlecht. Ob ich denn über die Probleme schrieb, die man als Ausländer hatte? Nö. Es gab aber doch Probleme, Rassismus, Skinheads und so?

– Ja, sagte ich, man kriegt Jobs nicht, Wohnungen, man wird ausgegrenzt, benachteiligt und verarscht, ja, es gibt Probleme, aber ich werde ihnen nicht den Gefallen tun, deswegen gleich loszuheulen. Alle haben Probleme, die Homosexuellen, die Behinderten, die Tätowierten, die Vorbestraften, die Drogenköpfe, das ist ganz normal, es ist eben eine beschissene Welt, aber deshalb muß man sich noch lange nicht auf den Spielplätzen tummeln, die einem zugewiesen werden, es gibt tausend andere Wege. Und ich, ich wollte nie den Mund aufmachen für andere Leute, das traue ich mich nicht, ich spreche für mich selbst. Manchmal erkennt sich der eine oder andere darin wieder, das ist schön, aber so verschieden sind wir im Grunde ja auch alle gar nicht. Wir sind Menschen, wir haben alle Probleme mit der Liebe, dem Glück, dem Erfolg, Sex, Angst, Haß, Erlösung …

Was erklärte ich das diesem Schnösel, der mich jetzt so seltsam ansah. Ich kannte ihn nicht, und ich war niemandem Rechtfertigung schuldig. Es waren wohl die Biere.

Ich ließ ihn stehen, er wandte sich wieder Sonay zu, vielleicht war er clever, vielleicht würde ihm der Ehering auffallen. Als ich von der Toilette kam, lief ich Deniz in die Arme.

– Du rauchst, ne? fragte sie.

Ich schüttelte den Kopf.

– Ich meine keine Zigaretten.

– So, was denn?

– Stell dich nicht so doof.

– Ja. Aber ...

– So was sieht man. Marihuanaraucher erkennt man an den Augen.

Was für ein Schwachsinn, dachte ich, du hast nur gut geraten. Gleichzeitig nagte es ein wenig an mir. Konnte es denn sein?

Sie hielt kurz etwas hoch, ich nickte, und wir gingen Richtung Ausgang, ich hinter ihr her, diese Hose hing verdammt tief, man sah die Rundung ihres Hinterns, und sie hatte wunderschöne Hüften. Ich machte mir schon wieder Gedanken über ihre Unterwäsche.

– Erzähl es keinem weiter, sagte sie, als wir eine dunkle Ecke gefunden hatten, die anderen in der Mannschaft wissen nichts davon. Auch Sonay nicht. Wenn unser Trainer das wüßte, er würde mich sofort schmeißen.

Sie lachte, sie hatte ein breites Gesicht mit kräftigen Wangenknochen, und ihr Lachen klang, als würde ihr die ganze Welt gehören.

Ich wußte nicht, warum sie mir vertraute, vielleicht, weil sie wußte, daß auch ich morgen früh flog, vielleicht war es auch etwas anderes, vielleicht reichte ihr einfach die Tatsache, daß wir uns gemeinsam strafbar machten, vielleicht wollte sie nur angeben.

Sie nahm in aller Ruhe die ersten zwei, drei Züge, wir standen schweigend da, ihr Lachen klang mir noch in den Ohren. Ich hatte lange nicht mehr geraucht, ich hoffte, es würde mich nicht wegknallen, ich sog Luft durch die Nase ein, es roch angenehm nach Gras.

Sie gab mir den Joint, steckte die Hände in die Hosentaschen und lehnte sich gegen die Wand, ihr T-Shirt rutschte hoch, ich konnte ihren Nabel sehen. Ich nahm einen Zug, ich mochte den Geschmack, ich hätte das Zeug auch geraucht, wenn es keine Wirkung gehabt hätte. Deniz schloß die Augen und lehnte den Kopf zurück. Ich stellte mich fast auf die Zehenspitzen, um von oben in ihre Jeans reinsehen zu können, aber es war dunkel, und ich hatte auch keine Lust, unglücklich das Gleichgewicht zu verlieren.

– Mußt du eigentlich viel erleben, fragte sie, oder hast du eine lebhafte Phantasie?

Ich zuckte mit den Schultern, sie hatte die Augen immer noch geschlossen, ich mußte grinsen.

– Teils, teils, aber im Grunde erlebt man immer viel. Und man denkt sich auch jede Menge aus.

Sie sah mich an, ich nahm noch einen Zug, sie schüttelte sachte den Kopf, als wollte sie sagen, okay, das war vielleicht das falsche Thema.

– Wußtest du, daß du den Dreier reinkriegst?

Ich atmete Rauch aus und gab ihr die Tüte zurück, ich fühlte ein leises Kribbeln, und mir war, als würden sich alle meine Muskeln langsam entspannen.

– Es war Glück, sagte sie, aber wenn du nur kaltblütig genug bist, geht er meistens rein, ist gar nicht so schwer ... Kennst du dieses Buch von Jim Carroll?

Als ich nickte, stellte sie sich gerade hin und sagte: Abe Lincoln war heute schon da. Wir lachten los, wir kriegten uns gar nicht mehr ein, diese Albernheit war ein toller Effekt, einer, der verblaßte, wenn man zu oft rauchte, aber das taten wir wohl beide nicht, sie lehnte ihren Kopf an meine Schulter und hielt sich den Bauch.

In seinen Tagebüchern aus den Sechzigern gibt es die Geschichte, wie Carroll mit einem Freund in einen Laden geht, wo man Kodein-Hustensaft bekommt, man muß allerdings auf einer Liste unterschreiben. Der Freund unterschreibt mit James Bond und bekommt sein Fläschchen, aber Jim unterschreibt mit Abe Lincoln und der Drogist sagt ihm, daß Lincoln heute schon da war. Jim unterschreibt mit Wilt Chamberlain und bekommt, was er will, sein Freund geht daraufhin nochmal rein und unterschreibt mit George Washington und bekommt noch ein Fläschchen, dann wieder Jim ...

Wir standen da, der Joint war in ihrer Hand verendet, sie ließ ihn fallen, wir sahen uns in die Augen, es war einfach klar, es gab nicht den geringsten Zweifel. Sie legte die Hände um meinen Nacken und zog mich zu sich. Unsere Lippen berührten sich, ihre fühlten sich fest und ein wenig rauh an, dann öffnete ich ganz langsam den Mund, ihre Zunge glitt genauso langsam hinein. Es schmeckte wundervoll, ich legte meine Hände dahin, wo ihre Hose aufhörte, und machte die Augen zu.

Es passierte alles irgendwie, ich mußte nichts mehr tun, sondern nur noch die Dinge geschehen lassen und genießen. Klar, es hatte etwas mit dem Bier und dem Gras zu tun, aber ich glaube, es war noch etwas anderes, es kam mir richtig und unausweichlich vor, dazustehen, in dieser dunklen Ecke, eng umschlungen, es wäre so oder so passiert.

Wir küßten uns langsam, forschend, ausgiebig, wir erkundeten jeden Millimeter, die rosigen Falten, die glatten Zähne, den empfindlichen Gaumen, diese ganze warme, weiche Höhle, ich sog an ihrer Unterlippe und sie gleichzeitig an meiner Oberlippe, unsere Münder verwuchsen miteinander.

Ich weiß nicht, wie lange es dauerte, wir hatten alle Zeit der Welt, nach zwei Ewigkeiten führte ich eine Hand unter den Bund ihrer Hose, ich fühlte die Rundung ihres nackten Hinterns, streichelte sanft, sie krallte sich in meinem Nacken fest, und wir machten weiter, es war das Schönste auf Erden, es war so einfach, so unglaublich einfach.

Meine andere Hand glitt hoch, ich umschlang sie noch ein wenig enger, ihr Körper war stark und fest. Wir drehten uns um, und sie drückte mich gegen die Wand, rieb ihren Oberschenkel an meinem Schritt, ihre Küsse wirkten fordernder, fast provozierend, ich war bereit, mich ihr voll und ganz auszuliefern, öffnete meinen Mund weit und empfing ihre Zunge.

Nach weiteren Ewigkeiten lösten wir uns wie von selbst voneinander, ich sah in ihre Augen, sie sah fast so aus, wie sie nach dem Dreier ausgesehen hatte. Glücklich, aber zu sehr über den Dingen, um das rauszulassen. Einfach ein sattes Grinsen. Ich hatte keine Ahnung, wer sie war, warum sie mir vertraut hatte, ob sie auf etwas hinauswollte, aber das hier, das würde ich nie vergessen, denn es war nur das, was es war: ein langer und wundervoller Kuß.

– Die anderen fragen sich bestimmt schon, wo wir bleiben.

– Keine Paranoia, sagte sie, das ist noch niemandem aufgefallen.

Wir gingen rein, drinnen fragte mich Sonay, wo ich denn gesteckt hätte. Draußen, frische Luft schnappen, war die Antwort, ich hatte nicht vor, es zu verheimlichen, aber das hier war nicht der Ort, um zu reden.

Dann wurde es leerer, ich saß an der Bar, einen Rakı vor mir, meine Augen brannten, Deniz tanzte, ich bewunderte die Grübchen über ihrem Po, die meisten wurden langsam müde, man beschloß zu gehen, ich umarmte und küßte Sonay, wir hatten kein vernünftiges Wort miteinander gewechselt, und das hatte noch nicht mal mit diesem Ring an ihrem Finger zu tun. Deniz klopfte mir auf die Schulter beim Abschied, ich wußte nichts zu sagen. Die Mädels fuhren ins Hotel, ich zu Duygu, den Schlüssel hatte ich.

Ich setzte mich ins Wohnzimmer, stöpselte den Kopfhörer in die Anlage, versank im Sessel und hörte mir *Timeless* von Goldie an, die vollen einundzwanzig Minuten, das war ein grandioses Stück, es erzählte mir etwas von dem Druck, von den Städten, von der Erlösung, es lief jedesmal ein Film in meinem Kopf ab, ich sah alles vor mir, Straßen, Farben, eine Frau, es war eine Reise, Goldie hatte eine Art, Musik zu machen, als würde er Bilder malen. Als der letzte Ton verklungen war, fühlte ich mich stark genug für alles, was da kommen mochte.

Acht Stunden später saß ich wieder im Flieger.

16

Es war eng, wir versuchten leise zu sein, bewegten uns nur langsam, und ich verspürte soviel Lust und Kraft und Verlangen wie schon lange nicht mehr. Möglich, daß das ganz normal war, wenn man eine Zeitlang keinen Sex hatte. Ich wollte schreien, aber das ging hier nicht, ich war in einem seltsamen Taumel, im Flugzeug hatte ich die ganze Zeit geschlafen, jetzt versank ich in Anikas Augen, wir waren in einem lautlosen Rausch. Ich fühlte mich wie im Wasser, leicht, schwebend, die Gefühle flossen und trugen mich.

Wir lächelten einander an, als ich meine Hose hochzog und sie ihr Kleid runterließ, es gab tausend bequemere Orte als eine Toilettenkabine am Flughafen, in die ich außerdem meine Tasche mitgenommen hatte, aber manchmal ist eben nichts schöner, als nicht warten zu können.

Ich lachte, als wir im Bus saßen und zu mir fuhren, es war so komisch, noch vor ein paar Jahren hätte ich mir nicht träumen lassen, daß ich mal soviel Sex haben würde und damit noch nicht mal immer zufrieden wäre. Ich hatte mir nicht vorstellen können, ab und zu dazuliegen und mich zu fragen, ob das schon alles war, ob es nicht irgendwo mehr geben mußte. Bisweilen war ich noch nicht befriedigt, ich hatte nicht den Eindruck, alles gefühlt zu haben, die Realität konnte sich kaum mit meinen Phantasien messen. Und nun saß ich in diesem Bus, küßte Anikas kleine Ohren, ließ ihre Ohrringe aneinanderklackern, es ging mir gut, ich hatte mich entschieden, ohne das begründen zu können, es war belanglos, ob es richtig oder falsch war, es hockte niemand mehr auf meinen Schultern, und das alles hatte nichts mit dieser engen Toilettenkabine zu tun, ich hatte eben bei der Landung die Augen aufgemacht, und bevor ich wirklich wußte, wo ich war, hatte ich ein einziges, warmes, weiches Wort in mir: Anika.

Ich freute mich, zu ihr zurückzukommen. Und auf ein paar Kleinigkeiten, den Briefkasten, das Bücherregal, die Kassetten, dieses Aquarium, in dem Pilze wuchsen, vielleicht eine Nacht tanzen irgendwo, der Rest war mir herzlich egal, und ich hoffte, das würde eine Weile so bleiben.

Wir zogen uns aus und legten uns ins Bett, ich drückte sie an mich, ließ meine Hand auf ihrem Po ruhen, sie spielte mit meinen Haaren, es war schön. Vielleicht war ich ein armseliger Feigling, vielleicht etwas Schlimmeres, aber es war gerade schön.

– Wann kommt Dominik wieder? fragte sie.

– In acht Tagen.

Sie fuhr mit dem Finger ganz sachte über die Narbe am Kinn, es war ganz gut verheilt, in drei, vier Wochen würde man wahrscheinlich kaum mehr etwas sehen.

– Ich habe wahrscheinlich einen Job, sagte sie.

– Und das erzählst du mir erst jetzt? Ab wann?

Ich wußte nicht so recht, ob ich mich für sie freuen oder es schade finden sollte, weil sie wieder weniger Zeit haben würde.

– Ralf, mit dem ich die Villa renoviert habe, hat einen großen Auftrag, er will mich für ein paar Monate einstellen.

Ich freute mich, ehrlich, aber gleichzeitig dachte ich, daß es immer und überall dasselbe war. Entweder man hatte Beziehungen, oder man mußte sich abstrampeln, bis man erschöpft und mutlos war, egal, ob es um eine Arbeit ging, eine Wohnung, darum, einen Artikel zu verkaufen oder respektvoll von irgendeinem Wichtigtuer behandelt zu werden. Das, was man zu bieten hatte, im Grunde das einzige, worauf man sich verlassen konnte, das zählte nicht. Ralf hatte sie nicht aus Mitleid gefragt, sondern weil er wußte, daß sie gut war, aber es fand sich kein Fremder, der das Risiko einging, das selbst zu überprüfen. Am liebsten verließ man sich auf Aussagen von anderen, da konnte man kaum einen Fehler machen.

Es reichte nicht, daß man einer kleinen, ehrlichen Arbeit

nachgehen wollte, man brauchte Fürsprecher und fremde Hilfe, das machte mich immer wieder ganz rappelig. Ich fand es einfach zuviel verlangt, ich wollte nicht, daß die Welt so funktionierte, aber es gab kaum einen Weg, sich dagegen zu wehren.

Anika erzählte mir von einem alten Brotkasten, den sie auf dem Sperrmüll gefunden hatte und nun neu lackierte, in Grün, ein riesiges, wunderschönes altes Ding. Ich teilte ihre Begeisterung für solche Sachen nicht, aber ich mochte es, wenn sie mir davon erzählte. Ich fand die Vorstellung sehr angenehm, sie allein in ihrem Zimmer, inmitten von all diesem Zeug, zufrieden mit sich und dem Rest der Welt, wie sie Rahmen für Spiegel bastelte, Bilder malte, eine Weichholzkommode reparierte, ich mochte die Vorstellung, einfach, weil ich genau wußte, wie wohl sie sich dabei fühlte, was ihr das bedeutete. Es freute mich zu wissen, daß es ihr gutging.

Wenn all diese Dinge, an denen sie rumbastelte, einem Brand zum Opfer gefallen wären, sie wäre fast untröstlich gewesen, während ich mich als den Typen sah, der in so einer Situation sagen konnte: Scheiß drauf, es war sowieso kaum etwas von Wert. Wenn es ein Manuskript wäre, das würde mich bekloppt machen, aber was sollte es, man konnte sowieso nichts mitnehmen.

Die Sonne ging langsam unter, die Tage waren länger geworden, allerdings schien es nicht gerade warm zu sein, ich zog mich an und ging runter zum Kiosk, kaufte Sekt, eine große Tüte Chips und ein Stadtmagazin. Dann saßen wir auf dem Bett, aßen, tranken, blätterten in diesem Heft und sahen nach, was heute abend los war. Nicht, daß ich wirklich das Bedürfnis hatte, mich unter Menschen zu stürzen, aber ich war gut gelaunt, kein bißchen müde, eher aufgedreht. Ich dachte kurz an gestern abend, das schien mir Jahre her, nein, heute wollte ich eine richtig gute Party, ich wollte nicht wieder in so eine kalte Amüsierwelt geraten, es mußte doch noch etwas anderes geben.

Ich erinnerte mich an einen Neujahrsmorgen in Brüssel, wir hatten in Amsterdam Silvester gefeiert, wir hatten es uns wild gegeben, klar, und was für eine Schnapsidee, sich nach fünf noch mal ins Auto zu setzen, weil man keinen Platz zum Schlafen hatte, und einfach nach Brüssel zu fahren.

Es muß so morgens um neun gewesen sein, als wir dieses Grüppchen sahen, sie kamen anscheinend von einer Fete, vier Frauen und drei Männer, alle so Mitte Zwanzig, viel zu dünn angezogen, eine der Frauen hatte nur Sandalen an den Füßen, eine andere spielte auf einem Akkordeon, zwei oder drei hatten Gläser mit Rotwein in den Händen, einer der Männer trug einen Mantel, der bis zum Boden reichte, die rotblonden langen Haare einer Frau wehten in diesem kalten Wind. So zogen sie zusammen durch die Straßen, sangen ein französisches Lied und strömten eine Glückseligkeit aus, die uns schon die ganze Nacht gefehlt hatte. Sie feierten ausgelassener, gelöster, nicht so verbissen. Es war möglich. Ich war neidisch geworden damals, hatte mir gewünscht dazuzugehören, ein paar Freunde zu haben, die auch so waren.

Wir entschieden uns für diese Reggaeparty, wenn man die Augen schloß und tanzte, wenn man ein bißchen Platz hatte, sich zu bewegen, reichte das manchmal schon, manchmal konnte man dann in Ekstase geraten.

Es war besser, als ich es mir erträumt hatte, sie hatten heute abend einen Soundsystem aus Jamaika zu Gast, der Laden war voll, alle bewegten sich und hatten gute Laune. Es machte einen großen Unterschied, ob die Leute in erster Linie zum Tanzen kamen oder schon von vorneherein wußten, daß sie dastehen, Bier trinken, reden, gaffen und lästern wollten, einen Partner ergattern, und sei es nur für diese Nacht, Witze erzählen, gesehen werden, sich einen Vollrausch antrinken.

Hier ging es ums Tanzen und fast nur darum, kein Besäufnis, kein angesagter Laden, keine Erlebnisgastronomie, keine Riesenlichtanlage, nur Musik. Eine einmalige Angelegenheit, das konnte man kaum wiederholen. Es gab immer weniger gute Läden oder Partys, die sich hielten. Im Gegenteil, es gab immer mehr neue Kneipen, wo die Fassade komplett verglast war, damit man reinschauen konnte und gar nicht erst das Risiko einging, die Tür aufzumachen und sich erst dann zu entscheiden. Hell und freundlich sollte es sein, man konnte noch nicht mal sein Mädchen in einer Ecke küssen, den ganzen Abend saß man als lebendige Reklame da und mußte dafür auch noch bezahlen.

Gut, hier gab es ein paar Kiffer, die nur dasaßen und mit dem Kopf nickten, meistens völlig aus dem Takt, es gab auch ein paar verhärmte Frauen, die aussahen wie unbefriedigte Grundschullehrerinnen, die sich einen Schwarzen ins Bett holen wollten, ein paar kosmopolitisch angehauchte Bankkaufleute mit wehmütigen Erinnerungen an ihren letzten Karibikurlaub, aber wahrscheinlich fanden sich in der Stadt nur zwanzig Leute, die mir an einem schlechten Tag nicht auf die Nerven gegangen wären.

Es lag Sex in der Luft, einige der Mädels bewegten sich so, daß man nicht umhin konnte sich vorzustellen, wie sie im Bett waren. Tanzen hat sowieso immer mit Sex zu tun, man versucht seine Gefühle in Bewegungen auszudrücken und sich dabei zu vergessen.

Wir tanzten, es war genug Platz, ich machte die Augen zu und überließ mich der Musik, ab und zu blickte ich kurz zu Anika oder zu einer anderen Frau, die mir gefiel. Wenn ich Durst bekam, ging ich an die Theke, bestellte Bitter Lemon, trank in Ruhe, sah mir ein wenig die Leute an und konnte jeden anlächeln.

Irgendwann waren wir verschwitzt, müde, glücklich, ich sah einen athletischen Schwarzen, eine Frau in einem cremefarbenen Kleid schmiegte sich an ihn. Das Kleid kam mir bekannt vor, ich versuchte mich zu erinnern, wo ich es schon mal gesehen hatte, dann fiel es mir ein, und in dem Moment drehte sie sich in unsere Richtung, Estelle. Immer wieder Estelle, sie schien ja Spaß zu haben in ihrem Leben, sie ließ nichts aus. Ich wußte nicht, wie die Dinge zwischen ihr und Moritz im Moment standen, aber meine Vorurteile übermannten mich. Mythen sind schwer totzukriegen, man kann ihnen nicht mit Erklärungen kommen, und Neger waren nun mal gut im Bett. Ich war nicht dumm genug zu glauben, daß sie alle tanzen konnten, singen, Basketball spielen, rappen, wahrscheinlich waren auch herzlich viele miserable

Liebhaber, aber ich hatte noch nie einen mit kleinem Schwanz gesehen.

Meine Phantasie ließ sich nicht halten, als ich die beiden so sah. Er befriedigte sie sexuell vollkommen, allein der Anblick seines großen Schwanzes versetzte sie in Aufregung und Vorfreude, sie wollte nie wieder jemand anders im Bett haben. Ich konnte mich nicht gegen diese Vorstellung wehren, und er stand da mit seinen freundlichen Augen und seiner samtig glänzenden Haut und lächelte, während Estelle ihm eine Hand in die Hosentasche steckte und mich grüßte. Dieses Kleid war unglaublich, darin konnte man einfach nicht tanzen. Es wurde langsam leerer.

Kurze Zeit später standen Anika und ich in der U-Bahn, das kalte Neonlicht ließ uns ganz schön häßlich aussehen, die Augen gerötet, das Gesicht ein wenig verquollen und fleckig, wenigstens hatten wir den Geruch von Hunderten von Joints in den Haaren und Kleidern hängen.

Manche Nächte sind gut dafür, um das meiste zu vergessen, man ist zu müde, um sich Gedanken zu machen, sich selbst bei allem möglichen zuzuschauen oder abzuschweifen. Als ich am nächsten Morgen aufwachte, betrachtete ich die wild auf dem Boden verstreuten Klamotten und lächelte, wühlte meine Nase in Anikas Haare, richtete mich dann auf und sah ihr beim Schlafen zu. Das tat ich immer wieder gerne, ein wundervolles Bild, wie sie friedlich und gelöst dalag, verletzlich und unschuldig, wie leicht ihr Atem ging und wie er roch, ein Krümelchen in ihrem Augenwinkel, ein Knopf, auf dem sie gelegen hatte und der sich nun an ihrer Schulter abzeichnete, ich fuhr ganz sachte mit meinem Finger darüber, ich wollte sie nicht wecken, ich wollte noch ein wenig hier liegen und ihr beim Schlafen zusehen.

Ihre Augen bewegten sich unter den Lidern, ich betrachtete ihre dunklen Brustwarzen, und zum ersten Mal, seit ich wieder hier war, mußte ich an Filiz denken und daran, was geschehen war. Ich wollte nicht lügen, ich wollte Anika Filiz nicht verschweigen, das ging nicht. Ich konnte nicht so tun, als sei nichts geschehen, als hätte ich nicht gezweifelt, nicht überlegt, mich von ihr zu trennen, als sei die Sache mit meiner Entscheidung aus der Welt.

Bis jetzt hatte ich mich damit rausreden können, daß ich sie nicht unnötig beunruhigen wollte, daß es falsch wäre, meine Unsicherheiten auf ihrem Rücken auszutragen. Ich mußte es ihr erzählen, aber wann? Jetzt gleich, wenn sie aufwachte. Nein, dann würde sie womöglich glauben, daß die letzten Stunden eine Lüge gewesen waren. Und was genau sollte ich ihr sagen? Daß ich untreu gewesen war. Was hieß das, fremd gegangen, fremd gefickt, fremd verliebt, von mehr geträumt. Wo fing das an und wie sollte ich ihr erklären, daß das Glück manchmal so weit weg schien.

17

– Ich habe sie mit nem anderen gesehen.

– Ja, und ich sehe sie jeden Tag mit nem anderen, was soll ich schon dagegen unternehmen?

– Schlag sie dir aus dem Kopf, das geht doch so nicht.

– Ich nehms mir vor, ich nehme mir vor, mich nie mehr vor ihr zu erniedrigen, aber es geht nicht. Und dann wieder frage ich mich, ob es das nicht tausendfach wert ist, ob nicht eine glückliche Minute mit ihr ein ganzes Leben wert ist. Verstehst du, manchmal gibt sie mir soviel, soviel, wie keine andere mir geben könnte. Und trotzdem würde ich es gerne lassen, aber es ist einfach stärker als ich.

Ich hätte Moritz gerne geholfen, aber ich sah mal wieder keinen Weg. Und ich begann seine Schwäche zu verachten. Reiß dich zusammen, das muß doch möglich sein, du kannst dich doch nicht so gehenlassen, du mußt ein wenig Respekt vor dir bewahren, keine Frau der Welt ist das wert, daß man sich wieder und wieder demütigt und es Liebe nennt.

Ja, natürlich hatte ich auch *Der Menschen Hörigkeit* gelesen, vielmehr hatte ich es irgendwann weggeworfen, weil mir der Erzähler auf die Nerven ging, ich wußte nicht, wie es geendet hatte. Ja, konnte schon sein, daß es Dinge gab, die ich nicht verstand, daß ich ein armseliges Gefühlsleben besaß und stolz darauf war, es im Zaum halten zu können. Ja, vielleicht machte ich es mir immer zu leicht, vielleicht sollte ich auch mal an Andy denken, wie war das denn gewesen. Kaum anders.

Immer wieder wurde mir klar, daß ich keinen Deut besser war als all die Menschen um mich herum. Ich hätte nie glücklich werden können mit Andy, war aber verliebt in diese Frau, wir verbrachten dreizehn Wochen miteinander. In dieser Zeit entschied sie über alles, wir hatten ein einziges

Mal Sex, und sie hörte mittendrin auf, weil ich sie falsch angefaßt hatte, ich konnte an vier Händen abzählen, wie oft wir uns geküßt hatten, aber ich war ihr verfallen. Wenn sie nur eine Stunde wirklich freundlich zu mir war, hielt ich mich für den glücklichsten Menschen der Welt. Ich hätte damals alles getan, um ihr kaltes Herz zu gewinnen, ich wollte ihr meine Seele zu Füßen legen, ich wollte sie irgendwo berühren, in meiner Verzweiflung hatte ich ihr schließlich meine Tagebücher geschenkt. Später brachte ich es nicht fertig, sie zurückzufordern und glaubte, das sei Stolz. Einige Leute hatten sie gelesen, wie ich erfuhr, meine Scham war unermeßlich.

Vielleicht mußte das jeder so oft machen, bis er es irgendwann lernte, vielleicht entging mir auch etwas Grundlegendes.

Hatte ich mich in letzter Zeit mit Ruhm bekleckert, hatte ich es geschafft, mich wie ein Heiliger zu verhalten. Nein, aber ich versuchte, mich zu wehren, war das nichts? Ich versuchte, besser zu werden, liebevoller, gerechter, aufrechter, ehrlicher, ich gab mir Mühe, und ich mochte mir Moritz' ewig gleiche Litanei nicht mehr anhören.

Ich wußte nicht, ob ich ihm überhaupt davon erzählen mußte, sie mit jemand anderem gesehen zu haben, wenn es sowieso keinen Unterschied machte. Ich hatte mich verpflichtet gefühlt, es ihm zu sagen, und ich hatte mich schuldig gefühlt, als wäre es mein Fehler, daß sie sich jedem halbwegs gutaussehenden Mann an den Hals warf, als würde ich ihr absichtlich über den Weg laufen, wenn sie ihre Zunge im Mund eines anderen hatte. Doch sie war frei, und er war eifersüchtig, zerfressen von seiner Leidenschaft und mittlerweile überzeugt von seiner Schwäche, mutlos. Er hatte es oft genug versucht, davon loszukommen, er glaubte nicht mehr, daß er die Kraft besäße. Ich in meinem Größenwahn hatte immer geglaubt, daß ich alles meistern könnte, aber es hatte mir weitergeholfen.

Wir schwiegen, wir schwiegen lange, ich fing an, geistesabwesend in ein paar Neuerscheinungen zu blättern, die bei ihm rumlagen, las hie und da mal einen Satz, aber keiner klang sonderlich schön. Es gab kaum Geschichten, die nicht schon erzählt worden waren, ich wollte Autoren mit einem eigenen Stil, mit einer Melodie. Um so etwas schreiben zu können, mußte man sich weit aus dem Fenster lehnen, und meistens ging es schief, aber das fand ich nicht weiter schlimm, solange man es nur versuchte.

Ein Motorrad fuhr vorbei und zerschnitt die sonntägliche Stille. Irgendwo bellte ein Hund. Ich blickte aus dem Fenster auf die parkenden Autos, auf deren Dächern sich die Frühlingssonne spiegelte. Der Wind spielte mit einer Plastiktüte, hob sie immer wieder hoch und trug sie ein paar Meter weit. Ein alter Mann stand, auf seinen Spazierstock gestützt, an einer Ecke. Er hatte weiße kurze Haare, eine anthrazitfarbene Hose und einen langen grauen Mantel an; aus der Manteltasche lugte eine zusammengefaltete Zeitung hervor. Neben dem Topfreiniger auf Moritz' Spüle stand ein einsamer Eierbecher, der unbenutzt aussah. Auf die Farbe der Tapeten und die Beschaffenheit der Fensterbank gehe ich jetzt mal nicht weiter ein.

– Was willst du tun? fragte ich.

– Ich weiß nicht. Das muß alles mal ein Ende haben. Vielleicht sollte ich eine Weile wegfahren, aber ich bekomme im Moment keinen Urlaub.

Er machte eine Pause, als er wieder sprach, klang seine Stimme, als sei er den Tränen nahe.

– Außerdem denke ich, wenn ich jetzt Urlaub nehme, und es klappt vielleicht doch noch, und wir wollen drei Wochen zusammen irgendwohin, und ich habe keinen Urlaub mehr ... Ach, Scheiße.

Sollte ich ihn in den Arm nehmen? Ich konnte nicht. Ich blieb sitzen. Es war still, still, still. Ich konnte ihm nicht helfen. Nach einer Weile sah ich auf die Uhr, ich mußte langsam los.

– Ich habe Angst, sagte ich und fühlte mich schlecht, ihm jetzt mit so etwas zu kommen, ich hatte ein merkwürdiges Ziehen in den Händen und feuchte Handflächen.

– Du kannst dich ja kaum beschweren, so oft hast du nicht Angst vor etwas. Mir passiert das fast jeden Tag.

Ich stand auf, nahm meine Jacke vom Bett und legte eine Hand auf seine Schulter. Er lächelte mich an, seine Augen schimmerten feucht.

– Du kriegst das schon hin.

Ich nickte.

– Du auch, sagte ich, ich glaub an dich.

Ich hatte einen riesigen Kloß in der Kehle, als ich ging, aber ich tat es wirklich, ich glaubte an ihn.

Als ich vor ihrer Haustür stand, zögerte ich nicht, ich holte nicht noch einmal tief Luft, ich drückte auf die Klingel und lehnte mich mit der Schulter gegen die Tür, weil man den Summer so schlecht hörte. Ich hatte am Telefon nichts angedeutet. Du, ich muß mal mit dir reden, das sagt schon alles.

Ich stieg die Treppen hoch, langsam, einen Moment lang dachte ich an Moritz. Ja, es war schrecklich, wenn man sich selbst nicht mochte, da hatte man keine Lust mehr, sich etwas Gutes zu tun, weil man es einfach nicht wert war.

Sie hatte einen grünen Rollkragenpulli an, eine schwarze Hose, Wollsocken, sie hatte die Haare hochgesteckt, ein Hauch von Lidschatten, sie breitete die Arme aus und umarmte mich, ich legte meine Hände kurz auf ihren Rücken und streckte ein wenig steif den Hintern raus, um sie nicht zu sehr zu berühren. Ich bekam einen Kuß auf die Lippen. Sie freute sich, mich zu sehen. Ich hatte sie noch nie so schön gefunden wie in diesem Augenblick.

In der Küche setzten wir uns an den Tisch. Da standen schon zwei Tassen, und es duftete.

– Ich habe Kakao gemacht, so wie du erzählt hast, mit Maismehl, Vanille und Chili.

Ich lächelte gequält, sie schenkte ein, ich nahm einen kleinen Schluck, das hatte sie gut hinbekommen, sie setzte sich auch, legte ihre Hand auf meine und strahlte.

– Wie wars?

Ich zog meine Hand weg, sekundenlang brachte ich kein Wort raus.

– Stimmt irgend etwas nicht?

– Ich habe eine Freundin …

Sie lehnte sich zurück und sah mir in die Augen.

– Ich hätte es schon früher …

Ich sah auf den Boden, ich konnte das Wort Entschuldigung nicht sagen, man konnte das nicht entschuldigen. Möglich, sie wollte es hören, aber es kam mir falsch vor, es zu sagen, noch verlogener.

– Du hast mich die ganze Zeit also nur verarscht.

Das war eine Feststellung, ihre Stimme war fest und kalt.

– Nein, ich wollte … Es war schön, ich war gerne in deiner Nähe.

– Und jetzt, wo du mich gefickt hast, hast du genug, ja? Das hätte ich nicht gedacht. Ich dachte, du wärst anders, ich dachte, in dich könnte ich mich verlieben, du wärst nicht so ein Schwein. Du bist genauso wie die anderen.

Ich formte in meinem Kopf eine Menge Sätze, um es zu erklären, aber ich bekam den Mund nicht auf. Ich habe auch geglaubt, wir könnten uns verlieben. So einen Fehler habe ich noch nie gemacht. Es war das erste Mal in meinem Leben, ehrlich, Filiz, ich bin jetzt sechsundzwanzig und noch nie untreu gewesen. Das ist wohl kein Trost, aber das war mir eine fremde Frau noch nie wert. Ja, ich habe es falsch angefangen, ich weiß, ich hätte von Anfang an ehrlich sein sollen. Ich wollte dir nicht weh tun, wirklich nicht. Aber … Ich hab dir doch auch nichts versprochen. Und trotzdem habe ich geglaubt, wir könnten glücklich werden, oder vielleicht habe ich auch nur geglaubt, ich könnte mit dir glücklich werden. Aber wir sind Menschen, wir machen Fehler, es gibt keine Traumfrauen und Märchenprinzen, im echten Leben fehlt immer etwas, die Erlösung wartet nicht in dieser Welt. Ich finde mich auch erbärmlich, es ist so niederträchtig, so gemein dir gegenüber, aber ich kann es nicht rückgängig machen, es tut mir …

Es lag an mir. Ich fand immer Mittel und Wege, unzufrieden zu sein, ich war unersättlich, das Leben befriedigte mich noch immer nicht, ich wollte mehr.

Möglicherweise hätte es einen Sinn gemacht, wenn wir uns hätten telepathisch verständigen können, so aber blickte ich stumm auf das Muster des PVC-Fußbodens und suchte einen guten Anfang, suchte nach einem Satz, der die anderen unweigerlich nach sich ziehen würde.

– Ich hatte mich in dich verliebt.

Sie war aufgestanden, ihre Stimme war jetzt leiser.

Kurz fühlte ich mich geschmeichelt, weil sie es ausgesprochen hatte, meine Eitelkeit war zum Kotzen. Ich wollte nicht im Erdboden verschwinden, ich wollte weiter hier sitzen, es hätte mir die Sache leichter gemacht, wenn sie mich angeschrien hätte, beschimpft, geschlagen, ich wollte hier sitzen und mich schämen als eine Art Buße, als würde das noch etwas ändern.

Filiz stellte sich ans Fenster und sah raus, wieder überlegte ich, mit welchem Satz ich anfangen sollte, obwohl ich mittlerweile ahnte, daß ich stumm bleiben würde. Ich sagte ihr alles nur in Gedanken, und sie schwieg.

Dann drehte sie sich zu mir, ich sah kurz hoch, sie schien den Tränen nahe, ich blickte auf den Tisch und ließ die Schultern hängen.

Die Sekunden tickten endlos langsam, Filiz setzte sich wieder, vielleicht hätte ich gehen müssen, aber ich kriegte es nicht hin, ich war unfähig zu handeln, ich mußte warten, bis sie etwas tat.

So was passierte jeden Tag irgendwo, aber man hatte sich einiges geschworen, ich hatte nie so sein wollen, und nun stand ich da. Vielleicht sollte man nicht so laut tönen und damit sein Schicksal herausfordern. Ich hatte die Wahl gehabt, oder etwa nicht? Konnte man sein Leben bestimmen oder nur versuchen, die eine oder andere Haltung einzunehmen. Konnte man sich entscheiden, ob man ein Lügner sein wollte oder nicht. Oder konnte man sich nur entscheiden, ob man ein Lügner sein wollte oder lieber sterben.

Das einzige, was einem je passieren konnte, war man selbst, aber das war auch kein Trost, wenn man sich ansah, wie viele Dämonen man beherbergte.

Mir war heiß, ich betrachtete ein paar Zuckerkristalle auf dem Tisch, seltsam, dachte ich noch, sie ist doch sonst so ordentlich. Ich legte meine Hand um die Tasse, wir hatten ungefähr fünf Minuten kein Wort mehr gesprochen, ich hatte immer wieder kurz zu ihr rübergesehen, sie sah wieder aus dem Fenster, ich hatte nicht den leisesten Schimmer, was sie dachte. Ich wünschte, sie würde etwas sagen. Sie kam an den Tisch, blickte mich fest an.

– Siktir git.

Ich stand auf, ihre Augen funkelten, wäre es nach ihr gegangen, wäre ich wahrscheinlich auf der Stelle tot umgefallen. Ich drehte mich um, ging unsicher zur Wohnungstür, machte sie auf und trat raus. Ich wollte nicht das Risiko eingehen, die Tür womöglich zu laut zuzuziehen, ich schlich die Treppen runter und hörte noch, wie die Tür langsam und leise ins Schloß fiel. Ich hatte dieses Bild vor Augen, wie Filiz sich mit dem Rücken dagegenlehnte und niedersank.

Draußen war strahlendes Wetter. Ich setzte mich auf mein Rad und fuhr langsam nach Hause, vorbei an diesem zehnstöckigen Puff, ich sah mir im Vorbeifahren die Männer an, die rein und raus gingen, erste Frühlingsgefühle vielleicht, aber wenn man hier Samstagnachts vorbeifuhr, merkte man, daß es etwas anderes war. Männer, die um halb drei nach zahlreichen Getränken in riesigen Discos entnervt aufgaben und sich lieber hier vergnügten. Ich hatte noch nie mit einer Nutte geschlafen, ich hätte es wahrscheinlich nicht gekonnt, aber ich glaubte, es würde vieles vereinfachen. Genauso wie auch vieles leichter wäre, wenn man sein Leben solchen Aufgaben widmete, wie sein Auto samstags zu waschen und zu polieren, auf ein Häuschen zu sparen, das Finanzamt zu bescheißen, Karriere zu machen.

Und dann lag ich zu Hause auf dem Bett und starrte an die Decke, ich lag da, und es wäre gelogen, wenn ich behaupten würde, daß ich nachdachte. Irgendwann drehte ich mich auf die Seite und starrte an die Wand, betrachtete die Nähte der Tapete, und nach einiger Zeit merkte ich, wie ich endlich müde wurde, ich schloß die Augen, und als ich wegdämmerte, hörte ich Sezen Aksu in meinem Kopf, es war vage, weit weg und nicht festzuhalten. Schließlich schlief ich ein.

Das gelang mir fast immer, wenn ich wegwollte, wenn ich nichts mehr fühlen wollte, schlief ich ein. Ich hatte noch studiert, als Miriam mich verlassen hatte, ich hatte jede Menge Zeit gehabt, vierzehn, sechzehn Stunden am Tag geschlafen, was nichts daran änderte, daß ich meistens kurz nach dem Aufwachen anfing zu weinen.

Die Klingel weckte mich, ich öffnete die Augen und fragte mich, wo ich war. Ich rappelte mich hoch und wankte schlaftrunken zur Tür, draußen dämmerte es bereits, ich massierte mir die Schläfen und versuchte an den Schritten zu hören, wer da kam.

– Hallo, wie gehts?

– Pfff, ganz okay.

– Siehst müde aus, hast du geschlafen?

Ich nickte und machte Frank Platz, in der Plastiktüte in seiner Hand klirrten Flaschen aneinander.

– Was treibt dich denn hierher?

– Ich war gerade in der Gegend, da dachte ich, ich kaufe ein paar Bier und schaue mal vorbei.

Er setzte sich in meinen Drehstuhl, ich hockte mich aufs Bett, lehnte den Rücken gegen die Wand, ich hatte nichts vor, und Frank anscheinend auch nicht, er war mir willkommen, aber ich machte mir keine Illusionen. Er gehörte zu den Leuten, die sich nicht alleine beschäftigen konnten, wahrscheinlich war ihm einfach nur langweilig gewesen, ob ich ihn ablenkte oder jemand anders, war da nicht die Frage.

Ich stellte die Flaschen bis auf zwei in den Kühlschrank, machte Musik an, und so saßen wir da, Frank drehte sich einen Joint, ich lehnte ab, und er erzählte, wie er letzte Woche wieder jemand verprügelt hatte, der meinte, sein Mädchen anfassen zu dürfen.

Ich hörte ihm skeptisch zu und überlegte, was ich wohl tun würde, wenn so ein blonder Kurzhaarschnitt mit Schnäuzer Anika am Arm auf die Tanzfläche ziehen würde, obwohl sie sich wehrte. Anika würde ihm in so einem Fall in die Eier treten oder zumindest ins Gesicht schlagen. Sie wüßte ja, daß ich da bin. Könnte sein, daß ich den Typen auch einfach am Kragen packen und nach draußen schleifen würde und dann reintreten, nachdem ich ihn in den Fahrradständer geschleudert hätte, könnte sein, aber ich kam gar nicht erst in solche Situationen.

– Freundin? fragte ich nach.

– Ach, vergiß das, die war nichts, hab ich erst später bemerkt. Sah eigentlich ganz gut aus, aber sie ging mir auf die Nerven.

Meine Flasche war leer, ich hatte keine Lust auf Bier, ich ging in die Küche und machte uns zwei Bloody Marys, und mir fiel ein, wie wir uns vor Jahren mal zusammen betrunken hatten und dann in die Stadt gefahren wären. Die Nacht war mir in guter Erinnerung, damals hatte Frank nur davon geträumt, in der Gegend rumzubumsen, Geschichten für zwei oder fünf Nächte, ich hatte mir so was auch gerne vorgestellt, aber ich hatte mich meistens verliebt, und mit einer Frau im Bett gelandet war ich nie. Seine Wünsche waren mit der Zeit in die Wirklichkeit übergegangen, ich hatte schon lange aufgehört mitzuzählen, er wahrscheinlich auch.

Ich ging mit den Drinks zurück, setzte mich dieses Mal mit ausgestreckten Beinen auf den Boden und lehnte mich ans Bett.

– Und jetzt ruft sie jeden Tag bei mir an und heult am Telefon, sagte er.

– Meine Fresse, Frank, du prügelst dich, es sieht so aus, als sei es wegen ihr, drei Tage später hast du keine Lust mehr auf sie, und dann wunderst du dich?

– Ja, ich habe ihr doch nicht gesagt: Komm, meine Prinzessin, laß uns den Sommer zusammen verbringen. Wir waren ein paar Mal in der Kiste, und schon glaubt sie, sie kann Ansprüche stellen. Ich habe ihr gesagt, sie soll nicht mehr anrufen, sie geht mir auf die Eier.

Manchmal staunte ich, wie eiskalt er war.

– Immer dieses Gelaber, von wegen Liebe. Und wenn ich dann sage: Ich glaube nicht daran, dann denken sie immer, ich wäre verbittert oder ein Zyniker oder was. Du mußt das nur mal kurz in Frage stellen, und schon zeigen sie mit dem Finger auf dich. Ist doch bloß eine romantische Erfindung. Jeder will doch nur Spaß haben und sich wohl fühlen im Leben, darum geht es doch, oder? Ich tue alles, was ich kann, damit es mir gutgeht.

– Ja, aber auf Kosten anderer.

Er sah mich an und lächelte, ich hatte keinerlei Idee, wie man so sein konnte, auch wenn ich mir bisweilen wünschte, mit ihm zu tauschen.

– Das ist doch nur, weil die anderen sich soviel vormachen. Hey, das ist ein Schwanz-und-Möse-Spiel, darum geht es, alles drumherum sind billige Lügen, deine eigenen Vorstellungen, denen du nachhängst. Du darfst mich bumsen, dafür will ich aber die einzige sein und will, daß du mich im Arm hältst und geborgen fühlen läßt, das ist doch nicht Liebe, es ist ein Tausch, mehr nicht, es ist auch nur ein Egofuckerspiel. Ich bin nicht verantwortlich dafür, wenn die Frauen von anderen Sachen träumen als ich und dann ihre Träume in mich projizieren. Ich kann nichts für den Käfig, in dem sie leben. Ich bin nicht schuld.

– Ich glaube, es rächt sich. So ein Leben, wo man dem Schmerz aus dem Weg geht.

– Vielleicht aber auch nicht.

Frank lachte, die Vorstellung schien ihm gut zu gefallen. Es war seltsam, wir kannten uns so lange, irgendwo mochte ich ihn, wenn ich auch nicht sagen konnte, warum. Er war früher nicht sehr viel anders gewesen, aber damals hatte es mich nicht gestört.

– Gibs zu, sagte er, im Grunde willst du eine Belohnung dafür, daß du versuchst, gut zu sein. Du willst, daß sie dich mögen, daß sie dich bewundern dafür, daß du so anders bist, so eigen, du willst dich über sie stellen, du tust es doch auch nur, um dich gut zu fühlen. Und ich ficke halt gerne.

Konnte es denn sein, daß er recht hatte und alles nur Eitelkeit war?

– Man kann doch niemandem vorwerfen, daß er der ist, der er ist.

Das fand ich ein bißchen zu einfach, aber Frank widmete sich wieder seinen Blättchen, das Thema schien für ihn erledigt, und mir stand heute nicht der Sinn danach, noch lange über solche Themen zu reden.

Ich machte uns neue Drinks mit reichlich Tabasco, wir fragten uns, wie seine Gerichtsverhandlung in zwei Wochen wohl ausgehen würde, redeten ein wenig belangloses Zeug, hingen Erinnerungen an Zeiten nach, die im nachhinein so schön und unschuldig schienen. Es tat gut, nicht allein zu sein, es tat gut, sich mit ein wenig Geschwätz abzulenken, auch wenn ich die ganze Zeit dieses Gefühl nicht los wurde, noch etwas Wichtiges tun zu müssen.

Der Tomatensaft war alle, wir waren beide betrunken und müde, als Frank sich aufmachte. Er ging in die Küche, schnappte sich aus dem Kühlschrank die Flaschen, die er mitgebracht hatte, verstaute sie in der Tüte und nahm sie mit.

– Nimm nur, was dir gehört, sagte ich.

Er reagierte gar nicht. Du kleiner, ehrloser Kiffkopf, dachte ich, hätte ich das gewußt, hätte ich dich nicht reingelassen. Trotzdem hatte es mir geholfen, nicht allein zu sein.

18

Es war tatsächlich schwer zu glauben, aber Anika hatte es im Radio gehört, es gab in Deutschland eine Sektsteuer, zwei Mark pro Flasche. Und das aufgrund eines Gesetzes, das Kaiser Wilhelm II. erlassen hatte, um seine Kriegsflotte zu finanzieren. Seltsam, ich goß mir noch ein Glas ein, so etwas erfuhr man selten, vielleicht hatten sich die Menschen daran gewöhnt, es war egal, daß es schon lange keine Kriegsflotte mehr gab. Wenn der Benzinpreis um zwei Pfennig stieg, regten sich alle gleich auf, benutzten zwei Wochen lang öffentliche Verkehrsmittel, und ein paar Witzbolde erzählten wieder, daß sie eh immer nur für zwanzig Mark tankten. Aber bei einer Sektsteuer gab es keine Aufstände, keine Verbraucherverbände, die Sturm rannten, keine fröhlichen Dauerkonsumenten, die das ungerecht fanden.

– Zwei Mark pro Flasche, das muß man sich mal vorstellen, das kostet mich fast zehn Mark jeden Monat, und wofür? Für ein bißchen Luft.

Ja, das durfte eigentlich nicht wahr sein, aber ich goß mir einfach nur nach, ich konnte mich gerade nicht darüber aufregen. Ich sah zu dem riesigen Brotkasten rüber, Anika hatte ihn grasgrün gestrichen, der war wirklich schön, doch deswegen war ich nicht hier. Ich durfte nicht soviel trinken, das würde es eher schwerer machen, wenn ich leichtfertig würde oder die Situation nicht richtig einschätzte. Oder sollte ich das alles ganz vergessen, machte es jetzt sowieso keinen Unterschied mehr? Sollte ich es einfach laufenlassen, den unangenehmen Sachen aus dem Weg gehen und hoffen, daß es nicht in einer Katastrophe enden würde? Nein.

Das Schwierigste war immer, einen Anfang zu finden. Für manche Sachen gab es keine passenden Worte. Wie stellte man es an, wenn man sie trotzdem erzählen wollte.

– Anika …

Sie sah mich erwartungsvoll an.

– Ich hatte da eine Frau kennengelernt, Filiz, und …

Ich sah auf den Küchentisch, auch hier Zuckerkrümel, ich lächelte gequält, es war still, Anika hatte aufgehört zu atmen, ich mußte die richtigen Worte finden.

– Es war so … Sie hat mich fasziniert, es war nicht so wie sonst, wo ich jemanden kennenlerne, ganz angenehm finde und abhake, sie hat mich beeindruckt, wir waren zusammen tanzen und im Kino und so, wir haben uns verstanden, weißt du, wir waren uns in vielen Dingen so ähnlich. Dann wußte ich nicht mehr …

Ich sah kurz zu ihr hoch, es standen Tränen in ihren Augen, ich mußte schneller erzählen, ich wollte nicht, daß sie glaubte, ich wolle sie womöglich darauf vorbereiten, daß ich sie verließ.

– Ich hab mich in sie verliebt, ich wußte nicht mehr, was ich wollte. Deshalb war ich auch so komisch. Ich war so hin und her gerissen, ich hab dir nichts gesagt, weil ich ja selber nicht weiter wußte. Ich wollte dich nicht belügen, aber ich wollte dich auch nicht quälen. Jetzt weiß ichs. Ich möchte bei dir bleiben.

Wieder sah ich hoch, mein Herz schlug zu schnell und zu kräftig, ich hatte einen trockenen Mund. Anika nahm ihr Sektglas und trank einen großen Schluck, saß einige Augenblicke mit dem Glas in der Hand da und nickte dann mehrmals.

Egal, wie gut man jemanden kannte, es gab immer Momente, wo man ihn nicht im geringsten einschätzen konnte. Natürlich hatte ich vorher überlegt, ob das hier das Ende unserer Beziehung bedeuten könnte, aber ich hatte den Gedanken einfach verscheucht. Ich glaubte nicht daran.

– Was soll das? fragte sie, zwei Tränen flossen jetzt ihre Wangen runter.

Ich saß mit hängenden Schultern da, ich wußte nicht, was ich sagen sollte. Dann ging ich zu ihr, hockte mich auf die Fersen, meine Hände auf ihren Knien. Was hatte ich getan? Ich hatte ihr weh getan, ich hatte ihr Vertrauen mißbraucht, ich hatte sie verletzt. Und in diesem Moment hätte ich jede Qual der Welt auf mich genommen, wenn es dadurch für Anika leichter geworden wäre.

– Es tut mir leid, glaub mir, bitte, ich hätte es auch am liebsten irgendwie anders gemacht, aber ich habs nicht hingekriegt.

– Hast du mit ihr geschlafen?

– Nein. Ich habe nicht mit ihr geschlafen.

Ich wollte ihr nicht noch mehr weh tun, nicht Salz in die Wunde streuen, die ich gerissen hatte. Es machte doch keinen Unterschied, dieser Sache wurde einfach zuviel Bedeutung beigemessen. Was ich getan hatte, war doch eigentlich schlimmer. Ich war Anika schon untreu gewesen, als ich etwas für Filiz empfand. Man konnte es nicht daran festmachen, ob mein Schwanz ihre Möse von innen berührt hatte oder nicht. Das war doch albern, daß das einen immer am meisten schmerzte und verletzte. Was war denn, wenn ich ihre Brüste angefaßt hatte, was war, wenn wir zusammen in die Sauna gegangen waren, was, wenn ich ihr meine Geheimnisse verraten hatte.

Was wäre, wenn ich meinen Schwanz in eine Schlampe gesteckt hätte, die mir nichts bedeutete? Das hätte in meinen Augen nicht so schwer gewogen wie ein Abend mit Filiz in ihrer Küche.

– Nein, wir haben uns geküßt, einmal, als wir betrunken waren. Das ist doch nicht wichtig. Verzeih mir. Bitte.

Sie drehte sich von mir weg, verbarg ihr Gesicht in ihren Händen und weinte. Ich erhob mich, wollte ihr über die Haare streicheln, sie schlug meine Hand weg. Dann stand ich da, versuchte nachzudenken, etwas zu finden.

Anika nahm ihre Hände runter, keine Ahnung, wieviel Zeit vergangen war. Ich biß die Zähne aufeinander, das Bild verschwamm.

– Sieht sie besser aus? Hat sie einen schöneren Hintern? Ist es das? Kann sie sich mit deiner Cousine unterhalten? Was hat sie?

Ich zuckte mit den Achseln. Wenn ich das wüßte. Ich hielt die Tropfen mit Daumen und Zeigefinger an der Nasenwurzel auf, doch da kamen noch welche. Ich lehnte mich gegen den Schrank.

– Wir waren uns so ähnlich. Sie hat mich fasziniert. Was für eine Kacke erzählst du mir da?

Sie war aufgestanden und goß sich noch ein Glas Sekt ein, die Flasche war nun fast leer.

– Du hast sie ja wohl nicht mehr alle, meine Mutter liegt im Sterben, und du amüsierst dich hier. Und dann kommst du mir mit dieser, dieser, dieser Scheiße. Sie war so anders, äffte sie mich nach.

Ich senkte den Kopf.

– Es tut mir leid. Ich will mit dir zusammenbleiben, bitte. Ich bitte dich.

– Wo hast du sie kennengelernt? Wie sieht sie aus? Wie lange habt ihr geknutscht? Hast du ihr von mir erzählt? Oder hast du die kleine doofe Anika einfach mal verschwiegen, um deine Chancen zu erhöhen?

Jetzt wurde ich auch noch rot, aber ich bekam wenigstens den Mund auf. Ich fing an zu erzählen, wie wir uns kennengelernt hatten, wo wir uns verabredet hatten, wo ihre Wohnung war, welche Filme wir zusammen gesehen hatten. Anika wollte immer mehr wissen, und ich redete leise, vorsichtig, die Hände in den Taschen vergraben, ab und zu kullerten mir Tränen runter, ab und zu sah ich aus dem Fenster, ohne wirklich etwas wahrzunehmen.

Es war wohl nicht der Wunsch zu leiden, der sie zu den vielen Fragen trieb. Der Wunsch, in der Scheiße zu stochern, damit man sich als Opfer fühlen konnte, damit man etwas hatte, das man dem Partner mal heimzahlen konnte, weil er ja gar nicht zu schätzen wußte, wie leidensfähig man war.

Sie wollte wahrscheinlich ein genaueres Bild haben, wissen, wer ihre Konkurrentin gewesen war, sich nicht von ihren eigenen Phantasien quälen lassen, sie wollte es nicht mit einem Phantom zu tun haben. So hoffte ich zumindest.

Irgendwann kamen keine Fragen mehr, es mochte eine Stunde vergangen sein, vielleicht auch zwei, wir hatten beide immer wieder still geweint. Ich beugte mich über sie, berührte ihre Lippen mit meinen, ohne daß sie sich wehrte, ihre warmen, weichen Lippen, der salzige Geschmack nach Tränen, der säuerliche Geruch.

– Bist du dir sicher? fragte sie, als ich mich aufrichtete.

– Ja, ich bin mir absolut sicher.

– Ich will, daß das nie wieder passiert.

– Es wird nie wieder passieren.

Sie stand auf, und wir umarmten uns.

Danach schwiegen wir, ich versuchte immer wieder, ein Gespräch anzufangen, es war eine beschissene Situation, es gab nichts mehr zu sagen, wir fühlten uns schlecht, da war kein Ausweg.

– Du gehst wohl besser, sagte Anika.

Ich nickte, ja, das hatte ich auch schon gedacht, aber ich hatte mich nicht getraut, es zu sagen.

– Ruf mich an, bat ich, als ich meine Jacke anzog.

– Ich rufe dich an, sagte sie, ich brauch ein bißchen Zeit, aber ich ruf dich an.

– Ich liebe dich.

Sie nickte, das fand ich schon ziemlich viel.

Ich fühlte mich gleichzeitig besser und schlechter, als ich vor die Haustür trat. Ich hatte es hinter mich gebracht, ich hatte es getan, der Rest lag nicht in meiner Hand. Ich hatte meine Süße verraten, und nun wußte sie es. Bis vorhin hatte ich nur die Klinge ins Feuer gehalten, aber jetzt hatte ich einen Schnitt getan. Ich war nicht der, der ich gerne gewesen wäre, ich war zu schwach, vielleicht waren wir alle zu schwach. Noch vor wenigen Jahren hatte ich genug Kraft in mir verspürt. Oder war das doch nur Größenwahn.

Zu Hause legte ich die Tindersticks auf, eine Musik, als würde ein warmer, sanfter Regen auf dich niedergehen, während du ziellos durch die Straßen irrst, nachdem dich deine Geliebte verlassen hat. Ich legte mich aufs Bett, schloß die Augen und wartete auf den Schlaf. Ich sah eine Feder, die langsam nach unten segelte, verstand auf einmal ganz genau, was die einzelnen Instrumente mir sagen wollten, und glitt dann hinüber.

Am nächsten Morgen fand ich keinen Grund aufzustehen, ich schaffte es gerade bis zum Regal, nahm mir ein Buch, kroch wieder unter die Decke und fing an zu lesen. Einfach, um mich abzulenken, um die Zeit schneller rumzukriegen. Gemeinhin glaubte man ja, lesen sei etwas Gutes, Bildendes, wirke sich womöglich positiv auf den Charakter aus, aber die Menschen lasen aus den verschiedensten Gründen. Wie ich hier jetzt, einfach weil ich unfähig war, mich auf irgendeine andere Art zu beschäftigen, weil ich gerade nicht selber denken wollte, weil ich vor meinen Gefühlen floh.

Als ich Hunger bekam, ließ ich mir eine Pizza kommen, das gefiel mir, in Unterhosen die Tür aufmachen, dem Boten ein schönes Trinkgeld geben, sich im Schneidersitz aufs Bett setzen und versuchen, das Bettzeug nicht zu versauen, dann den Karton auf den Boden fallen lassen, das Buch wieder zur Hand nehmen, 400 Seiten an einem Tag, da lief der Körper nur noch auf Sparflamme, und das Hirn war nicht mehr sonderlich aufnahmefähig, doch das Telefon klingelte nicht, und es gab nichts, nichts, das ich sonst hätte tun können. Ich wollte die Wohnung nicht verlassen. Ich stand noch auf, um zu pinkeln, nahm das Telefon in die Hand, aber es gab niemand, den ich anrufen konnte, mit dem ich hätte reden wollen. Irgendwann ging die Sonne unter, ich wurde müde, doch wirklich, ich hatte nichts getan, aber ich wurde müde. Wieder ein Tag in meinem Leben, als hätte ich ihn nie gelebt, Stunden, die völlig sinnlos vergeudet waren, ohne einen einzigen Lichtblick, ein quälender Tag, an dem ich nur kurz einen anderen Menschen gesehen hatte, ein Tag, den ich nicht dazu genutzt hatte zu meditieren, mich zu sammeln, aber ein Tag, an dem ich mir vornahm, aufrichtig zu sein, immer aufrichtig zu mir und zu den anderen. Ich wollte es versuchen, ich wollte mich nicht mehr von der Angst, der Feigheit, der Bequemlichkeit verführen lassen, das durfte nicht sein. Das war eine der wenigen Sachen, die zählten, ehrlich und aufrichtig sein, reinen Herzens. Ich war immer noch unbesiegbar, so sehr ich mir dabei auch im Weg stand.

Mitten in der Nacht wachte ich aus einem Traum auf, die Bilder verschwanden ganz schnell, ich konnte nichts festhalten, und dann war ich wach. Ich stieß das Kissen weg und legte mich auf den Bauch, etwas später tastete ich nach dem Kissen, zog es ran, drehte mich auf die Seite, dann drehte ich mich auf die andere Seite, und die ganze Zeit mußte ich darüber nachdenken, wann Anika wohl anrufen würde, ob es nicht doch besser wäre, mit Blumen in der Hand vor ihrer Tür zu stehen, wie schlimm es wäre, wenn es nie wieder so würde wie früher. Aber das hätte ich mir ja nur selbst zuzuschreiben. Ab und zu döste ich weg, doch die Gedanken schienen nicht aufzuhören.

Schließlich machte ich das Licht an, nahm das Buch und las weiter, gegen Morgengrauen wurde ich müde, ich schlief endlich ein, und als ich wieder aufwachte, mochte es gegen Mittag sein, ich hatte dumpfe Kopfschmerzen, fühlte mich ganz matt. Ich drehte mich auf den Rücken und sah eine Weile aus dem Fenster. Würde sie heute anrufen? Ja, das würde sie, wenn dieser Vogel da bei zehn noch nicht weggeflogen wäre. Ich zählte, ganz langsam und träge, und als ich die Zehn gemurmelt hatte, flog die Meise weg.

Ich stand auf, um Kaffee zu kochen, einen starken Kaffee gegen diese Kopfschmerzen, von denen ich nicht wußte, woher sie kamen. Während die Maschine lief, schaute ich nach, ob ich Post bekommen hatte, immerhin ein paar Schritte außerhalb der Wohnung. Da war tatsächlich ein Brief von jemand, der mit Begeisterung eins meiner Bücher gelesen hatte, aber ich konnte mich nicht darüber freuen. Was zählte so was schon, wenn ich es nicht schaffte, mit Anika glücklich zu werden. Was war so was schon wert, wenn man es nicht hinbekam, sich so zu verhalten, wie man wollte.

Ich kaute noch an meinem spärlichen Frühstück, als das Telefon klingelte. Ich wartete ab, einmal, zweimal, dreimal, dann ging ich ran. Es war Anika, ja. Sie schlug vor, in den Zoo zu gehen, sonst würden wir ja doch nur umeinander rumschleichen und uns verzweifelt bemühen, so zu tun, als sei alles in bester Ordnung.

Nachdem ich aufgelegt hatte, streckte ich die Arme in die Luft. Ich bin ein Glückskind, mir kann nichts passieren, das

Schicksal meint es einfach gut mit mir. Ich habs wohl nicht verdient, aber ab jetzt gebe ich alles.

Anika küßte mich zur Begrüßung auf die Wange, wir zahlten und gingen rein. Ich legte meinen Arm um sie, und eine Weile kam kein Wort über unsere Lippen. Wir schlenderten dahin wie die meisten Menschen im Zoo, ohne uns die Tiere wirklich anzusehen. Vorbei an den Erdmännchen, den Lamas, den Braunbären, vorbei an den Flamingos, Elefanten, Leoparden. Vor dem Affenhaus blieb ich stehen, wenn mich nicht alles täuschte, hatte ich gerade einen Tropfen auf die Nase bekommen, es hingen dicke graue Wolken am Himmel, es war eigentlich kein Wetter, bei dem man auf die Idee kommen konnte, in den Zoo zu gehen.

Ich hielt Anikas Hände fest, zog sie zu mir und küßte sie auf die Lippen. Sie reagierte kaum. Dann gingen wir hinein in diese warme, feuchte, stinkende Luft. Kein Mensch war drinnen, sie deutete mit dem Kopf auf eine Bank.

– Warum? fragte sie.

– Ich bin zu gierig, ich will alles auf einmal haben. Ich glaube, es ist noch nicht genug. Bis es irgendwann zuviel wird.

– So wie du früher getrunken hast? Mist, ich bin gar nicht richtig besoffen, was ist das für ein Gesöff, die halbe Flasche getrunken, und ich kann immer noch geradeaus gehen, und eine halbe Stunde später bist du mit dem Gesicht im Teppich eingeschlafen. Das war ganz schön peinlich.

Sie lachte.

– Ja, so ungefähr. War ein blöder Abend, ne?

– Manchmal denke ich zurück und frage mich, was ich damals nur an dir gefunden habe.

Ich sah zu ihr rüber, sie lächelte, ich legte meinen Arm um sie, sie lehnte ihren Kopf an meine Schulter.

– Weißt du, es gibt Momente, da glaube ich: vielleicht wartet irgendwo eine noch größere Liebe auf mich.

– Das ist ganz normal, das glaubt doch wahrscheinlich jeder.

– Wie?

– Du bist manchmal echt süß. Was dachtest du denn? Auf die Idee verfällt doch fast jeder früher oder später.

– Und was machst du dann?

Sie zuckte mit den Schultern.

– Ich denke mir, daß ich nicht mein Leben lang diesen Ideen hinterherrennen kann.

Anika träumte auch schon mal von einem anderen Mann. Ich schmunzelte, wie dämlich, zu glauben, man durchleide ein einzigartiges Spezialschicksal, nur weil man sich in den wenigsten Menschen wiedererkennt.

– Ich will, daß du nie wieder unehrlich zu mir bist, ich will nicht, daß wir uns so weit voneinander entfernen. Ich will nicht so eine beschissene Beziehung führen, dafür sind wir beide nicht anspruchslos genug. Verstehst du mich?

Ich nickte, Tränen in meinen Augen, sie faßte mich am Kinn und küßte mich.

– Ich wünschte, ich hätte eine Liebste mit grünen Augen und roten Haaren, sang ich ihr leise die erste Zeile aus einem Lied vor.

– Ich werde sie mir nicht färben, sagte sie.

– Ich will mir Mühe geben, sagte ich, dann küßten wir uns zum ersten Mal richtig, auf dieser Bank im Affenhaus, während draußen schon der Regen prasselte. Ich konnte die Augen schließen und nur noch wahrnehmen, dunkelrote, warme Bilder in meinem Hirn vorbeiflackern sehen, das Leben bis auf den Grund fühlen, mit Anika verschmolzen sein.

Wir lösten uns voneinander, als eine Horde Kinder kreischend reinstürmte.

– Komm, sagte Anika, laß uns ins Aquarium rübergehen, die haben da eine neue Eidechse, so eine riesige mit schillernder Haut, ich habe sie mir gestern stundenlang angesehen.

– I am the lizard king, I can do anything, sagte ich, einfach so.

– Ne, sagte Anika, ich bin der Eidechsenkönig, mich schert nur wenig.

– Du bist die Eidechsenkönigin, wo du hingehst, da will auch ich hin.

19

Auf dem Monitor stand, daß der Flieger zwei Stunden Verspätung hätte, und ich war vorhin im Bus schon nervös geworden, weil wir im Stau steckten. Zwei Stunden, das war zuwenig, um wieder nach Hause zu fahren, und zuviel, um sich nicht zu langweilen, ich hatte noch nicht mal sonderlich viel Geld in der Tasche. Ich spazierte ein wenig herum, sah mir die Geschäfte an, die Reisenden, die Leute an der Bar, ich überlegte, ob ich mir eine Zeitschrift oder ein Bier kaufen sollte, ich hatte auch Hunger, ich mußte mich entscheiden.

Ich setzte mich auf eine dieser kunstledernen Bänke und versuchte rauszukriegen, wie ich mir mit zehn Mark am besten die Zeit vertreiben könnte. Ich saß da, die Ellenbogen auf der Lehne, legte den Kopf zurück und starrte hoch.

An Filiz dachte ich nicht mehr allzuoft, Anika und ich verbrachten die Tage und Nächte zusammen, es hatte gedauert, bis wir wieder unbefangen und warm miteinander waren, bis wir den Kummer abgeschüttelt hatten und die Nähe spürten, aber nun lebten wir in einer Welt aus Sex, Kochen, Albernheiten und Kneipenluft, ich hatte die Arbeit an meinem Roman unterbrochen, es lief alles bestens. Da war nur eine Sache, die mich bedrückte. Ich würde Filiz eines Nachts irgendwo begegnen, ich hatte Angst davor, und ich konnte noch nicht mal sagen, warum.

An Flughäfen hatte ich schon oft Zeit totgeschlagen, den Anschlußflieger verpaßt, Verspätungen, falsche Uhrzeit auf dem Ticket, sechs Stunden Aufenthalt bei der Zwischenlandung, das schien alles ganz normal zu sein.

Wenn ich lange genug dort saß, passiert es mir jedesmal, daß ich das Gefühl bekam, ich würde gleich jemanden treffen, den ich kannte, egal, ob ich gerade in London war, Istanbul, Kingston oder sonstwo. Wahrscheinlich hing es damit zusammen, daß an Flughäfen immer alles in Bewegung war und die Welt einem so klein vorkam, weil man in vierundzwanzig Stunden überall sein konnte.

Es erschien mir immer als eine Art Vorahnung, erwies sich aber natürlich als trügerische Hoffnung. Ich hatte schon einige Stunden damit verträumt, eine Frau zu sehen. Die Frau. Wir blicken uns einige Sekunden lang in die Augen, lange genug, um zu verstehen, was es heißt, aus der Zeit herauszukommen. Vielleicht schmeißen wir unser Geld zusammen und einigen uns auf ein schönes Fleckchen. Vielleicht trinken wir auch nur einen Kaffee, einen, der wärmt. All der Lärm verschwindet, und wir wissen, daß wir, nachdem wir uns gleich verabschiedet haben, nie wieder völlig unglücklich sein werden, einfach, weil es den anderen gibt.

Diese Phantasie hatte ich nur an Flughäfen, es gab verschiedene Orte für verschiedene Träume, aber letztlich ging es doch meistens um die Liebe oder den Tod, um Religion, Glück und Sex, um Befreiung von dieser fegefeuerartigen Welt, die wir uns erschaffen hatten.

Ich sah wieder nach vorne, da war ein Mann, der lange fettige Strähnen über seine Glatze gekämmt hatte, daneben eine indische Frau mit wunderschönen, fast schwarzen Augen, weiter hinten eine Sonnenbanksüchtige und dahinter noch ein Gesicht, das mir irgendwie bekannt vorkam, das ich aber nicht einordnen konnte.

So etwas passierte einem ja oft. Am Ende war es dann die Kassiererin aus dem Supermarkt oder der Nachbar, der vor sechs Jahren ausgezogen war, und man versuchte sich krampfhaft zu erinnern, ob man dieses Gesicht normalerweise grüßte oder nicht.

So war es jetzt allerdings nicht, er hatte zugenommen, er hatte eine Menge Haare gelassen, er hatte einen Arschlochbart, der ihm sogar gut stand. Cem, schrie ich, es war fast zehn Jahre her, daß wir uns das letzte Mal gesehen hatten, Cem, es war vielleicht zwei Jahre her, daß ich ihn im Fernsehen gesehen und mich tagelang darüber gefreut hatte, Cem, hier.

Wir gingen aufeinander zu, er ließ seine Tasche fallen, als wir noch zwei Schritte voneinander entfernt waren, und wir umarmten und küßten uns, sein Bart kratzte.

– Ha siktir, was machst du denn hier, wie gehts, üüf, seneler olmuş ya.

Ich sah ihn mir genau an, diese freundlichen, warmen Augen, man glaubte gar nicht, wie böse er gucken konnte, das rundliche Gesicht, weite beige Hosen, die Ohrstöpsel seines Walkman baumelten ihm um die Schultern, eine zerschlissene grüne Jacke, hier stand er vor mir, ich hatte nie daran gezweifelt, daß er talentiert war, er konnte singen, Darbuka spielen, Gitarre, Saz, Akkordeon. Er hatte uns früher oft zum Lachen gebracht, indem er Leute imitierte. Irgendwann war er losgezogen, sein Glück zu suchen, und jetzt sah er aus wie jemand, der sein Leben verdammt gerne lebt.

– Mir gehts wunderbar, sagte ich, ohne nachzudenken, mir gings einfach schon blendend, weil ich ihn getroffen hatte, und du, ne yapıyorsun, lan, ich habe dich im Fernsehen gesehen, was treibst du sonst?

– Ein bißchen Theater, ein bißchen Fernsehen, es geht mir prima, ich verdiene Geld, ich schlafe lange, ich mache, was ich will. Und du, was machst du, hast du noch was mit den Jungs zu tun?

Ich schüttelte den Kopf, dann erzählte ich, wie ich mein Geld verdiente. Wir standen noch eine Viertelstunde da, und in die versuchten wir die ganzen letzten Jahre zu quetschen, er hatte mittlerweile eine Verlobte in der Türkei, seine Eltern waren bei einem Autounfall gestorben, seit drei Jahren lebte er von der Schauspielerei, vorher hatte er als Barmann gearbeitet, als Türsteher, hatte in kleinen Bands gespielt und gerappt, hatte versucht, irgendwo in diesem komischen Kulturbetrieb Fuß zu fassen, ein Theaterprojekt auf die Beine gestellt, Beiträge fürs Radio gemacht, es lief jetzt irgendwie, aber es war immer noch nicht leicht, erzählte er.

– Du darfst den großen Bruder spielen, der die Ehre der Familie retten muß, den Junkie oder den Gangster. Wenn du Glück hast, darfst du ihnen mal den Spaghetti machen, schließlich bist du ja Schauspieler. Aber irgendwie wird es. Ich hatte gerade ein Casting für einen Kinofilm, scheint ne vernünftige Sache zu werden.

Na, es schien tatsächlich zu laufen, wenn er mit dem Flieger hierherkam, um für eine Rolle vorzusprechen.

– Wieviel Zeit hast du noch?

Er drehte den Kopf und suchte eine Uhr.

– Fast ne halbe Stunde.

– Komm, laß uns doch ein wenig rausgehen.

Wir hockten uns auf einen großen Blumenkasten am Rande des Parkplatzes, die Sonne schien angenehm warm, es war hell, das Licht spiegelte sich an der häßlichen Glasfassade des Flughafens, Cem holte eine Packung Zigaretten aus seiner Hosentasche und bot mir eine an. Als er mir Feuer gab, sagte er:

– Wer hätte das geglaubt, ein Schriftsteller und ein Schauspieler.

Seltsam, wir waren nie wirklich Freunde gewesen, aber es fühlte sich gut an, so mit ihm dazusitzen, zu rauchen, zu blinzeln und mich zu wundern, wieviel Zeit vergangen war und wie schnell sich die Welt drehte. Es gab Tage, da erschien es mir völlig unverständlich, wie ich je hatte sechsundzwanzig werden können.

Ich fing an, leise eine Melodie zu summen, the old main drag, friedlich. Irgendwie hatte ich das Gefühl, daß es noch eine Menge guter Menschen auf der Welt gab, vielleicht war es gar nicht so, daß man sie an zwei Händen abzählen konnte. Wahrscheinlich lag es daran, daß Cem so aussah, als würde er dieses Gefühl jeden Tag haben.

– Celal, sagte er, als ich gerade meine Kippe wegschnippte, was macht der? Was macht dein großer Bruder?

Ich zuckte mit den Schultern, viel gab es da nicht zu sagen, ich wußte ja überhaupt nicht, ob er dealte oder junkte oder beides oder vielleicht doch nur schnorrte. Es machte ja auch kaum einen Unterschied, meine Stimmung war dahin.

– Wir hätten zusammenhalten müssen, sagte Cem nach einer Pause, wie früher, da konnte uns keiner was, wir haben uns einfach nur genommen, was wir wollten, die Leute hatten Schiß vor uns, wir waren eine Bedrohung. Genauso müßten wir wieder sein, weißt du, stark, alles gehört uns.

Wir waren damals nicht wirklich stark gewesen, eher halbstark oder pubertär, wir hatten Sachen gemacht, die ich einfach nicht mehr gutfinden konnte, aber er hatte recht, gemeinsam hatten wir etwas bewegt, nur hatte es mich schon immer gestört, daß gemeinsam hieß gemeinsam mit Idioten, die gab es nämlich überall, und das erschien mir meistens ein zu hoher Preis, man mußte sich anpassen.

Und manchmal tat ich es doch gerne, manchmal wußte ich nicht, wohin ich mich wenden sollte, wie ich mich wehren sollte, wo ich mich ausruhen konnte, und dann war es das Beste zu hören: Ich bin bis zum Ende auf deiner Seite, hab keine Angst, wir sind dir ein starker Rücken, was uns verbindet, kann man nicht verraten und verkaufen.

Konnte man möglicherweise doch, aber das war egal, man mußte glauben.

– Meinst du nicht? hakte er nach.

Ein Jeep fuhr gerade auf den Parkplatz, ich überlegte, wie ich es sagen sollte.

– Ich will nicht im Chor singen, ich will, daß man mich hört.

Cem sah mich an, als könne er nicht glauben, was ich da erzählte.

– In vielem bin ich auf deiner Seite, aber ich versuche es lieber allein, da fühle ich mich unabhängiger.

– Du bist ein Egoist, das ist alles, Hauptsache du rettest deinen eigenen kleinen Arsch.

– Und wenn ich es schaffe? Dann sehen die anderen, daß es möglich ist, und sie stehen auch auf, jeder macht sein Ding, ohne Kompromisse. Weißt du, mein Vater war Sozialist früher, hat sich mit Menschen zusammengetan, die die gleichen Ziele hatten, aber es funktionierte irgendwie nicht. Du kannst dein Heil nicht in einer Lehre oder Gemeinschaft suchen, ich glaub nicht daran, daß man so wirklich etwas erreicht. Bevor du versuchst, die Welt zu verändern, mußt du lernen, glücklich zu werden. Du darfst dich nicht zu sehr nach Sicherheit in einer Gruppe sehnen. Du mußt versuchen, deinen eigenen Weg zu finden.

Ich sah in seine Augen, wir waren beide ganz gelassen, wir würden uns nicht in die Haare kriegen, wir hatten beide den gleichen Stempel abbekommen, man lernt mit der Zeit, sich nicht zu viele Probleme auf einmal aufzuhalsen.

Er lächelte, legte mir eine Hand aufs Knie und küßte mich auf beide Wangen.

– Laß uns in Kontakt bleiben, moruk, komm mich mal besuchen. Stehst du im Telefonbuch?

Ich nickte.

– Wir kriegens schon hin, sagte er, wir werden noch golden.

– Arkandayım, sagte ich, ich stehe hinter dir.

Die Western fielen mir ein: Ich gebe dir Feuerschutz. Ich erinnerte mich, wie das Wort Feuerschutz in meinen Ohren geklungen hatte, als ich noch ein Kind war.

Kurz nachdem wir uns verabschiedet hatten, kam mir das Ganze schon unrealistisch und weit weg vor, der Flughafen sah immer noch genauso aus wie vorhin, ich stand an diesem Fenster, obwohl es mich nicht im geringsten interessierte, den Flugzeugen bei Start und Landung zuzusehen. Cem wohnte sechshundert Kilometer weit weg in einer anderen Stadt, er hatte dort eine Wohnung, Freunde, Arbeit, Lieblingskneipen, er hatte eine Verlobte, all diese Sachen eben, die ich mir gerade überhaupt nicht vorstellen konnte. Man sah immer nur so wenig.

Doch es war ein gutes Gefühl, er war irgendwo da draußen, und er würde ab und zu an mich denken, er würde mir helfen, wenn er konnte, er würde nicht auf die Idee kommen, an mir zu zweifeln. Auf eine gewisse Entfernung ist so etwas auch nicht sonderlich schwer, man verlangt sehr wenig, und den Rest träumt man.

Dominik war so braun, wie ich es bei einem derart hellhäutigen Typen nicht für möglich gehalten hätte, er schien abgenommen zu haben, die kurzen Haare waren von der

Sonne gebleicht, daß sie fast schon weiß wirkten, so stand er da mit seinem Rucksack und blickte sich um. Er wirkte gelöst und entspannt inmitten des Trubels, erinnerte mich daran, wie er mir das erstemal von Zen erzählt hatte.

Dominik, er sah mich und grinste breit, wir umarmten uns, es war schön, daß er endlich wieder da war, ich hatte mich zwar mittlerweile fast daran gewöhnt, alleine zu Hause zu sein, aber ich freute mich schon darauf, demnächst die Tür aufzuschließen und die Wohnung nicht genauso vorzufinden, wie ich sie verlassen hatte.

Er legte mir einen Arm um die Schulter, und wir gingen zum Ausgang.

– Was ist das bloß für ein Scheißland, sagte er lachend, da droht dieser Typ mir mit Suchhunden, ich soll doch gar nicht erst versuchen, Drogen zu schmuggeln, wenn ich gleich gestehe, kann ich auf mildernde Umstände hoffen. Vollidiot.

Dann saßen wir im Bus und redeten, Sätze ohne Anfang und Ende, schnell, ein wenig abgehackt, lauter Gedankensprünge. Die langen Sachen, die Anfang, Mittelteil und Ende brauchten, ließen wir erst mal weg, hoben sie auf für die besinnlicheren Stunden, und irgendwann stockte das Gespräch, obwohl es noch soviel zu sagen gab, aber es war überhaupt nicht schlimm, man saß nebeneinander, konnte ein wenig aus dem Fenster gucken oder die anderen Fahrgäste betrachten, still in sich hineinlächeln.

Ich mochte solche Geschichten, sie hörten sich für mich immer abenteuerlich an. Wie man bei einer Zwischenlandung in einer Flughafenbar sitzt und dort mit drei Iren, deren Akzent man kaum versteht, Heineken trinkt, übers Wetter redet, über den europäischen Fußball, Frauen, sich auf die Schenkel klopft, weil einfach die Stimmung danach ist und nicht weil man die Pointe verstanden hatte.

Es war natürlich schöner, sich später die anderen Dinge erzählen zu lassen, von den Menschen, der Landschaft, dem Leben. Ich saß mit einer Dose Bier in der Hand auf dem Bett, Dominik setzte sich mal, dann wieder ging er im Zimmer herum, hockte sich an die Wand, so kannte ich ihn nicht, aber es war nur Adrenalin. Es war einfach aufregend, nach langer Zeit zurückzukommen, man glaubte, Gott weiß was hätte sich geändert, man freute sich, und dann dreiundzwanzig Stunden unterwegs, zwei schlechte Filme im Flieger, unfähig, ein Auge zuzutun, und schon lief man herum, nippte an seinem Drink und redete und redete.

– Ich zeig dir mal was, sagte er irgendwann, es war draußen längst dunkel.

Ich war ganz verblüfft, damit hatte ich nicht gerechnet. Er nahm eine CD und schüttete den Inhalt des Tütchens drauf, es war nicht sonderlich viel, aber es reichte für uns beide. Meine Schädeldecke hob ab, ich atmete tief ein und schmatzte ein bißchen, ich war hellwach, Dominik grinste breit, er sagte nichts, Worte konnten da unmöglich mithalten. Ich nahm einen kleinen Schluck von meinem Bier, es war mittlerweile lau, aber es schmeckte gerade sehr angenehm.

– Laß uns in den Park gehen, schlug ich vor.

Er nickte und stieß geräuschvoll Luft aus. In Windeseile hatte wir unsere Schuhe an, draußen gingen wir zügig, als müßten wir noch irgendwohin.

Dominik hatte eine Flasche Rum mitgenommen, wir tranken jeder einen Schluck, als wir auf der Bank saßen, ich drehte mir eine Zigarette von seinem Tabak, sie schmeckte wunderbar, ein süßes kleines Nichts, so was konnte meiner Lunge kaum schaden.

– Hast du das drüben öfter gemacht? fragte ich.

– Nur ein paar Mal, es ist einfach übermenschlich.

Ja, der Genuß war vollkommen, so was konnte einen bekloppt machen. Vielleicht war es doch besser, daß man bei den meisten Sachen im Leben keine Perfektion erreichte, daß es immer eine Stimme gab, die einem etwas zuflüsterte von noch größerer Befriedigung. Perfektion war niemals von Dauer, aber wenn man sie einmal erreicht hatte, wollte man sie immer wieder haben.

Wir saßen da und starrten in die Nacht, ab und zu hörten wir ein Auto vorbeifahren oder sahen einen Hasen hoppeln. Dominik war wieder da, wahrscheinlich würde jetzt einiges leichter werden, der Sommer kam, ich freute mich aufs Leben.

Ich drehte mir noch eine, ich hätte endlos rauchen und trinken können, ohne etwas davon zu merken, langsam und leise sprach ich die Worte in die Dunkelheit hinaus.

– Du hättest Anika früher etwas sagen sollen. Aber sonst ist es immer dasselbe, sagte er, du machst es dir zu kompliziert, man kann die Welt auch bequemer deuten. Wie kommt diese Frau auf die Idee, ein Mann wie du könnte möglicherweise keine Freundin haben?

– Das ist ja ne billige Ausrede, sagte ich und mußte lachen, mir wäre so etwas nie eingefallen.

Ich mochte diesen Kerl, auf eine gewisse Art würde er mir immer fremd bleiben, ich stieg nie dahinter, was in seinem Kopf vorging, aber ich bewunderte den Gleichmut, mit dem er lebte.

Der Himmel bekam langsam einen Grauschleier, wir sahen ein wenig den Farben zu, wie sie sich veränderten, die Geräusche von der Autobahn nahmen zu, es war noch ein Rest Rum in der Flasche, dunkelbraun auf dem grünen Rasen. Wenn man die Augen schloß, hatte man dieses Orange hinter den Lidern, das versprach ein schöner Tag zu werden, den wir da verpennen würden. Als wir aufstanden, streckte Dominik sich und gähnte.

– Weißt du was, ich wandere aus.

20

Es wurde nicht richtig Sommer, immer wieder schien die Sonne ein paar Tage, es wurde schwül und pappig, die Luft schien auf der Haut zu kleben, und dann regnete es, und man sah eine halbe Woche nur noch grauen Himmel. Es war mir zu dunkel für Juli, entschieden zu dunkel.

Ich konnte mich ganz gut an die Sommer und Winter der letzten Jahre erinnern. Ich dachte gerne daran zurück, wie ich diesem Mädchen aus einem Roman das Kapitel vorlas, in dem keine Punkte und Kommas vorkamen. Es war heiß heiß und irgendwann sagte Ned ich habe Hunger sie waren an einem dieser großen Läden in einer winzig kleinen Stadt vorbeigekommen und die anderen auch au ja etwas essen und Ned fuhr ein ziemliches Stück im Rückwärtsgang …

Ich war verliebt gewesen in dieses Mädchen, die Sonne hatte jeden Tag gestrahlt, nicht brütend heiß, ein T-Shirt-und-lange-Hosen-Wetter, einmal hatten wir eine Flasche Pernod zusammen getrunken und uns gestritten, ich war zu Fuß nach Hause gegangen, und danach hatten wir beide nicht mehr versucht, die Geheimnisse des anderen zu ergründen.

Oder dieser richtig heiße Sommer, den ich als Aushilfe in einem Copyshop verbracht hatte, eine Frau hatte am Kopierer einen Kreislaufzusammenbruch gehabt und war der Länge nach hingeschlagen, ich hatte den Notarzt gerufen, doch sie stand wieder auf, bevor der Wagen da war, sie hatte sich nicht mal weh getan. An dem Abend war ich auf dem Platz gewesen und hatte eine unglaubliche Trefferquote gehabt.

Das Glatteis, auf dem wir uns fast alle mal hingelegt hatten auf dem Weg in einen Club, die Pillen wirkten schon, es war fürchterlich kalt, aber das war egal, ich hatte gesungen in der Unterführung.

Der Winter, in dem ich ständig zwei Jacken übereinander trug und das schrecklich unbequem fand, oder dieser eisige Wind in dem Jahr, als ich mir fast in die Hose gemacht hatte, weil ich sie mit den steifen Fingern nicht aufbekam, und dann das Gefühl, mit den Fingern auch noch den Schwanz halten zu müssen.

Ich erinnerte mich an keine Zahlen, aber ich konnte mir gut merken, wie bitterkalt es gewesen war oder wie heiß. Ich fand es selber albern, aber ich nahm es persönlich, wenn das Wetter schlecht war, ich vergaß es nicht einfach oder betrachtete es gleichmütig, nein, ich tat geradezu so, als könne ich eines fernen Tages Wiedergutmachung fordern für all diese verregneten, dunklen oder kalten Monate in meinem Leben.

Der Wecker klingelte, ich drehte mich um und machte ihn aus. Die Sonne schien ins Zimmer, es versprach einer von den angenehmeren Tagen zu werden. Daß ich den Wecker so lange schon nicht mehr gebraucht hatte, war noch eine Sache, die mir am Schreiben gefiel, ich lag zwar nie bis mittags im Bett, aber vor acht Uhr aufzustehen, das war mir schon immer schwergefallen. Verkaufszahlen, Anerkennung, Geld, die Bauchpinseleien, das war alles sehr schön, aber ich verbuchte es als einen meiner größten Erfolge, daß ich mich zu jeder Stunde des Tages hinlegen und ein Nickerchen machen konnte.

Ich zog mich in Ruhe an und machte Kaffee, Dominik schlief natürlich noch, ich blätterte ein wenig in einer Zeitschrift, während ich frühstückte, ich war immer wieder erstaunt, wie wenig in diesen Dingern stand. Hier war wenigstens ein schönes Foto, eine Frau unter der Dusche, mit Sommersprossen am ganzen Körper und einem Gesichtsausdruck, als sei das Wasser zu kalt. Es steckte Leben drin, ich würde mir nur noch Magazine mit nackten Frauen kaufen, wenn die Fotos nicht so tot und glatt aussähen. Hier ein Hängebusen, da ein runder Bauch, dort eine zu große Nase, da wäre ich dabei. Aber so was war rarer gesät als gute Schreiber.

Ich stand auf, wischte mir die Krümel von der Hose, sah

kurz in den Spiegel, ich hatte mich gestern abend schon rasiert, um ein paar Minuten länger schlafen zu können, man sah die Stoppeln kaum.

In der Bahn kamen mir die Menschen seltsam vor, irgendwie unwirklich, manche wirkten derart leblos und häßlich, daß ich es kaum glauben wollte. Vielleicht lag es ja nur an meiner Wahrnehmung, vielleicht waren das einfach zu viele Gesichter für mich an einem frühen Morgen, vielleicht waren es die Nachwirkungen eines Traums, den ich vergessen hatte. Diese Frau um die Fünfzig, mit den aubergine gefärbten toupierten Haaren, mit ihrem gelben Lidschatten, den rasierten Augenbrauen, diesen schmalen braunen Strichen, die sie sich auf die Stirn gemalt hatte, und dem Einkaufskorb in der Hand. Dieser junge Mann mit Brille, dessen Haare aussahen, als habe er sie vorhin noch kurz in die Friteuse gesteckt, braune Schuhe mit Bommeln, weiße Socken, viel zu kurze khakifarbene Hosen, ein rotgestreiftes Hemd, darüber eine speckige Fellweste. Wahrscheinlich war er nach einem Filmriß völlig nackt in einer fremden Wohnung aufgewacht, und das war alles, was er zum Anziehen gefunden hatte. Anders konnte so eine Aufmachung doch kaum zustande kommen. Eine junge Frau mit runtergezogenen Mundwinkeln, hennaroten Haaren, dürr, mit spitzen Knien, die sich unter der formlosen Lederhose abzeichneten, Armyjacke trotz des Wetters und ein Palästinensertuch.

Jeder einzelne saß stumm da, die Bahn ratterte, womöglich sah ich auch so entsetzlich aus, wer weiß. Wir schienen alle dem Gemälde eines Künstlers entsprungen zu sein, den die Menschheit einfach anekelte, jemand, der davon überzeugt war, daß alle Menschen grotesk aussahen, daß jegliche Hoffnung schon längst verloren war. Ich versuchte mich entspannt hinzusetzen und an etwas Schönes zu denken, um ja nur aus diesem Bild rauszufallen. Aber ich war ja auch nur ein Lästermaul, ein Geschmacksdiktator, ein Mensch, in dessen Herz sich gerade kein einziger Funken regte. Ich war froh, als ich endlich aussteigen durfte.

Das letzte Mal, daß ich einen Gerichtssaal betreten hatte,

war lange her, das war damals mit der Schulklasse gewesen, es stand nicht auf dem Lehrplan, aber sie wollten uns wohl ein Stück echtes Leben präsentieren, für das wir schließlich lernten. Für meine Lehrer und einige meiner Mitschüler war dieses echte Leben wohl mehr eine faszinierende Freakshow mit Erkenntnisgewinn. Ja, nicht selten blühten auch unter unwahrscheinlichen Umständen Reichtümer der Seele, welchen im sozialen Flachland zu begegnen man nie vermutet hätte.

Heute war ich als Zeuge geladen, ich sollte meine Version davon erzählen, wie es dazu gekommen war, daß Frank diesen Glatzkopf verprügelt hatte. Eine undankbare Situation, ich hatte ein ganz gutes Gedächtnis, und wenn ich die Sache genauso wiedergab, wie sie mir in Erinnerung geblieben war, dann war das nicht unbedingt vorteilhaft für Frank. Er konnte sich kaum auf einen Affekt herausreden, so wie sich das Ganze damals entwickelt hatte.

Frank hatte mich um nichts gebeten, aber es war klar, daß ich die Einzelheiten wegließ. Ich hätte an dem Abend einiges getrunken, ich könne nicht mit Bestimmtheit sagen, ob Frank ihm das Bier ins Gesicht gekippt habe, ich könne nicht beschwören, daß Frank ihn am Jackett rausgezerrt hatte, ich glaubte mich sogar zu erinnern, daß es eher umgekehrt gewesen war.

Ich hatte keine Probleme mit so etwas, wenn Frank damit geholfen war. Es war nicht richtig, was er getan hatte, aber ich glaubte auch nicht, daß dieses Gericht ihn bestrafen sollte. Und warum hatte dieser dämliche Kerl auch Drohungen ausgestoßen, hör mir mal gut zu, du kleines Arschloch, ich mach dich platt, ohne eine Ahnung zu haben, mit wem er es da zu tun hatte. Hier ging es um Frank, selbst wenn ich insgeheim gehofft hätte, daß er eine Strafe bekommt, hätte ich dasselbe gesagt, was immer auch passierte, ich würde so einen Menschen stets decken, einfach um der guten Zeiten willen, die wir gehabt hatten.

Doch als ich Frank selber reden hörte, fragte ich mich, was das hier überhaupt für eine Veranstaltung war. Ja, er könne nur wiederholen, wie leid es ihm tue, er wisse auch nicht, was in ihn gefahren sei, er bat um Vergebung, er appellierte an den Großmut des Richters und des Glatzkopfs, er schien ehrlich verzweifelt. Was für ein kleiner Schleimscheißer.

Natürlich hatte ich nicht erwartet, daß er sagen würde: Wieso? Hab ich doch gut gemacht, der Idiot hatte es nicht anders verdient, ich geb jedem aufs Maul, der mir so blöd kommt. Und daß ich noch reingetreten habe, als er schon am Boden lag, also, ich habs gerne getan.

Aber ich hatte auch nicht erwartet, daß er solche Angst haben würde, er log, was das Zeug hielt, und wollte einfach nur seine Haut retten, er winselte, erniedrigte sich, ließ jeglichen Stolz fahren, und ich überlegte, was ich wohl an seiner Stelle getan hätte.

Es war so einfach, alles mögliche zu tun, wenn man sowieso nicht vorhatte, die Konsequenzen zu tragen. Meistens scherte Frank sich einen Dreck um die Folgen seines Verhaltens, das mochte ich ja, er entschied nach irgendeinem egoistischen Prinzip und kümmerte sich nicht um die anderen. Aber hier wurde es plötzlich ernst, und er zog den Schwanz ein, legte sich auf den Rücken.

Ich mußte an diese Theorie von Dominik denken. Wenn du jemanden zum ersten Mal siehst, dann bekommst du einen klaren, unabhängigen Eindruck von ihm, alles andere ist immer irgendwie verfälscht von dem Bild, das du dir von dieser Person machst, von deinen Erwartungen und Einschätzungen. Menschen ändern sich kaum, nur ihre Masken. Wenn jemand zu Geld kommt und ein Arschloch wird, dann war er im Grunde schon vorher eins, er hatte nur nicht die Möglichkeit, es auszuleben.

Als ich Frank das erste Mal gesehen hatte, dachte ich, ein verwöhntes Kind, das die Eltern vor vielen Gefahren bewahrt hatten. Trotzdem hatten wir uns schnell angefreundet.

Verstohlen betrachtete ich die Rentner, die wahrscheinlich jeden Tag hier rumliefen und bei öffentlichen Verhandlungen immer zugegen waren. Ja, das war alles sehr interessant, man lernte etwas über die menschliche Psyche, über das Leben an sich. Ich konnte sie mir gut vorstellen unten in der Cafeteria. Nä, das glaubst du nicht, was ich heute wieder gesehen habe. Und ich erst.

Frank kam mit ein paar Tagessätzen davon, ich wußte nicht, ob ich darüber erfreut sein sollte, es war überall das gleiche, wenn man nur laut genug lügen konnte, reichte das meistens schon.

Wir saßen hinterher im Park, es war noch richtig heiß geworden, einige Frauen sonnten sich barbusig, es waren Jongleure da, Trommler, Hunde, kleine Kinder, Studenten, die sich den Anschein gaben, den Sommer ihres Lebens zu erleben, Leute mit kleinen Grills, und wir mittendrin mit unseren sauberen langen Hosen, Bierflaschen in der Hand, und Frank drehte sich einen Joint nach dem anderen.

– Da habe ich ja noch mal Schwein gehabt.

– Naja, du bist dem Richter ganz schön in den Arsch gekrochen.

– Ist doch scheißegal.

Ich wandte meinen Blick ab von diesem Hintern, der mich begeisterte, sah Frank an und schüttelte den Kopf.

– Du hast diesem Fatzke die Hand gegeben und dich entschuldigt, als wärst du bereit, seine Füße zu salben.

Seine Laune änderte sich.

– Laß mich doch in Ruhe, ich habe jetzt keinen Nerv, darüber zu reden. Ich will einfach nur hier sitzen, gemütlich einen rauchen und das Urteil genießen. Du hast echt ein Talent, einem alles zu vermiesen, laß mich doch einfach so machen, wie ich will. Was ist schon Stolz, wenn es darum geht, in den Knast zu wandern, was ist schon Wahrheit. Es ist immer die gleiche Scheiße mit dir.

Ich sah wieder geradeaus, wieso sonnte sie sich in einem bordeauxfarbenen Seidentanga. Ich nahm einen Schluck aus meiner Flasche, ich war sauer, weil ich fand, daß Frank ruhig freundlicher zu mir sein könnte, nachdem ich zu seinen Gunsten ausgesagt hatte. Wir saßen zwei, drei Minuten wortlos da, vielleicht hätte ich einfach gehen sollen oder auch nur etwas sagen, das Schweigen war bedrückend.

– Du verstehst gar nichts, sagte Frank, für dich ist immer alles ganz einfach, aber es gibt noch andere Menschen.

Ich überlegte, was er mir sagen wollte, es war nicht leicht, das war es nie, aber es wäre mir neu gewesen, daß er es besonders schwer hatte.

– Wie? fragte ich leise.

– Ja, glaubst du, mir macht das Spaß, glaubst du ich mache das alles wirklich gerne? Ich schäme mich, ich schäme mich vor mir selber, ich würde gerne alles ändern, aber ich kann nicht. Weißt du, wie das ist, seinen eigenen Kräften nicht zu trauen? Nein, du hattest noch nie Probleme damit, also müssen die anderen genauso sein. Je weniger ich an die ganze Scheiße denke, desto besser geht es mir, und darum geht es doch, oder? Sich gut fühlen. Und ich kanns eben nur so.

Es gab Momente, da erschien mir die Welt plötzlich so groß und unbekannt, ich hatte das Gefühl zu fallen. Ich wäre nie auf die Idee gekommen, daß Frank im Grunde anders sein wollte, er hatte sich immer den Anschein gegeben, zufrieden zu sein, das Leben zu leben, das er sich immer gewünscht hatte, hier ein Job, da mal einer, ein Rausch, ein Fick, ein fröhlicher Tagedieb, der auf sein Erbe wartet.

Kein Ton kam über meine Lippen, ich schluckte und dachte, daß er es falsch anstellte, wenn es ihm nicht gefiel.

– Jeden Tag siehst du die ganze Scheiße um dich herum, was willst du denn machen? Kann nicht jeder so ein toller Held sein wie du.

Es gibt Sekunden, da steht man völlig nackt da, alle Phrasendrescherei und Maskerade verschwindet, man vergißt das ganze Theater, das man immer macht, man ist schutzlos und erschreckend ehrlich, auf einmal wird das Innerste sichtbar.

Ich legte die Hände in den Schoß und versuchte einen klaren Gedanken zu fassen. Wieso hatte ich nie was gemerkt? Was sollte ich nun sagen? Daß ich ihm gerne helfen würde, wenn er nur wollte. Daß Aufgeben einfach zu billig war. Man kennt die Menschen nicht, niemals. Ich starrte vor mich hin, ich kam mir kalt vor, weil ich mir wünschte, daß das hier zu Ende ginge.

Frank drehte sich noch einen, es ist traurig, flüsterte er, wir saßen da, die Zeit schlich dahin, das Bier wurde warm und irgendwann stand Frank auf und sagte: Ich bin weg.

Ich blieb noch lange da und überlegte, ob ich ihm bisher immer unrecht getan hatte und warum ich ihm diese Maske abgekauft hatte. War ich wirklich besser als er. Ich war oft genug auch nur ein bequemer Lügner, ich war leider auch kein Held. Nur jemand, der sich bemühte, wahrhaftig zu sein. Was passierte, wenn man Erwartungen, die man an sich selbst hatte, aufgab?

Als meine Flasche leer war, trank ich den Rest aus Franks Flasche, es schmeckte nicht mehr, aber es tat mir gut.

Warum fiel es mir oft so schwer, den Schwächen der Menschen wohlwollend entgegenzutreten, wir waren doch alle Geschöpfe derselben Götter, wir waren vom gleichen Blut, wir verbockten dieselben Dinge, aus Haß, Zorn, und Feigheit, das war mehr als genug, um jedem mit etwas Respekt zu begegnen. Man konnte in niemanden hineinsehen, was schlecht aussah, mußte nicht schlecht sein, und genauso konnte keiner ahnen, was für ein degenerierter Perversling der Mann war, der sich noch nie etwas hatte zuschulden kommen lassen, aus Angst davor, entdeckt zu werden. Und selbst der verdiente ein wenig Liebe.

Wir hatten uns eine korrupte, wahnwitzige Welt erschaffen, fernab von allen Göttern, und ich konnte bisweilen nicht anders, als die Leute zu verachten, für ihre und wohl auch für meine Fehler. Oder ich ignorierte sie, ließ sie in meinem Universum keine Rolle spielen. Dann kam man sich manchmal ein wenig einsam vor, aber das versuchte ich seit Jahren hinzunehmen, es erschien mir oft einfacher, als die Menschheit zu lieben.

Es wurde ein wenig kühler, ich dachte daran, aufzustehen und zum Kiosk zu gehen, noch ein Bier, ich überlegte, ob ich vielleicht doch lieber nach Hause fahren wollte, ob ich endlich mal meinen Fuß, der eingeschlafen war, ausstrecken sollte. Ich blieb sitzen, ich war gerade zu keiner Entscheidung fähig, es gab solche Momente, wo man auf seine Fingernägel starrte und nicht wußte, was man als nächstes tun sollte.

Ich blickte hoch und sah weit hinten eine Frau mit langen dunklen Haaren, die gerade mit dem Rücken zu mir auf ihrer Decke saß. Mein Herz schlug augenblicklich schneller, ich hatte ein unangenehmes Gefühl in der Magengegend. Nach einigen langen Sekunden legte sie sich auf den Bauch, ich konnte ihr Gesicht erkennen. Es war nicht Filiz. Jetzt hätte ich gerne noch einen Schluck Bier gehabt. Filiz, nein, ich glaubte irgendwie nicht, daß wir uns tagsüber begegnen würden. Ich war doch genau wie Frank, ich versuchte das zu verdrängen, ich dachte nicht mehr an die schönen Momente, die wir gehabt hatten, ich rief mir nicht diese Verliebtheit ins Gedächtnis, ich wünschte mir noch nicht mal, daß wir irgendwann nach langer Zeit so etwas wie Freunde werden würden. Nicht, weil ich nicht daran glaubte, daß so etwas funktionierte, sondern weil ich mich schämte, weil ich ihr am liebsten nie wieder unter die Augen getreten wäre. Filiz, ein paar teuer bezahlte magische Augenblicke.

Das Leben, das Leben war nicht einfach zu leben. Es war beschissen, da sollte man doch wenigstens versuchen, gut zueinander zu sein, auch wenn man sonst nicht viel fand, das einem richtig erschien. Die Sonne ging langsam unter, ich war in einer etwas weinerlichen, reuevollen Stimmung, ich hätte gerade meinen letzten Stift gegeben, wenn dadurch jemand geholfen gewesen wäre.

Ein Paar in Hörweite fing an, sich zu streiten. Wieso konnte er nicht einmal zuhören, die grüne Decke, die grüne, hatte sie gesagt, war das vielleicht grün. Nein, aber es war eine Decke, auf der sie jetzt liegen konnten. Darum ging es doch nicht, er machte es sich zu einfach, er hörte ihr nie zu, es war immer dasselbe. Wieso mußte sie bei jeder Kleinigkeit so rumzicken und Diskussionen starten, sie waren hierhergekommen, um den Sonnenuntergang zu genießen. Der Kronkorken plöppte. Ihm war es ja gleichgültig, wie es ihr ging, Hauptsache, er konnte sein Bier trinken und fremden Frauen hinterhergucken. Denen hätte er wahrscheinlich auch zugehört. Na gut, dann würde er eben schnell die grüne Decke holen, das dauerte ja keine drei Minuten. Es ging nicht um die Decke, stellte er sich doof, oder hatte er schon wieder nicht zugehört. Worum ging es denn, dann hatte er sich eben vertan, war doch kein Drama wert. Diese Gleichgültigkeit kotzte sie schon lange an.

So ging das eine Weile hin und her. Ich harrte aus und überlegte, ob diese beiden tief in ihrem Inneren den Wunsch verspürten, mit dem anderen glücklich zu werden. Ich erinnerte mich bloß vage an solche verbockten Abende, das war lange her, mit Anika hatte ich das noch nie erlebt. Irgendwann saßen die beiden da, schwiegen und schmollten.

Die ersten Sterne funkelten, als ich endlich aufstand, ich wollte zu Fuß nach Hause, ich hätte einen Blues singen können, es war eine traurige Welt, ich hätte einen Blues singen können, doch der Klang meiner Stimme hätte mir wohl die Tränen in die Augen getrieben. Die Hände in den Taschen, schlenderte ich durch die Straßen, Dominik mußte heute arbeiten, Anika war verabredet, ich trank noch zwei kalte Bier am Küchentisch, was für ein verrückter Tag, ging es mir durch den Kopf, als ich schließlich im Bett lag und die Nachbarin Querflöte üben hörte.

21

Es dauerte einige Zeit, bis ich begriff, daß Dominik es ernst meinte. Ich hatte ihm ja geglaubt, daß er die Möglichkeit hatte, in einem Hotel in der Dominikanischen Republik als Koch zu arbeiten, aber ich hatte das für einen Traum gehalten, eine schöne Vorstellung, der man nachhing. Den lieben langen Tag schien die Sonne, und zum Meer waren es vier Minuten, die Arbeitszeiten mehr als erträglich, und es gab keine Hektik in diesem Klima. Ein billiges, einfaches Leben, man stellte sich so was ja gerne vor, es schien ganz leicht, aber am Ende war man doch zu bequem, zu feige, und die Städte boten Konsum und unendlich viele Möglichkeiten, sich nicht zu langweilen.

Doch Dominik war es dieses Mal ernst, er bereitete sich darauf vor, dieses Land für lange Zeit zu verlassen, er schuftete, sparte, ließ sich Informationen schicken, fuhr sieben Stunden mit dem Zug, um seinen Bruder noch mal zu sehen und schrieb einen Brief an Jacqueline.

– Es gibt nichts, was mich hier hält, sagte er, ich will nicht ewig so rumkrepeln, ich will es wenigstens mal versucht haben.

Ich nickte und überlegte, was mich wohl daran hinderte, meine Sachen zu packen und zu verschwinden, irgendwohin, wo man bis zum Horizont sehen könnte, wo es nicht zu kühl wäre, wo die einzigen Zeitungen, die man zu Gesicht bekäme, als Papier zum Einwickeln benutzt würden. Schlafmohn und Schlangenwurz ziehen, Schildkröten halten, ein Schaukelstuhl, ein Schreibtisch und, wenn es einem zu langweilig wurde, mit dem Motorrad ins nächste Dorf, wo man die Feste feierte, wie sie fielen.

Eines Sonntagmorgens fragte ich Anika, was sie davon hielt. Wir lagen im Bett, draußen regnete es, ich hatte sie geweckt, indem ich mit meinen Fingernägeln über ihren Rücken fuhr, wir waren warm vom Schlaf. Ich hatte keinen Schimmer, was sie sagen würde, während ich leise von dieser Vision erzählte, einen kurzen Moment lang sah ich uns schon weit weg, mit einer kleinen Tochter, in die wir vernarrt waren, es ist immer unglaublich einfach, sich ein paar schöne Bilder vorzustellen, wenn man sich so weit in die Zukunft vorwagt.

Anika drehte sich langsam und behaglich auf den Rücken, ich legte meine Hand auf ihren Bauch, sie schloß die Augen und lächelte zufrieden.

– Ja, sagte sie nur, und ich richtete mich auf.

– Es ist mein Ernst, sagte ich, obwohl ich selber nicht richtig daran glaubte.

– Quatsch.

Ich ließ mich aufs Kissen fallen.

– Das klappt im Leben nicht. Woher willst du das Geld nehmen? Wie willst du ein Kind ernähren? Wie willst du Verantwortung übernehmen? Meine Mutter ist krank, ich kann nicht viertausend Kilometer weit weg wohnen, ich will meine Schwester sehen, ich will meine Kohle vom Arbeitsamt, ich will, daß mein Kind eine vernünftige Schule besucht und nicht später sagt: Ja, meine Eltern mußten ihre Aussteigerromantik ausleben, deshalb bin ich jetzt Analphabet. Außerdem glaube ich nicht, daß es mir woanders besser ginge, und dir auch nicht.

Wir waren eigentlich alle so, wir wollten uns sicher fühlen, fast niemand wollte die kleinen Dinge aufs Spiel setzen. Am liebsten hätte ich auch im Überfluß gelebt, immer Geld auf dem Konto, immer einen Drogenvorrat zu Hause, immer Sex, immer jede Menge Bilder im Kopf und ein Feuer in mir. Ich glaube, ich hätte mich wohl gefühlt. Auch ich hätte gerne was in der Hinterhand gehabt, aber letztlich war mir fast nichts die Mühe wert, es zu erlangen. Der eigene Friede zählte, und der war unabhängig von Sicherheiten, die sich am Ende sowieso als Illusionen entpuppten. Es war schon viel, wenn man sich auf sich selbst verlassen konnte. Und im Grunde war doch kein Risiko zu groß, wenn man am Ende vielleicht ein paar Zwängen entkommen konnte. Ich hätte mir vielleicht nur einen internationaleren Beruf wählen sollen, Handleser, Wahrsager oder so was.

Ich setzte mich auf Anikas Bauch und sah in ihre grünen Augen. Manchmal träumte ich immer noch von anderen Frauen, aber in diesem Moment wäre ich mit Anika losgezogen, möglicherweise auch, weil ich neidisch auf Dominik war und weil ich den Gedanken nicht mochte, daß wir uns kaum mehr sehen würden.

– Ich will nicht weg von den Menschen, sagte sie, ich will Leben um mich herum haben.

Ich sah sie weiter an, ohne ein Wort, mein Schwanz lag halbsteif auf ihrem Bauch. Sie war es. Ich hätte in diesem Moment die Kraft und den Mut gehabt, irgendwo mit ihr ein anderes, gemeinsames Leben anzufangen, mit allen Konsequenzen, mit der ganzen Verantwortung, vor der ich mich so gerne drückte.

Ich dachte an die Frauen, mit denen ich erbittert um Stolz und Macht gekämpft hatte, bis wir müde und aufgeputscht waren. Ich dachte an die eine, an deren Liebe ich nie gezweifelt hatte. Ich dachte an die Mißverständnisse und Kleinkriege, ich erinnerte mich an die Eifersucht und an die Zeiten, da ich mich damit abzufinden versuchte, daß die ganze vertrackte Geschichte mit Qualen verbunden war, mit Schmerz. Ich dachte daran, daß Anika und ich uns am Anfang auch angebrüllt hatten, auch noch am Telefon. – Ich schreibe, ich schreibe, ich muß allein sein. – Ich höre immer die gleiche Scheiße von dir, nie hast du Zeit. – Komm mir nicht so, dann können wir es gleich sein lassen. – Du bist ein Monster, wenn du gerade an einem Buch sitzt. – Ja, das bin ich.

Das war lange her, möglich, ich hatte mich ein wenig gebessert, aber Anika hatte aufgehört, die Schreiberei überhaupt zu erwähnen, weil sie merkte, was es für mich hieß. Manchmal war ich wieder tagelang verliebt in diese Frau, manchmal rief ich sie an, weil ich das Verlangen hatte, ihr etwas Schönes zu sagen, manchmal stand ich in der Küche und kochte für zwei, obwohl sie gar nicht da war, manchmal unterbrach ich meine Arbeit und sah mir minutenlang ihr Foto an der Wand an.

Und selbst wenn ich alles ganz nüchtern betrachtete, etwas Besseres war mir noch nicht passiert, außer in meinen Träumen.

Ich beugte mich vor und berührte ihre Lippen. Der Regen prasselte gegen das Fenster, wir hatten Zeit, im Bett zu liegen, bis wir Hunger bekamen. Es war schön, neben Anika aufzuwachen, wenn ich einen Kater hatte oder schlecht geträumt, wenn wir die Nacht vorher Drogen genommen hatten, die eine Flaute nach sich zogen, und ermattet und ohne jegliche Lebenslust die Augen öffneten, bereit, den Preis für die Ekstase zu zahlen, und es war schön, einfach so neben ihr aufzuwachen, an einem Tag, an dem wir beide nichts zu tun hatten. Es gab Tage, die wir damit verbrachten, zuzusehen, wie die Sonne über die Fensterbank wanderte, und immer wieder einzudösen. Es störte mich nicht, daß sie gerade wenig Lust zeigte, mit mir von einem anderen Leben zu träumen.

Ich wußte, daß Kriege wüteten, daß wir in grausamen Zeiten lebten, in einer degenerierten Welt, doch es ist schwer, sich betroffen zu fühlen, beschissen, oder gar zu streiten, wenn man gerade guten Sex gehabt hat, ja, es ist geradezu unmöglich.

Ich schloß die Augen, und die Erinnerung an einen anderen Sonntag vor zwei Sommern tauchte auf. Ich war gerade ins Bad gekommen, Dominik stand vor dem Spiegel und besah sich seinen Bauch, der aussah wie ein Medizinball.

– Du darfst nicht soviel Schokolade essen.

Er sah mich an und grinste.

– Du bist ganz still, du hast ein geregeltes Sexleben, ich habe das Problem, daß mich keine Frau mehr nervös macht und ich gerne genieße.

Wir lachten, er machte eine Durststrecke durch, aber er war weit davon entfernt, sich deswegen lauthals zu beklagen.

Und noch ein Jahr zuvor hatten wir abends mal dagesessen, der Fernseher lief schon den ganzen Tag, Dominik schaltete die Kanäle rauf und runter, wir fraßen Chips und Weingummi, lümmelten uns auf dem Bett rum, es war ein sehr uninspirierter Tag gewesen, wir hatten in den letzten zwei Stunden nicht mehr gesprochen, und aus heiterem Himmel, als uns gerade ein Typ ein paar Steuertricks erklärte, für die man in einem Jahr mehr verdienen mußte, als wir beide zusammen in den letzten zwei, sagte er:

– Ich würde gerne mal Sex mit nem Mann haben.

Man hätte lachen können darüber, daß ihm das einfiel, während diese Fresse über den Schirm flimmerte, oder darüber, daß es so unerwartet kam, aber er meinte es ernst, und ich hatte selbst oft genug daran gedacht. Ich war mir im klaren über meine Neigungen, und er sicherlich auch, aber die Sache hatte einen Reiz, das konnte man kaum leugnen. Daß man einen anderen Mann nicht küssen mochte, konnte ich verstehen, auch daß viele Vorbehalte gegen Analverkehr hatten, wegen haariger Pobacken und aus Angst vor Schmerzen. Aber ein steifer Schwanz sah doch immer sehr schön aus. Ich mochte ja meinen eigenen, warum sollte ich nicht auch einen anderen anfassen. Und in den Mund nehmen. So konnte man seine Selbstverliebtheit hervorragend ausleben.

– Ja, sagte ich nur, ich auch, und für einen kurzen Augenblick überlegte ich natürlich. Aber es war unmöglich, wir kannten uns seit Jahren, da konnte ich nicht einfach seine Eier in die Hand nehmen, und am nächsten Tag würden wir wieder ganz normal zusammen frühstücken oder so. Mit einem Wildfremden schien mir so etwas einfacher zu sein, ich wollte mich ja auch nicht verlieben, ich wollte nur Sex.

In den nächsten Tagen wurde das ein Thema, auf das wir öfter zurückkamen. Wir begutachteten die Jungs auf der Straße und in der Kneipe, ich stellte fest, daß ich am ehesten auf schlanke Jungs um die Zwanzig mit offensichtlich spärlicher Körperbehaarung stand. Bestimmt drei Wochen lang sah es so aus, als würden wir die nächstbeste Gelegenheit nutzen, ich träumte nachts ein paar mal mit großem Vergnügen davon, einen Schwanz zu blasen. Dominik ging dann eines abends mit diesem Spüler aus, von dem er wußte, daß er bisexuell war.

– Ne, sagte er am nächsten Tag, das war mir doch zu kraß. Vielleicht hätten wir das machen sollen, als wir noch jünger und unbedarfter waren, ich habe mir die ganze Zeit so viele Gedanken gemacht, daß ich dann doch lieber alleine nach Hause bin.

Und ich für meinen Teil warte noch auf die Gelegenheit, zu testen, ob sich in diesem Fall die Realität mit meinen Phantasien messen kann.

Es mochte mittlerweile drei Uhr sein, unsere Mägen knurrten, und ich roch schon diesen köstlichen Duft, Anika brauchte wie immer ein wenig länger. Ich hatte die Hähnchenflügel gestern im Kühlschrank gesehen, schön eingelegt in einer Marinade aus Paprikamark, Knoblauch, Chilis, Kumin, Salz, Pfeffer und ein wenig tunesischer Würzsoße, das Rezept stammte von mir, aber Dominik kriegte es besser hin als ich, wenn ich auch nie verstand, wieso.

Es gab Salat und Fritten zu den Flügeln, so mußte ein Essen sein, man nahm sich eine Stunde Zeit, alle zehn Finger zu Hilfe, man leckte sie immer wieder ab, nagte an den Knochen, die sich schließlich auf einem Teller türmten, dann lehnte man sich zurück und dankte den Göttern, schon wieder satt geworden, möge das allen Menschen widerfahren.

Matt und schläfrig hingen Anika und ich später am Tisch, Dominik raffte sich auf und kochte Kaffee, meine Gedanken wanderten wieder zum Sex. Liebe geht durch den Magen, sagte man, aber das bedeutete nur, daß ein wohlgenährter Mensch bereit war, Nachkommen zu zeugen.

– Ich würde auch mal gerne so Geld verdienen wie du, sagte Dominik.

– Es ist nicht so leicht, wie es aussieht.

– Laber nicht, du schreibst doch nur, was wir früher alles getrieben haben.

Mein Hirn arbeitete gerade langsam, aber ich dachte so etwas wie: Nein, was ist denn jetzt los. Zuerst fährt er weg, dann beschließt er auszuwandern, und jetzt liest er auch noch meine Bücher. Kann es denn sein, daß sich gerade sein ganzes Leben ändert.

– Ich habe Susanne gestern abend getroffen, sie hat dein erstes gelesen.

Auf eine Art war ich erleichtert, ich hätte mich geschämt vor ihm, er kannte mich zu gut. Er hätte die Übertreibungen und Lügen nur zu deutlich gesehen, all die Sachen, wo mein Mut nicht gereicht hatte oder mein Talent. Es war schon seltsam, hätten wir uns nicht so lange gekannt, wäre ich bestimmt beleidigt gewesen, daß er keins meiner Bücher las, aber das Band zwischen uns war so stark gewesen, bevor ich überhaupt eine gute Zeile hingekriegt hatte, daß es einfach keinen Unterschied machte.

– Und wie fand sie es? fragte ich.

Sie hatte früher eine Menge Fantasyromane gelesen, soweit ich mich erinnern konnte.

– Sie war begeistert.

Das erstaunte mich, ich nahm einen Schluck aus meiner Tasse, Dominik kochte nicht einfach Kaffee, ein Löffel Kakaopulver, eine Prise Zimt, etwas Kardamom, ein Hauch Vanille, und schon hatte man ein köstliches Getränk, Anika sagte Prinzessinnenkaffee dazu.

Ich erinnerte mich an die Nacht, in der ich Susanne auf der Heimfahrt von einer Fete geküßt hatte. Viel zu spät, ich hatte nicht damit gerechnet, daß sie Lust hatte, so waren uns nur zwei Minuten auf der Rückbank geblieben, bevor sie aussteigen mußte. Als ich nach Hause kam, war ich zu niedergeschlagen, um zu wichsen. Und jetzt bin ich Schreiber, dachte ich, und sie findet mein Buch gut. Ich hätte mehr davon gehabt, wenn sie am nächsten Tag immer noch Lust gehabt hätte, mich zu küssen.

Wir tranken, plauderten, die Zeit verstrich, Dominik und ich erzählten die Geschichten von früher, wir hatten jede Menge Bockmist erlebt, er viel mehr als ich, aber hinterher konnte man meistens drüber lachen.

Ich war in guter Stimmung, als das Telefon klingelte, mochte es draußen eben nieseln, rumtrödeln war manchmal ein sehr erheiternder Zeitvertreib.

Er sagte sofort seinen Namen, aber ich hätte ihn wohl auch an der Stimme erkannt, ich freute mich. Ich freute mich noch mehr, als Cem mir nach zwei Minuten erzählte, daß er die Rolle bekommen habe, ich beglückwünschte ihn.

– Ich denke, es wird ein guter Film, sagte er, mal etwas anderes, er spielt auf einer Raststätte, in einer einzigen Nacht ...

Ich stellte ihm noch zwei, drei Fragen, um sicherzugehen. Es bestand kein Zweifel. Er hatte also die Rolle. In meinem Film. Das war doch großartig. Ich wußte nicht, was ich davon halten sollte, ich hatte keine Lust, ihm die Sache lang und breit zu erzählen, vielleicht hätte das auch seine Freude geschmälert. Ich entschuldigte mich, ich hätte noch eine Verabredung, er möge es mir nachsehen, ich würde mich die Tage melden.

Später saß ich in der Küche und sagte kein Wort mehr. Als die beiden fragten, was los sei, schüttelte ich den Kopf, ich konnte keinen klaren Gedanken fassen. Ich holte die Wodkaflasche aus dem Kühlschrank und goß mir ein. Das Grau draußen wurde langsam zu Dunkelgrau, dieser Sommer lehrte uns die Farben, Mausgrau, Dreckiggrau, Regengrau, hier ein wenig mehr Elefant, dort ein wenig mehr Ozelot, doch letztlich alles der gleiche Scheiß.

Ich ging in mein Zimmer und setzte mich an den Schreibtisch. Vielleicht sollte ich ihn anrufen. Aber was hätte ich schon sagen sollen? Wenn er sich schon nicht schämte, gab es da nichts zu sagen. Ich hätte noch nicht mal Lust gehabt, ihn anzubrüllen, ich war nicht wütend. Vielleicht: Hi Patrick, wieviel Prozent bekomme ich denn? Aber scheiß aufs Geld, darum gings nicht. Ich hätte mich gerne gewehrt, aber ich wußte mal wieder nicht, wie.

Als Anika reinkam, erzählte ich ihr alles, angefangen von dem Abend im Nick bis zu dem Telefonat gerade. Ich versuchte, es ruhig und langsam zu erzählen, um mir selber darüber klarzuwerden, was da passiert war, doch gegen Ende wurde ich immer lauter. Anika saß auf dem Bett, die Hände im Schoß, und nickte.

– Das hätte ich nicht gedacht.

– Ich auch nicht, zwischen uns ist so viel zum Teufel gegangen, aber das hier, das ist wohl die Krönung. Ich frage mich, ob ich irgend etwas Wichtiges übersehen habe. Ich meine, vielleicht ist es eine gute Chance für Cem.

Sie schüttelte den Kopf. Nein, das war nicht der Punkt.

– Vielleicht übertreibe ich mal wieder, vielleicht bin ich zu ungeduldig, vielleicht hat er sich was dabei gedacht. Es ist ja nur die Grundidee von mir, außerdem hätte ich sowieso keine Lust gehabt, das Drehbuch zu schreiben, nicht jede in der Kneipe breitgetretene Idee ist geschützt. Es wird außerdem wahrscheinlich wieder billige Unterhaltung mit seichten Dialogen. Ich heule immer viel zu schnell los, wer weiß, vielleicht ruft er auch noch an, vielleicht läuft er seit Tagen herum und hat ein schlechtes Gewissen, vielleicht sollte ich mir auch einen Kontoauszug ziehen, vielleicht würde ich dann staunen.

– Er ist dein Freund, du kennst ihn besser, aber glaubst du das wirklich? Sei doch ehrlich, wahrscheinlich lacht er sich halb tot. Genau wie du, als sie sein erstes Drehbuch abgelehnt haben, weil sie es zu langweilig fanden. Er ist wahrscheinlich genauso schadenfroh wie du damals.

– Aber das hier ist meine Idee.

– Ja, du hast recht, ich wäre auch sauer, ich würde heulen vor Wut. Aber irgendeine Rechtfertigung wird er haben, er hat bestimmt nicht mit dem Vorsatz gehandelt, dir etwas Schlechtes anzutun. Er hat versucht, dir zu helfen, dir Jobs zuzuschustern, du willst seine Hilfe ja nicht, wird er vielleicht gedacht haben.

Doch wie wir es auch drehten und wendeten, es gefiel mir nicht, ich verfiel sogar auf die Idee, daß das hier all die guten Momente, die wir mal gehabt hatten, null und nichtig machte. War es wirklich so, war es Verrat?

– Das würdest du nicht hinkriegen, wenn du es drauf anlegst, sagte Anika, versuch mal, dich so richtig über den Tisch ziehen zu lassen von jemand, mit dem du schon einen Sack Salz gefressen hast.

Ich konnte noch nicht mal gequält lächeln, wir schwiegen, ich nahm einen weiteren Schluck Wodka, es war wie Chips essen, man konnte nicht aufhören. Sobald dieser scharfe Geschmack aus dem Mund verschwunden war, nippte ich noch mal an dem Glas, erst schmeckte man den kühlen, klaren Wodka, dann die Chilischote.

Ich legte eine Kassette ein, nur Stücke von Jeffrey Lee Pierce, ich hatte sie an dem Tag aufgenommen, als ich von seinem Tod gelesen hatte. Ich fixierte meinen Blick auf einen Fleck an der Wand und versuchte, ruhig und gleichmäßig zu atmen. Man durfte sich nicht weh tun lassen, man durfte es den anderen nicht erlauben, einem das Leben zu vermiesen. Was nicht hieß, daß nicht irgendwann die Grenze überschritten war und man zurückschlug, härter, als die anderen es vermutet hätten.

22

Die folgenden Wochen saß ich an meinem Roman, ich hatte Zeit und einen freien Kopf, weil Anika mittlerweile arbeitete. Ich ließ mich treiben, feilte an den Sätzen rum, am Klang, am Rhythmus. Manchmal erwischte ich einen Punkt, ab dem eine Zeitlang alles wie von selbst lief und ich, ohne aufzublicken, zwei oder gar drei Seiten schrieb, die Worte vor mich hin murmelte und alles andere vergaß. Manchmal tauchten Bilder auf, und ich brauchte nur zu versuchen, sie zu beschreiben. An anderen Tagen bekam ich in zwei Stunden nicht einen einzigen Satz hin, ich war drauf und dran, das Ganze wegzuschmeißen, es machte mich fast wahnsinnig, ich sehnte mich nach der Naivität der alten Tage zurück, als ich einfach nur geschrieben hatte, Seite um Seite, meistens ohne zu wissen, was ich da überhaupt fabrizierte. Jetzt gab es Stunden, wo ich mein Hirn marterte auf der Suche nach Worten, Melodien und Gefühlen.

Wenn ich zurückblickte, befürchtete ich manchmal, das Schicksal zu sehr herauszufordern. Ich schrieb Dinge, die dann zur Wirklichkeit wurden. Da ließ ich mir unglückliche Liebesgeschichten, beschissene Jobs und seltsam anmutende Begegnungen einfallen, nur damit sie mir ein halbes Jahr später tatsächlich widerfuhren und mir angst machten, meine Geschichten böse enden zu lassen.

Vielleicht lernte ich zuviel beim Schreiben, ich lernte auch Sachen über mich, die ich so genau nicht hatte wissen wollen.

Er hatte das Laster der Intellektuellen, er war seicht. Er hat zuviel gewußt, und das hat ihn verwirrt, hatte ich bei Celine gelesen, ich hielt mich beileibe nicht für einen Intellektuellen, aber ich fand es zunehmend schwerer, etwas zu finden, das ich für richtig hielt, meine Arroganz, meine Unschuld, mein reicher Aberglaube, alles schwand dahin.

Wenn ich gar nicht weiterkam, ging ich trainieren. Das war manchmal das einzige, was noch Sinn machte. Hier war alles ganz einfach und klar, man bewegte Eisen auf und nieder, wenn man achtzig Kilo drückte statt siebzig wie sonst, war das ein Erfolg. Wenn mein Herz hämmerte und sich Schweißtropfen auf meiner Stirn bildeten, hatte ich das Gefühl von Kraft und Energie. Keine Lügen, keine Bequemlichkeit, keine Täuschungen, keine Abkürzungen, kein Geld, kein Konsum, nichts, nur ich und die Hanteln, und die ließen kaum Platz für etwas anderes, es war eine Art der Meditation. Was soll das schon für ein Leben sein, wenn nicht wenigstens einmal am Tag dein Blut schneller durch deine Adern fließt.

Es gab Tage, da fühlte ich mich damit nicht ausgelastet, dann boxte ich hinterher noch drei, vier Runden gegen den Sandsack, ich polierte allen möglichen Leuten die Fresse, manchmal dachte ich auch an Patrick dabei, aber das war mehr ein Spiel. Ich hatte mir vorgenommen, ihn zu grüßen, wenn ich ihn mal zufällig auf der Straße sehen sollte, schließlich kannten wir uns, und es lag etwas Kleinliches in der Vorstellung, ihn zu ignorieren. Doch reden, reden würde ich nie mehr mit ihm.

Meistens war der Tag gelaufen, wenn ich aus dem Studio kam, ich lungerte in der Wohnung rum. Wenn die Sonne schien, setzte ich mich in den Park und schaute den Enten zu, vor allem den Küken, die einen hektischen, unbeholfenen Zickzackkurs paddelten, es war schön anzusehen, wie sie versuchten, mit ihrer Mutter mitzuhalten. Ich sah mir die Bäume an, die Sträucher, die Jogger, und manchmal empfand ich es als eine Gnade, da sitzen zu dürfen.

Oder ich holte Anika von der Arbeit ab, das gefiel mir auch sehr gut, ein junger Mann in kurzen Hosen, der auf einem Mäuerchen saß und in die Sonne blinzelte. War doch egal, wenn ich kein Wort aufs Papier gebracht hatte, ich war weder in der Fabrik gewesen, noch hatte ich T-Shirts verkauft oder Beschwerden wegen fleckiger Kopien entgegengenommen, der Wecker hatte mich nicht aus dem Schlaf gerissen, der Kühlschrank war auch nicht leer. Es war nur der

Roman, der mir schlaflose Nächte bereitete, der mich verzweifeln ließ, mir keine Sekunde Pause gönnte. Manchmal quälte er mich zu sehr, dann sehnte ich mich nach einem Achtstundentag, nach dem man nach Hause kommt und einfach alles vergessen kann, dann erschienen mir sogar vierzehn Stunden in einer Messehalle als ein Klacks, verglichen mit der Schwerstarbeit, die ich verrichtete.

Schrieb ich drei Tage hintereinander nichts, wurde der Wunsch nach einem kleinen, ehrlichen Job unbändig. Ein Job, bei dem man ein wenig seine Gedanken schweifen lassen konnte und der einen nicht bis auf die Knochen geschunden entließ. Die Schreiberei schien mir dann immer etwas für gehetzte, eitle, gepeinigte Gestalten, keine Arbeit, bei der man glücklich werden konnte.

Doch irgendwie wuchs das Manuskript. Wenn ich eine Kladde voll hatte, ließ ich die Seiten über meinen Daumen springen und freute mich, als wäre schon die Menge der geschriebenen Seiten ausreichend.

Ich malte mir aus, was ich sonst noch alles schreiben konnte. Celal fiel mir ein, vielleicht sollte ich ein Buch über ihn machen, ich konnte ihn stundenlang Kassetten vollquatschen lassen. Der böse Kanake aus dem Ghetto, so was lasen die Bürgerkinder doch gerne, weil sie ihr Leben lang nicht darüber hinwegkamen, wohlbehütet großgeworden zu sein, sie wollten den Geruch dieser Welt, die Aufregung und Abenteuer versprach, sie hätten sich gerne aus der Gosse hochgekämpft, aber es hatte ihnen keiner die Gelegenheit gegeben.

Oder ich konnte ein Buch auf türkisch schreiben, eine schöne Liebesgeschichte. Sabahları uyanırken artık Meryem, Meryem diye mırıldanmaya başlamıştım. Das wäre ein guter erster Satz.

Ich verfolgte Dominiks Vorbereitungen mit einem unguten Gefühl, er verkaufte den Videorecorder, den Fernseher, die Anlage, die Möbel, die er entbehren konnte, er schenkte mir die Silversurfer-Hefte. Er würde auswandern, da gab es keinen Zweifel mehr, aber ich konnte mir kaum vorstellen, wie das wohl sein würde, sein Zimmer leer und verlassen. Am besten nahm ich mir eine andere Wohnung, um nicht zu oft den Erinnerungen nachzuhängen, schließlich wohnten wir schon vier Jahre zusammen. Außerdem würde es schwer werden, die Miete alleine aufzubringen.

So kamen Anika und ich auf die Idee zusammenzuziehen. Die Vorstellung, daß sie zu mir zog, fanden wir beide nicht verlockend, in dieser Wohnung steckte soviel von mir und Dominik, hier konnten wir nicht wirklich ein neues Leben anfangen.

Ich wußte nicht genau, wie das gehen sollte, mit einer Frau zusammenleben, ich hatte das noch nie getan. Wie sollte eigentlich ein Leben ohne Sehnsucht nach der Geliebten aussehen, wie sollte die Sehnsucht überleben, wenn man alles teilte, würde die Glut nicht zwangsläufig erlöschen? Konnte ich, wenn wir zusammen wohnten, noch meine Pornomagazine hervorkramen und in Ruhe onanieren, konnte ich die Tür zuziehen, wenn sie geschafft von der Arbeit kam und ich einfach nur aus dem Fenster gucken wollte oder noch an einem Absatz arbeiten, der mir schon die letzten vier Stunden Kopfzerbrechen bereitete.

Anika hatte auch keine Erfahrung damit, aber wir wollten es versuchen. Würde es nicht wunderbar werden, sein Mädchen immer an seiner Seite zu wissen, immer einen Schoß zu haben, in den man seinen Kopf betten konnte, wenn man die Welt gerade nicht mochte. Würde es trotz aller Probleme nicht noch besser werden als mit Dominik. Würden wir nicht ewig lächeln, wenn wir jeden Tag ein paar schöne Momente teilten.

Wir fingen an, eine passende Wohnung zu suchen. Trotzdem dachte ich manchmal, ich könnte genausogut nach Adana ziehen, milde, verregnete Winter, neun Monate Sonne, die Miete ein Witz, wenn ich mich schlecht fühlte, konnte ich meine Eltern besuchen, Duygu oder Sonay. Aber wie sollte ich Geld verdienen? Mit Artikeln für Zeitschriften, die mich dann noch weniger interessieren würden als jetzt schon? Und was sollte ich da ohne Anika.

Eines Mittags, ich hatte gerade ein paar Absätze hinbekommen, die einen schönen Klang hatten, und fühlte mich dementsprechend, da klingelte das Telefon, genau in dem Moment, in dem ich den Stift aus der Hand legte. Es war Moritz, er schien gut gelaunt zu sein, das war sein freier Tag heute, draußen schien zur Abwechslung mal die Sonne, ich fand es eine gute Idee, den Rest des Tages in einem Biergarten zu verbringen.

Eine halbe Stunde später hockten wir auf einer Bank, jeder eine Flasche Grolsch in der Hand, ich erzählte, daß ich gut vorankam und daß es kaum bezahlbare Wohnungen gab, er erzählte etwas von Sommerloch, wir verplemperten die Zeit und fühlten uns wohl.

– Ich telefonier nicht mehr mit Estelle.

Er hatte ein wenig Mühe, den Stolz in seiner Stimme zu unterdrücken.

– Ich glaube, es ist vorbei, irgendwann war es so, als würde etwas in mir reißen.

Das brachte mich auf eine Idee, er hatte etwas zu feiern, ich hatte in den letzten Wochen kaum jemanden gesehen, weil ich in diesem Roman versunken war. Ich wollte mal wieder raus aus meinem Kopf, ich wollte alles für ein paar Stunden hinter mir lassen.

So gingen wir zu mir, aßen Pilze, setzten uns in die S-Bahn und fuhren raus aus der Stadt, an diesen See, wo man seine Ruhe hatte, wo es nicht so voll war wie an den Baggerlöchern, wo ein paar Bäume standen und man nicht die Gespräche anderer mithören mußte.

Die Bahn ratterte, die Sonne knallte durch die Fenster, es war gut, in Bewegung zu sein, ich murmelte dieses Gedicht vor mich hin, in dem das Geräusch eines fahrenden Zuges einen zum Weinen bringt. Ich empfand es als angenehm, so durchgeschüttelt zu werden, und im Grunde hatte ich nicht die geringste Lust auszusteigen, als wir da waren. Ich hätte bis ans Ende der Welt so fahren können.

Wir fanden eine schöne Stelle nah am Wasser und setzten uns hin, ich zog mein T-Shirt aus und starrte auf den See, das Wasser plätscherte leise, ab und zu ging ein sanfter Wind, wir sprachen kein Wort. Wir saßen einfach mit großen Augen da. Unsere gute alte Mutter Natur, sie war noch da, sie machte weiter, sie scherte sich einen Dreck darum, ob wir existierten oder nicht. Es war so leicht, mal rauszukommen, sich Zeit dafür zu nehmen, die kleinen Wellen zu betrachten und wie sich das Licht im Wasser spiegelte. Ich könnte es nicht beschwören, aber es sah so aus, als hätte irgendein Umweltsünder soeben sein Altöl ins Wasser geleitet, der See schillerte in allen Farben.

Am gegenüberliegenden Ufer war eine größere Gruppe Menschen, sie spielten Frisbee, jonglierten, gingen schwimmen, kamen zurück, sie wuselten rum und kamen mir vor wie Ameisen. Selbst in ihrer Freizeit mühten sie sich ab, für nichts und wieder nichts. Alles Streben schien mir sinnlos, es ging doch nur darum, Augenblicke der Ruhe und des Friedens zu erleben, und alles, alles, was man zwischen diesen Augenblicken machte, war nur Zeitvertreib. Es gab keinen ewigen Seelenfrieden im Leben, und die Sachen, die am einfachsten schienen, waren oft am schwersten. Man mußte sich für die kleinen Sachen begeistern können wie damals als Kind.

Wir fingen gleichzeitig an, grundlos zu lachen. Jedesmal, wenn ich die heiligen Pilze gegessen hatte, dachte ich, das müßte man öfter machen, es gab wenige Sachen, die mich so sehr erheiterten und so selbstvergessen selig machten. Irgendwann kriegten wir uns wieder ein, wir hatten Tränen in den Augen, nein, Tränen in den Augen, das war ja zu komisch, da fing es auch gleich wieder an.

Dann fanden wir einen kleinen schwarzen Käfer, der im Licht rot, grün und golden schimmerte, wir ließen ihn über unsere Hände krabbeln und beobachteten ihn mit äußerster Aufmerksamkeit und Ehrfurcht.

– Der ist ja klasse, sagte Moritz, laß uns den mitnehmen.

Zwei oder drei Sekunden lang fand ich das eine grandiose Idee, ich konnte ihn in eine Streichholzschachtel tun, und wenn mich zu Hause die Melancholie überkam, wenn ich über das Leben nachdachte und was für eine Last es war, dann konnte ich ihn über meinen Schreibtisch krabbeln lassen und mich ein wenig freuen. Dann schüttelte ich den Kopf.

– Nein, wenn du ihn sehen willst, mußt du hierherkommen.

– Du hast recht.

Das erschien uns sehr tiefsinnig.

Später fuhren wir wieder mit der S-Bahn, diesmal bis zur Endstation, einfach so, einmal durch die Stadt, dann im Abendrot über die Dörfer und Felder, wir saßen stumm nebeneinander und starrten zufrieden raus, es war schön, in Moritz' Nähe zu sein und zu wissen, daß er es genauso genoß wie ich. Irgendwann fiel mir auf, daß ich schon die ganze Zeit grinste wie ein Schwachsinniger, ich ließ langsam die Mundwinkel nach unten gleiten, es fühlte sich seltsam an, es schien mehr Anstrengung zu kosten, als zu lächeln, ich kicherte ein wenig über diese Erkenntnis, dann sah ich zu Moritz.

– Hast du vorhin auch an Estelle gedacht?

– Ja.

– Und?

– Es tut nicht mehr weh.

An der Endstation waren wir beide noch nie gewesen, es gab einen Imbißwagen, wir aßen Frikadellen und tranken Bier dazu, nichts los hier, wir sahen vier oder fünf Leute, während wir eine Dreiviertelstunde auf die Bahn warteten. Man konnte seinen Blick über die Felder schweifen lassen, alles wirkte ein wenig irreal, so wie die ersten Tage, die man in einem fremden Land verbringt.

– Manchmal frage ich mich, woher das kommt, daß ich mich oft nicht von Herzen freuen kann.

– Ja, und dann überlegst du, ob du versuchen sollst, dieser Frage auf den Grund zu gehen, oder ob es letztlich solche Gedanken sind, die dazu führen, daß du dich nicht frei fühlst.

Er sah mich an. Nicht, daß er höllisch erstaunt war, aber er hatte wohl nicht damit gerechnet, daß ich meinen Finger genau drauflegen konnte.

Bevor die Bahn kam, holten wir uns noch ein Bier, dann

stiegen wir ein und fuhren bis zum Hauptbahnhof, es wurde dunkel, die Konturen waren nicht mehr so scharf, keiner von uns hatte Lust, nach Hause zu gehen, als wir ausstiegen. Es war immer dasselbe, wenn man etwas Schönes erlebt hatte, konnte man nicht einfach nach Hause gehen und die Sachen tun, die man immer tat, und sich dann hinlegen und schla-fen. Ich wollte dann immer dieses Gefühl auskosten, bis ich vor Müdigkeit zusammenbrach, ich wollte, daß es so lange weiterging, bis es mir egal wurde, ob es aufhörte. Wir entschieden uns für noch ein Bier im Nick.

Ich erkannte Celal von weitem, er stand mit dem Rücken zu mir und unterhielt sich mit einem Kerl, der ein gewaltiges Kreuz hatte. Noch zwanzig Schritte bis zum Ausgang, ich drehte meinen Kopf weg, er würde mich schon nicht sehen, und ich hatte gerade keine Lust, mit ihm zu sprechen. Ich nahm mir fest vor, an einem der nächsten Tage hierherzukommen und wenigstens mal einen Tag mit Celal zu verbringen.

Bis zum Nick gab ich keinen Ton von mir, Moritz wußte zwar nicht, was los war, doch er war feinfühlig genug, um ebenfalls zu schweigen.

Es war mittlerweile elf, als wir den Laden betraten, es war kaum was los, die meisten saßen wahrscheinlich in Biergärten oder grillten draußen, legten auf dem Balkon die Füße auf den Bierkasten, ein schöner Sommertag, es gab da jede Menge Möglichkeiten, und Filiz würde bei so einem Wetter wohl auch etwas Besseres zu tun haben.

Wir setzten uns auf die Fensterbank und tranken Pils, es lief *The snake with eyes of garnet*, ich sang leise mit, laudanum and poitín, vielleicht auch eine ganz gute Kombination, wenn man Trost suchte. Ich schaute mir eine Frau mit roten Haaren an, die direkt über dem Ellenbogen einen Fisch tätowiert hatte und auf dem Bizeps ihres anderen Arms eine Schlange, das sah schön aus, und ich starrte ziemlich lange ungeniert hin.

Dann ging die Tür auf, und Frank stolperte rein. Manchmal war ich ziemlich schwer von Begriff, manchmal verstand ich die offensichtlichsten Sachen nicht. Frank war ganz anders als sonst, ich brauchte fast zwanzig Sekunden, bis ich verstand, daß er einfach nur betrunken war. Ich versuchte mich zu erinnern, wann ich ihn zuletzt in so einem Zustand gesehen hatte. Das war lange her, er gab einen bösartigen, aggressiven, reizbaren Trinker ab, einen hemmungslosen, der nicht aufhörte, in sich hineinzukippen.

Wir unterhielten uns, er erzählte von einer kleinen Feier, auf der er gewesen war, irgend etwas Erlesenes, teure Weine und Cognac, er hatte es sich nicht nehmen lassen, Glas für Glas mit dem Gastgeber mitzuhalten, man hatte da etwas, das man Stolz nannte, weil man kein besseres Wort für sein Imponiergehabe finden konnte. Der Gastgeber hatte am Ende gelallt und Frank von seiner Tochter vorgeschwärmt, als würde er ihn gerne zum Schwiegersohn haben. Sie hatten kubanische Zigarren geraucht, alles in allem hörte es sich so an, als hätte ich mit dem Geld, das der Abend gekostet hatte, zwei Monate meine Miete bezahlen können.

Frank trank einen braunen Rum nach dem anderen, ich versuchte gar nicht erst, ihn daran zu hindern, er lehnte sich gegen die Wand, und manchmal knickten ihm die Knie weg. Er tat mir leid, wie er so dastand, ein Typ, jenseits aller Würde betrunken, einer, der den Fragen aus dem Weg ging und darüber jegliche Richtung verloren hatte. Hoffentlich fängt er nicht irgendwelchen Ärger an, dachte ich, ich hatte keine Lust, dazwischenzugehen und mir möglicherweise noch diesen Tag versauen zu lassen.

Es war spät, wahrscheinlich wußte er nicht mehr, was er redete und mit wem, aber auch das war egal. Er hätte es gar nicht erst tun dürfen. Er hätte nicht mit Estelle schlafen dürfen. Er hatte es aber getan, und nun wankte er hier herum und prahlte, wie gut sie blasen könne, ganz so, als habe er entscheidend dazu beigetragen.

Ich blickte zu Moritz, der stocksteif dastand und nach Worten suchte, während Frank weiterlallte.

– Weißt du, was du gerade gesagt hast? Weißt du, was du zu Moritz gesagt hast? Du hast gesagt: Mein Schwanz ist stärker als unsere Freundschaft.

Frank sah mich mit diesem starren Blick an, er zuckte mit

den Schultern, na und wenn schon. Ich sah Moritz an, er schien tatsächlich noch bleiben zu wollen. Ich stand wortlos auf, zahlte den Deckel, hielt mich noch einige Sekunden an den Tätowierungen der Rothaarigen auf, dann ging ich, ohne mich zu verabschieden.

23

Der Herbst wurde besser, als man es nach einem solchen Sommer erwartet hätte. Es regnete nicht mehr so oft, manchmal schien eine Woche lang die Sonne, es war mild, und jedes Mal, wenn man dachte, daß es das letzte Mal war, daß man sein Bier draußen getrunken hatte, wurde es wieder einen Tick wärmer. Wenn ich es mir hätte aussuchen können, hätte ich lieber einen stürmischen, verregneten Herbst und dafür einen langen heißen Sommer gehabt.

Dominik war vor vier Wochen geflogen, sein Zimmer stand leer, aber ich war mir über die Ausmaße dieser Sache noch nicht im klaren. Manchmal hatte ich abends im Bett daran gedacht und leise vor Angst gewimmert, ich hatte an all die Abschiede in meinem Leben gedacht, die freiwilligen und die unfreiwilligen.

Eines Morgens hatten wir dann am Flughafen gestanden, Dominik, ein paar Freunde und Kollegen, eine Frau mit Kind, die ich nicht kannte, Anika und ich. Alles war mir wie ein Spiel erschienen, zumal wir die ganze Nacht getrunken hatten, jemand hatte etwas Speed dabeigehabt, wir waren übernächtigt und aufgedreht, alles schien ein wenig irreal.

Doch auch später begriff ich es nicht richtig, wir hatten uns oft schon lange Zeit nicht gesehen, vielleicht würde es mir erst in sechs Monaten aufgehen, daß dieses Mal die Dinge anders lagen.

An diesem Morgen hatte ich ihn noch in den Arm genommen, ihn geküßt und gesagt: Tu mir einen Gefallen, Alter, schreib. Er hatte genickt, dann saß ich mit den anderen wieder im Auto, und sie redeten über einen neuen Film, den ich mir nie ansehen würde.

Zu Hause trug ich meinen Schreibtisch in Dominiks Zimmer und stellte ihn ans Fenster. Die nächsten Tage schrieb ich kein einziges Wort. Dann brachte ich den Tisch zurück, und es lief wieder, meine billigen Gedanken hallten nicht mehr von den Wänden, ich schaffte fast jede Woche ein Kapitel. Ich hörte Musik, trödelte rum, trank tagsüber zwei, drei Bier und verbrachte die Abende mit Anika. Wenn es auf fünf Uhr zuging, fuhr ich in ihre Wohnung, kochte uns was, ich gab mir neuerdings besondere Mühe, mein Chili wurde besser, meine Frikadellen unverwechselbar, das Hähnchen in Erdnußsoße schmeckte köstlich, die Tintenfischringe zergingen auf der Zunge, ehrlich, ich muß mich da loben. Ich nahm einfach zu gerne ein opulentes, schmackhaftes Mahl zu mir, da blieb einem fast nichts anderes übrig, als gut zu kochen, wenn man nicht das Geld hatte, dauernd auswärts zu essen.

Oder Anika kam nach der Arbeit zu mir, wir aßen, wir bumsten, wir lachten, wir ließen es uns gutgehen, dachten uns Foltermethoden für die Vermieter aus, die uns keine Wohnung geben wollten. Manchmal, wenn wir so im Bett lagen, packte mich ein Fieber, ich ging zu meinem Regal, nahm ein Buch, aus dem mir gerade wieder eine gute Stelle eingefallen war, und stand dann nackt da und las ihr vor, fast immer bekam ich eine Gänsehaut dabei, so schön klangen die Worte, so sehr erregten sie mich.

Und manchmal packte mich ein ganz anderes Fieber, und ich fing an zu zetern über diese ehrlosen, kleinen, egoistischen Menschen, die diesen Planeten bevölkerten. Es schien zu stimmen, dein bester Freund konnte dein ärgster Feind sein und dein ärgster Feind dein bester Freund, nichts war, wie es schien, jeder war bereit, zu lügen und zu verraten, sobald er einen Vorteil darin sah.

Patrick hatte mich verkauft, für Geld, Frank hatte Moritz hintergangen, für eine Nacht Sex. Ich hatte Patrick auf der Straße getroffen, ich hatte ihm kurz zugenickt, er hatte Hallo gemurmelt und weggesehen, ich war einfach weitergegangen, was hätte es schon geändert, wenn ich ihm von meiner Wut und Trauer erzählt hätte. Ich sprach auch nicht mehr mit Frank, doch das waren leichte Entscheidungen, diese Freundschaften waren wohl keinen Pfennig mehr wert gewesen, scheiß auf sie. Schwieriger fand ich es mit Moritz, ich verstand einfach nicht, wie er Frank verzeihen konnte, mir war unbegreiflich, wie man es nicht fertigbrachte, eine Grenze zu ziehen. Wenn wenigstens Liebe im Spiel gewesen wäre, dann hätte ich Moritz verstehen können, dagegen war man machtlos, aber Frank ging es letztlich immer nur um den Fick, und er hatte noch nicht mal was anderes behauptet.

Mir fiel ein, wie ich mich als Junge darüber gewundert hatte, daß mein Vater mit kaum jemand wirklich befreundet war. Ich hatte es mir so erklärt, daß einem eine Familie keine Zeit mehr für Freunde ließ, daß mein Vater im Grunde ein Familienmensch war, der gar nicht mehr verlangte vom Leben. Aber es gab doch nichts, das einem Freunde ersetzen konnte. Er schien in meinen Augen irgend etwas falsch zu machen. Nun dachte ich, daß es vielleicht schwerer war, Freunde zu finden, als alleine zu leben.

Ich wünschte, ich könnte schon alt und kindisch sein, mit meinen Enkeln spielen, Zigarren rauchen, Wodka trinken, im Garten sitzen und die Menschen mit meinem Gerede nerven und meiner angeblichen Schwerhörigkeit.

Aber auch diese Anfälle vergingen, einige Wochen lief alles ganz gut, das Wetter versetzte mich fast jeden Morgen in Erstaunen, alles war in goldenes Licht getaucht, so was hob meine Laune, und ich fragte mich, ob das die Vorboten einer finalen Klimakatastrophe waren.

Revolutionen schienen ja heutzutage unmöglich, es ging den Menschen zu gut, es gab keinen Skandal, keine Rebellion, keine Bewegung, die nicht vermarktet wurde und vier Monate später vergessen war. Wenn das System aus den Fugen geraten sollte, brauchte man dafür schon etwas Gewaltiges, eine unglaubliche Weltwirtschaftskrise, den Zusammenbruch des Telefonnetzes oder eine Klimaverschiebung, die dazu führte, daß in Deutschland karibische Verhältnisse herrschten. Doch selbst das hätte nichts genützt, die Veränderung mußte in den Menschen geschehen und nicht auf den Straßen.

Ich sah keinen normalen Weg aus dieser degenerierten

Gesellschaft, so lebte ich eben am Rand und versuchte meine Aufgabe als Mitglied so schlecht wie möglich zu erfüllen. Ich verdiente nicht viel, zahlte kaum Steuern, ging nicht mit den Moden, leistete keine produktive Arbeit.

Die Menschen, die meine Bücher lasen, gönnten sich einen Luxus. Wären sie hungrig gewesen oder sexuell komplett unbefriedigt, hätten sie etwas Besseres zu tun gehabt.

Andererseits war ich in meinem Leben schon über Bücher gestolpert, für die ich bereit gewesen wäre, hundert Tage bei Wasser und Brot zu leben, aber das waren nur fünfzehn, zwanzig Stück, seltene Glücksgriffe, und ich erhob nicht den Anspruch, dazu auch fähig zu sein.

Anika und ich waren auf einer Party eingeladen, die eine ihrer Freundinnen gab. Sie hatte den großen Kellerraum unter einer Kirche gemietet, wo ich im Laufe der Jahre schon einige Nächte getanzt hatte, Bier, Sekt, Chips und Erdnüsse waren umsonst, einer aus dem Nick legte auf, es sah nach einem guten Abend aus.

Wir stiegen die Stufen runter, zahlten und nahmen uns erst mal Bier aus dem Kasten. Es waren noch nicht allzu viele da, es war nicht schick, früh auszugehen, man durfte erst kommen, wenn der Teufel was los war. Abgesehen davon, daß ich nicht wußte, womit sich die anderen die Zeit bis Mitternacht vertrieben, war ich ganz gerne früher da und sah zu, wie der Raum sich langsam füllte, nahm mir Zeit, den einen oder anderen länger zu betrachten, hier eine sexy Frau mit engen dunklen Hosen und einem bauchfreien Oberteil, da einen kleinen Typen in Kapuzenjacke und kurzgeschorenen Haaren.

Ich lehnte an einer Säule, steckte einen Finger in die Flasche, anstatt sie zu umklammern, ließ den Arm hängen, klar diese Spiegelkugel war unvermeidlich, auch der Schwachkopf, der Sekt aus der Flasche trank, ich drehte mich zu Anika und sah in ihre Augen, der DJ spielte ein Stück von 2Pac, ich nickte leicht mit dem Kopf dazu, es war niemand da, den ich kannte, ich fühlte mich wohl in meiner Haut, wahrscheinlich noch eine halbe Stunde, bis die ersten tanzten, ich würde dazugehören.

Uns wurde warm, ich nahm die Jacken und suchte gerade ein Plätzchen dafür, als sie auf einmal vor mir stand. Adrenalin schoß mir in die Adern, ich sagte Hallo, ich stand nicht da wie ein Volltrottel, sie sagte auch Hallo, ihre Augen sahen genauso aus wie in dem Moment, als sie mich rausgeschmissen hatte. Vielleicht hätte sie mich gerne geohrfeigt, aber ich ging weiter, da hinten war eine gute Ecke, da lagen schon etliche Jacken, und deshalb war ich ja schließlich losgegangen.

Meine Hände zitterten, ich kippte den Rest der Flasche runter und nahm mir auf dem Rückweg eine neue. Ich machte einen großen Bogen um die Stelle, an der sie eben gestanden hatte, und ging zurück zu meinem Platz an der Säule.

Ich war froh, daß ich Anika von Filiz erzählt hatte und daß es nun schon einige Zeit her war, ich konnte mich an Anika anlehnen und sagen:

– Filiz ist hier.

– Ach, ja? Welche ist es denn?

Unauffällig versuchte ich, in die Richtung zu gucken, wo sie eben gestanden hatte, ja, da war sie noch, die mit dem grünen Pulli und den schwarzen Hosen.

Anika sah etwas länger hin, ich fühlte mich nicht gut dabei, dann zuckte sie mit den Schultern, als wollte sie sagen, was solls, es ist schon länger her, und so gut sieht sie auch nicht aus. Doch dann beugte sie sich rüber und fragte:

– Und wer ist der Kerl, mit dem sie knutscht?

Ich sah wieder rüber, der Typ kam mir bekannt vor, den hatte ich doch schon mal gesehen, woher, woher nur kannte ich dieses Gesicht. Dann fiel es mir ein, er hatte sich den Bart abrasiert, es war der Mann aus dem Flieger, der mich mit seinem Knie und seinem Gerede so genervt hatte, unglaublich, wie klein die Welt manchmal war. Sie hörten auf, sich zu küssen, ich drehte meinen Kopf weg, bevor Filiz in unsere Richtung schauen konnte. Am liebsten wäre ich nach Hause gegangen, doch Anika wollte bleiben, und wir waren noch nie getrennt von einer Party gegangen. Sie schien das Ganze gelassen zu nehmen, was mich zwar ein wenig wunderte, aber auch erleichterte.

Ich holte mir noch ein Bier, setzte mich auf eine Bank und lehnte mich mit dem Rücken gegen die Wand, für mich war der Abend schon gelaufen. Ich würde einfach hier sitzen bleiben, bis auf ein paar Gänge zum Klo und zum Kasten, würde mich vollaufen lassen, was ich schon lange nicht mehr getan hatte, würde mir die Tänzer ansehen, und irgendwann würde ich mit Anika nach Hause gehen und den Abend sobald wie möglich vergessen.

Filiz tanzte, ich konnte nicht mit Bestimmtheit sagen, ob sie eine Show abzog oder ob sie sich wirklich amüsierte. Ich saß da und merkte wieder, wie tumb und dumpf diese Biertrunkenheit war, doch der Sekt war schon alle, und ich war zu faul, um mich auf die Suche nach einer Trinkhalle zu machen. Es war ganz gut, kaum Leute zu kennen, niemand setzte sich neben mich, nicht einmal einer von diesen Fröhlichkeitsmissionaren, die auf jeder Party ihr bierseliges Glück mit jedermann teilen wollen.

Und dann sah ich, wie Filiz' Freund Anika am Ärmel faßte und in eine Ecke zog. Ich ahnte, daß das kaum etwas Gutes bedeuten konnte, ich konzentrierte mich auf Anikas Gesichtsausdruck. Zunächst schien sie etwas genervt, dann änderte sich ihre Miene, sie brüllte dem Arschloch auch etwas ins Ohr und dann ging es eine Weile hin und her.

Anika ließ ihn dann stehen, sie war vielleicht ein wenig wütend, aber auf jeden Fall sehr entschlossen. Ich kam nicht gleich drauf, ich dachte, sie suche einen Tampon oder so, doch sie zog die Jacke an und ging Richtung Ausgang.

Es war mittlerweile voll, ich rempelte etliche Leute an, aber sie hatte den kürzeren Weg. Als ich endlich oben war, lagen gut fünfzig Meter zwischen uns, ich rannte los, sie hörte meine Schritte, drehte sich um und blieb stehen. Ich wurde langsamer und überlegte, was ich sagen konnte, doch bevor ich den Mund aufmachen konnte, fing sie schon an.

– Laß mich in Ruhe. Ich will dich nicht sehen.

Ich versuchte etwas in ihrem Gesicht zu erkennen, das

mir genau sagen würde, was los war, aber es war dunkel, wir standen zwischen zwei Laternen, ich war betrunken. Alles, was ich mit Gewißheit sagen konnte, war, daß sie mich nicht sehen wollte.

– Anika, Süße, bitte …

Sie drehte sich um und ging weiter, ich lief neben ihr her, legte meinen Arm um sie, doch sie schüttelte ihn ab, blieb noch mal stehen, sah mir in die Augen, und ich wußte, daß es keinen Zweck hatte. Ich blieb stehen und sah zu, wie sie um die Ecke bog. Hatte dieser Kerl ihr etwa erzählt, daß ich mit Filiz …

Vor ein paar Jahren wäre ich wohl zurück auf die Fete gegangen und hätte eine Schlägerei angezettelt. Jetzt holte ich mir nur meine Jacke und machte mich auf den Heimweg.

Eine halbe Stunde später saß ich in meinem Zimmer, ich liebte dieses Mädchen, ich glaubte nicht, daß wir schon am Ende waren, ich starrte an die Wände und fragte mich, was ich tun sollte.

Mein anderer Opa war Gefängniswärter.

Danke:

Gott. Meinem Vater, meiner Mutter, meinem Bruder. Recep Erten, Gülten Ertekin, Nermin Turan, Serap Köz, Angie Herhaus, Lutz Freise, Tim Wasser, Bernd Harnisch, Michel Birbæk, Christian Adolphs, Jens-Uwe Sommerschuh, Angela Drescher und allen, die mir geholfen und mich unterstützt haben.

Selim Özdogan

Traumland

Mehr von
und mit Selim Özdogan

Lesung

1 CD mit Booklet (16 Seiten)
75 min., 11 Tracks
ISBN 3-89 813-122-X

Autor Selim Özdogan, bekannt für wilde Bücher mit bizarren Titeln, hat inzwischen eine ganz eigene Form gefunden, seine – sehr junge – Fangemeinde bei Live-Auftritten zu begeistern. Auf einer CD hat er nun Live-Mitschnitte aus 1999 und 2000 zusammengestellt. Sie bietet die abseitigsten Geschichten und schrägsten Anekdoten, eine unveröffentlichte Kurzgeschichte und einen Song – nicht gelesen, sondern mit viel Witz und Drive vom Autor selbst erzählt und gesungen.

»Selims Stimme ist angenehm, sexy. Er hält ein gutes Gleichgewicht: mit Mitte, Groove, Natürlichkeit.«

Allegra

Selim Özdogan

Es ist so einsam im Sattel, seit das Pferd tot ist

Roman

171 Seiten
Band 1157
ISBN 3-7466-1157-1

»No risk – no fun« – eines Tages entdeckt Alex diese vier Worte in einer Kölner Kneipe. Man muß etwas riskieren können, sagt er sich, und obwohl er gerade das nicht riskieren wollte, ist er auf einmal in die Studentin Esther verliebt. Plötzlich ist es da, das Gefühl, unbesiegbar und unsterblich zu sein, jung und stark. Aber während er noch meint, ganz oben zu schweben, saust er schon abwärts ins Chaos der Einsamkeit, von nichts begleitet als coolness und seinen Sprüchen.

Selim Özdogan

Nirgendwo & Hormone

Roman

223 Seiten

Band 1459

ISBN 3-7466-1459-7

Phillip wollte noch einmal mit Maria schlafen, um der alten Zeiten und der guten Gefühle willen, und nun ist ihr Mann hinter ihm her. Gemeinsam mit einem Freund flieht Phillip durch die Wüste, ein paar Büchsen Bier und eine gute Kassette im Auto und bald auch eine geheimnisvolle Anhalterin auf dem Rücksitz. Aber kaum wähnen sie sich in Sicherheit, taucht der Verfolger wieder auf, und sie geraten auf der Flucht in Gegenden, die sie nicht kennenlernen, und machen Erfahrungen, die sie vermeiden wollten.

»Diese Geschichte ist die atemloseste, die ich seit Philippe Djians ›Blau wie die Hölle‹ gelesen habe.«

Jens-Uwe Sommerschuh, Sächsische Zeitung

AtV

Aufbau Taschenbuch Verlag

Michel Birbæk

Was mich fertigmacht, ist nicht das Leben, sondern die Tage dazwischen

Roman

219 Seiten
Band 1541
ISBN 3-7466-1541-0

Ein schneller, böser, witziger Roman über das hektische Leben eines Musikers, der notgedrungen beschließt, das Gaspedal voll durchzutreten.

»Das ist ein Buch übers Träumen, Jungsein, Älterwerden. Es scheint mit leichter Hand geschrieben, das heißt: Birbæk hat ein sehr komisches Erzähltalent.«

Elke Heidenreich

»Wer nach einem Frühlingsbuch sucht, wer Blues nicht nur für einen Musikstil hält und wer wissen will, wie Rock'n'Roll sich beim Lesen anfühlt, für den ist Birbæks Roman allererste Wahl.«

Wolfsburger Nachrichten

Johannes Theodor
Barkelt

Glänzende Zeiten
Ein Hauptstadt-Krimi

Originalausgabe

185 Seiten
Band 1612
ISBN 3-7466-1612-3

Nummernkonten, Briefkastenfirmen, informelle Gespräche in der Sauna oder bei der Moorhuhnjagd – in ihrem dritten Fall müssen sich Biebert und Krollmann, die Holmes & Watson aus Wedding, auf dem spiegelglatten Finanz-Parkett bewähren. Eine ganze Zeit lang genießen die beiden Detektive, die das Leben sonst eher von seiner glanzlosen Seite kennen, die Großzügigkeit ihres neuen Auftraggebers. Viel zu spät erweist sich das ungewohnte Glück jedoch als trügerisch. Einzeln gefährlich, zusammen fast unbezwingbar, wissen sich Krollmann und Biebert nur noch durch einen schonungslosen Befreiungsschlag zu retten. Brennende Häuser, schwirrende Geschosse, grimmige Bullen und Mafiosi müssen sie dabei leider in Kauf nehmen.

AtV
Aufbau Taschenbuch Verlag

Tanja Dückers

Café Brazil

Erzählungen

203 Seiten, engl. Broschur
ISBN 3-351-02913-6

Temporeich erzählt und von hintersinniger Komik ist dieser Geschichtenband: Tanja Dückers magische Erzählungen stecken voller zärtlicher Bosheiten.

»Sand im Getriebe des schönen, neuen Berlin« *taz*

»In achtzehn verdichteten Momentaufnahmen beweist die Berliner Autorin, die 1999 mit ihrem Roman ›Spielzone‹ Kritiker wie Leser begeisterte, ihre Gabe der Beobachtung und ihre Liebe zum Erzählen.«

Die Welt

»Ihre volle Kraft entwickeln die kurzen Erzählungen jedoch erst durch die gleichsam unspektakulären wie effektiv-amüsanten Formulierungen, die feine Selbstironie und die liebevoll verpackten Gemeinheiten der Autorin.«

Lesertreff

Aufbau-Verlag

Thomas Brussig

Wasserfarben

Roman

229 Seiten
Band 1689
ISBN 3-7466-1689-1

Bevor Thomas Brussig mit »Helden wie wir«, dem Film »Sonnenallee« und der Romanfassung »Am kürzeren Ende der Sonnenallee« überwältigende Erfolge feierte, war unter dem Pseudonym Cordt Berneburger sein erster Roman »Wasserfarben« erschienen: Es ist die ein wenig trotzige, ein wenig traurige, ein wenig komische Geschichte eines Abiturienten, der nicht so recht weiß, was er mit seinem Leben anfangen soll. Ein Buch über das Erwachsenwerden, in dem der Held wie schon Generationen vor ihm bei Salinger, Kerouac oder Plenzdorf lässig-ironisch die großen Sinnfragen stellt, aber mit seinen Problemen ziemlich allein dasteht.